Teresa Bloomingdale ist Mutter von sieben Jungen und drei Mädchen. Neben ihrer wöchentlichen Kolumne für *Our Sunday Visitor* schreibt sie Artikel und Rezensionen für führende Magazine und Zeitschriften. Sie lebt mit ihrer Familie in Omaha/Nebraska.

Vollständige Taschenbuchausgabe
Droemersche Verlagsanstalt Th. Knaur Nachf., München
Lizenzausgabe mit freundlicher Genehmigung
des Paul Zsolnay Verlages, Wien/Hamburg

Titel der Originalausgabe »I Should Have Seen
It Coming When the Rabbit Died«
Aus dem Amerikanischen von Ina Pope
Umschlaggestaltung Adolf Bachmann, Reischach
Umschlagillustration Ulrike Heyne, Herford
Druck und Bindung Ebner Ulm
Printed in Germany 5 4 3 2
ISBN 3-426-01242-1

Teresa Bloomingdale:
Kinder, Kinder!

Toll, was Kindern so alles einfällt...

Knaur

ISBN 3-426-01242-1 780

Meinen Eltern,
die mir das Lachen geschenkt haben.

Meinem Mann,
der mir die Liebe geschenkt hat.

Meinen Kindern,
die beide Geschenke hundertfach vermehrt haben.

Gott liebe euch alle.

Komm und werde alt mit mir!
Das Beste liegt ja noch vor dir...
Robert Browning

INHALT

DANKSAGUNG

Das Erscheinen eines Buches ist für den Autor so ähnlich wie die Verleihung einer akademischen Auszeichnung, und zwar deshalb, weil er gezwungen ist, allen jenen zu danken, die ihm mit Rat und Tat bei dem großen Ereignis zur Seite gestanden sind.

Es geschieht daher mit aufrichtiger Dankbarkeit, wenn ich Ihnen die Namen der vielen Menschen nenne, die an diesem Buch mitschuldig sind.

Mein inniger Dank gilt:

... den geistlichen Schwestern vom Sacré Coeur, die mich zwischen 1936 und 1952 gezwungen haben, 962.483 Aufsätze zu ersinnen und *zu Papier zu bringen;*

... den Herausgebern, die sich für mich eingesetzt haben — Robert Hoig, Robert Willems, Robert Lockwood, Robert Bonin, und besonders Richard B. Scheiber — dessen Vertrauen, Güte und fortgesetzte Kritik dazu beitrugen, daß meine Kolumne über eine Pressezentrale in mehreren Zeitungen gleichzeitig veröffentlicht wird;

... der Autorin Arlene Rossen Cardozo, die mich bei dem Verlag Doubleday einführte;

... meiner Lektorin bei Doubleday, Patricia Kossmann, deren Geduld, Ausdauer und Überzeugungskraft mich davon abhielten, meine Schreibmaschine in den Fluß zu werfen;

... Debbie McCann, Miss Kossmanns Assistentin, deren Fähigkeit, für alles Humor aufzubringen (sogar für dieses Buch), Miss Kossmann davon abhielt, *mich* in den Fluß zu werfen;

... und Bart McLeay – der, als er noch ein zynischer Oberschüler war, mein allererstes Manuskript zur Hand nahm, es las... und lachte.

EINLEITUNG

Der Hase hat's gewußt

Ich hätte es kommen sehen müssen, als das Häschen starb.

„Was soll das heißen: ‚Das Häschen ist gestorben'?" fragte ich meinen Gynäkologen an jenem Morgen des Jahres 1956. „Stirbt das Häschen denn nicht immer an einem Schwangerschaftstest?"

„Dieses nicht", antwortete er. „Ich hatte gerade die Injektion beendet, als das dämliche Karnickel vom Tisch sprang und sich das Genick brach. Wollen Sie zu einem zweiten Test wiederkommen?"

„Vergessen Sie's", seufzte ich. „Entweder bin ich schwanger, oder ich leide nur vorübergehend an Morgenübelkeit; die Zeit wird es weisen. Es hat keinen Sinn, noch ein zweites Häschen in den Tod zu jagen."

Dieses Karnickel war gar nicht so dämlich; es war nur feige. Es sah meine Zukunft voraus und konnte es nicht ertragen, da mithineingezogen zu werden. Herzlichen Dank, Häschen! Ich glaube, daß du — mehr als jede andere Kreatur — auf meiner Seite stehst.

Mein Anliegen in jenem Winter des Jahres 1956 war es, eine große Familie zu haben. Als wir im Sommer 1955 heirateten, wollten mein Mann und ich sofort mit der Gründung unserer Familie beginnen, und wir beabsichtigten, ein Dutzend Kinder zu bekommen. (Um zu verhindern, daß mich der Geist Margaret Sangers heimsucht, beeile ich mich, sie daran zu erinnern, daß es vor einer Generation noch ganz akzeptabel, ja erstrebenswert war, eine große Familie zu haben.)

Ich muß jedoch ehrlich sein. Achtundzwanzig Monate später präsentierte sich mein Anliegen in etwas trüberem Licht, als unser Sohn Michael geboren wurde. Denn, sehen Sie, Michael war unser *dritter* Sohn. Lee III. war im August 1956 zur Welt gekommen (das Kaninchen war also nicht vergeblich gestorben); John erschien im Oktober 1957 auf der Bildfläche, und Michael kam im Dezember 1958. Drei Söhne unter zweieinhalb Jahren zu haben, bewirkt etwas in einer Mutter; zum Beispiel veranlaßt es sie zu dem Aufschrei:

„ICH WERDE AUF GAR KEINEN FALL NÄCHSTES JAHR WIEDER EIN BABY BEKOMMEN!"

Ich sagte es meinem Mann. Ich sagte es meinem Arzt. Ich sagte es meinen Eltern. Zum Glück vergaß ich, es Gott zu sagen.

Im Dezember 1959 wurde unser vierter Sohn Jim geboren, und dann kamen rasch hintereinander Mary (1961), Danny (1963), Peggy (1964), Ann (1966), Tim (1967) und Patrick (1969). Sie waren nicht alle geplant, aber sie waren alle erwünscht, und sie sind alle geliebt. Dies ist ihre Geschichte — über sie und für sie geschrieben, und ihnen gewidmet.

Gott stehe mir bei, wenn sie sie jemals lesen.

Erster Teil

Woher bist du gekommen, geliebtes Kind?
Aus dem Irgendwo hierher, wo wir nun sind.

George MacDonald, „At the Back of the North Wind“

1

Wie viele sind zuviel?

Im Lauf der Jahre bin ich tausendmal gefragt worden: „Um Himmels willen, warum haben Sie so viele Kinder bekommen? Hat Ihnen denn niemals irgend jemand etwas von Familienplanung erzählt?"

Natürlich hatte ich von Familienplanung gehört, doch in meiner katholischen Kindheit lernte ich niemanden kennen, der wirklich etwas davon hielt. Für die Katholiken, die in den dreißiger und vierziger Jahren aufwuchsen, war Familienplanung so etwas wie die Freimaurerloge und der Ku-Klux-Klan — verdächtig, verfemt und verboten für Katholiken. Nun, da ich ganz erwachsen bin und in einer liberalisierten Welt lebe, weiß ich auch, warum. Wir wurden gegen die Propaganda der Familienplanung abgeschirmt, weil diese einem nie sagt, wie es wirklich ist, also die reine und ungeschminkte Wahrheit. Angeblich erfährt man, wie man Babies bekommt (falls irgendjemand wirklich Vater oder Mutter werden will), und wie man es vermeidet, Babies zu bekommen, aber alles, was einem geboten wird, sind überkommene Tatsachen. Nie erfährt man die absolut verläßlichen, unfehlbaren Methoden für moderne Mütter — oder Nichtmütter, je nachdem.

Als Hilfestellung für Eltern — ob geplant oder nicht — erstatte ich hier einen Bericht über die wahren Fakten bezüglich Empfängnis und Empfängnisverhütung.

Zuerst müssen Sie alle Fakten des Lebens, die Sie gelernt haben, aus Ihrem Gedächtnis streichen. Sie sind falsch; alles erlogen. Babies entstehen nicht dadurch... na ja, Sie wissen schon, daß man *das* tut. Wenn *das* alles wäre, was dazu nötig ist, würde jedes Paar, das ein Kind will, eines bekommen. Nein, die Wahrheit ist, Babies entstehen, wenn:

1. Die Frau einen faszinierenden Beruf gefunden hat, den sie liebt und der rasche Beförderung und eine glänzende Zukunft verspricht — vorausgesetzt, daß sie nicht um Karenzurlaub ansucht.
2. Der Mann eine Europareise für zwei Personen gewinnt — mit Abreisedatum gestern in neun Monaten.
3. Entweder der Mann oder die Frau die Prämie ausgerechnet für jene Versicherungspolizze zu zahlen vergißt, die Karenzgeld für werdende Mütter einschließt.
4. Die Frau eine Frühjahrsmodeschau besucht und das Kleiderbudget eines ganzen Jahres für vier bezaubernde neue Kostüme ausgegeben hat, die alle mit Gürtel zu tragen sind.
5. Mann und Frau sich darüber einig sind, daß drei Kinder völlig genügen, und daher nach der Geburt des dritten Kindes die Babymöbel verkaufen und die Umstandskleider verschenken. Dies nennt man doppelte Rückendeckung, denn es bedeutet mit Sicherheit die Geburt von wenigstens zwei weiteren Kindern. (Wer kauft schon eine komplette neue Garderobe und eine ganze Kinderzimmereinrichtung für ein einzelnes Baby?)

Das sind nur einige wenige der unfehlbaren Methoden, um eine Empfängnis herbeizuführen. Wenn Sie dagegen vermeiden möchten, Babies zu bekommen, schlage ich folgendes vor:

1. Die Frau muß ihre gut bezahlte Stellung aufgeben und allen ihren Freundinnen verkünden, daß sie und ihr Mann mit der Gründung einer Familie beginnen wollen.

2. Versprechen Sie Ihrer Mutter ein Enkelkind als Weihnachtsgeschenk.

3. Erzählen Sie Ihrem fünfjährigen Sohn, daß er einen kleinen Bruder bekommen wird. (Das mag zwar die Empfängnis nicht verhüten, doch garantiert es Ihnen ein Mädchen.)

4. Versprechen Sie dem Schuldirektor, daß Sie — wenn Sie im September noch nicht schwanger sind (obwohl Sie es *natürlich* bald sein werden) — sich als Exkursionsleiterin der ersten Klasse zur Verfügung stellen.

5. Geben Sie 5.000 Dollar aus, um den Bastelraum Ihres Mannes in ein Kinderzimmer zu verwandeln, oder noch besser, kaufen Sie ein größeres Haus.

Sehen Sie, wie einfach das ist? Wer braucht schon die Pille?

Ich diskutierte nie mit meinem Gynäkologen über die Pille, denn er ist ein aufrechter Katholik und glaubt an keine Form der Empfängnisverhütung. Er glaubt vielmehr, daß jedes Baby, das er zur Welt bringt, ein Wunder ist, ein Gottesgeschenk, das man wertzuschätzen und zärtlich zu lieben hat — und je mehr davon, desto besser. Er ist ein ausgezeichneter Arzt. Er müßte es eigentlich sein; ich habe schließlich viele Jahre darauf verwendet, ihn zu trainieren. Ich habe meinen Doktor sorgsam ausgewählt, direkt von der medizinischen Fakultät weg. Er hatte seine Praxis für Geburtshilfe und Gynäkologie erst eine Woche vor meiner Hochzeit eingerichtet, so daß ich eine seiner ersten Patientinnen war. Ich erfuhr eine königliche Behandlung, wann immer ich sein winziges, beinahe leeres Sprechzimmer aufsuchte. Er war ein Jugendfreund meines Mannes gewesen, also sprachen wir einander mit den Vornamen an; sehr freundschaftlich, sehr informell, sehr zeitgemäß.

Wenn es irgend etwas gibt, das schneller die Farbe

wechselt als ein alter Jugendfreund, der gerade Doktor geworden ist, dann ist es eines Doktors alter Freund, der gerade im Begriff steht, Vater zu werden. Ich machte später die Erfahrung, daß immer eine unvermeidlich gespannte Beziehung zwischen Gynäkologen und werdenden Vätern herrscht, die auf der Tatsache beruht, daß die Erwartungen des Doktors nur noch von den Erwartungen des werdenden Vaters übertroffen werden.

Der werdende Vater erwartet, daß der Doktor in den nächsten neun Monaten vierundzwanzig Stunden am Tag, sieben Tage die Woche zur Verfügung steht, während der Erwartung des Doktors gemäß der Vater dafür zu sorgen hat, daß sich das Baby nach dem Frühstück und vor dem Abendessen ankündigt, wobei Wochenenden natürlich überhaupt tabu sind.

Kein Mann scheint die unbestreitbaren Fakten der Schwangerschaft zu verstehen. Erstens hat es in der Geschichte der Mutterschaft niemals neun Monate Schwangerschaft gegeben. Sieben vielleicht; elf sehr oft. Aber neun? Nie. Zweitens, niemand bestimmt, wann das Baby zur Welt kommen wird, außer dem Baby selbst, das Ihnen taktvollerweise verschiedene Wahlmöglichkeiten offenlassen wird: (a) an dem Abend, an dem Sie zwölf Gäste zum Dinner eingeladen und gerade den Wein geöffnet und die Steaks in die Pfanne gelegt haben; (b) mitten in der Nacht während eines heftigen Blizzards, nach einem Tag, an dem Sie den Benzintank füllen wollten, es aber vergessen haben; (c) während eines Entscheidungsspiels der Baseball-World-Series.

Mädchen sind rücksichtsvoller als Jungen. Als unsere Tochter Mary im März 1961 geboren wurde, kündigte sie ihre bevorstehende Ankunft an einem Sonntagmorgen um halb acht an. Der Doktor war verstimmt, wieder ein verdorbener Sonntag. Mein Mann war außer sich.

Welcher zurechnungsfähige Mensch würde an einem Sonntagmorgen zu vier Jungen im Alter von eins, zwei, drei und vier Jahren babysitten kommen? Ich selbst war dagegen entzückt, wie es jede Mutter wäre, der gerade klargeworden ist, daß sie weder kochen, noch nach dem Sonntagsmahl das Geschirr spülen muß.

Während mein Doktor vor Wut schäumte, mein Mann sich aufregte und ich selbst glückselig meine Reisetasche packte, beugte sich Mary der (männlich chauvinistischen) Majorität und schlief wieder ein. Also war es mir vergönnt, meinen „Ruhetag" damit zu verbringen, kleine Jungen zu jagen, umzukleiden und hinter ihnen aufzuräumen. Erst abends um halb neun, nachdem ihre Brüder gebadet und zu Bett gebracht worden waren, bat Mary schüchtern um die Erlaubnis, geboren zu werden. Ihr Vater hat ihr diese Rücksichtnahme nie vergessen, und ich habe sie ihr nie vergeben.

Ich muß zugeben, daß sowohl mein Mann als auch mein Doktor immer sehr sorgfältig darauf bedacht waren, mich „zeitgerecht" ins Krankenhaus zu bringen. Natürlich ließ diese Sorgfalt mit jeder Geburt ein wenig nach. Als unser erstes Kind geboren wurde, brachte mich mein aufgeregter Ehemann in Windeseile ins Krankenhaus, wo wir von meinem Doktor empfangen wurden, der voll Unruhe auf meine Ankunft wartete. Alle beide blieben während der langen Wehen an meiner Seite, obwohl ich keinerlei Wertschätzung für ihre besorgte Anteilnahme zeigte; ich verschlief den ganzen Zauber.

Als mein sechstes Kind geboren werden sollte, waren sowohl Ehemann als auch Doktor offenbar zu dem Schluß gekommen, daß ein alter Profi wie ich keiner besonderen Aufmerksamkeit oder Sorge mehr bedürfe. Mein Doktor, der damals bereits eine gutgehende Praxis hatte, erschien dreißig Sekunden vor der Ankunft des

Babys im Kreißsaal, tätschelte mir die Hand und sagte aufmunternd:

„Es wird bestimmt alles gut gehen, Dorothy."

Mein Mann, der mich zum Krankenhaus gefahren und den Schwestern im Kreißsaal übergeben hatte, fuhr danach gleich in sein Büro, arbeitete den ganzen Tag, kam nach Hause und fragte die Kinder:

„Wo ist denn eure Mutter?" Er hatte es vergessen.

Ich muß allerdings zugeben, daß beide Männer ein wenig über sich hinauswuchsen, als mein zehntes Baby geboren wurde. Bei dieser Geburt war mein Mann der Enthusiast („Das Finanzamt wird das nicht für möglich halten"), während mein Doktor ein Nervenbündel war. Das war das Baby, das ich „nicht mehr hätte haben können und nicht mehr hätte haben sollen". Ich sei „zu alt, zu überarbeitet, zu müde". Ich „könnte an der Geburt dieses Babys sterben".

Wie Sie vielleicht erraten haben, bin ich nicht gestorben. Und unser Patrick ist der lebende Beweis dafür, daß das Baby, das Sie „nicht mehr hätten haben können, nicht hätten haben sollen" und das Sie vielleicht sogar selbst nicht haben wollten, das große Los ist, die Belohnung, der allergrößte Segen. Ich hoffe und bete, daß meine eigenen Kinder, wenn sie einmal heiraten, sich an das alte Sprichwort erinnern mögen: „Mann und Frau machen Liebe, aber nur Gott kann ein Baby machen".

2

Gürtel sind nicht mehr modern

„Das ist der neue Look", sagte die Verkäuferin letzten Montag, als sie mir ein zeltförmiges, seidenes Abendkleid reichte. Ich gab es ihr sofort zurück und ersuchte sie, mir etwas Schlankes, Schmales zu bringen, eng um die Taille, vorzugsweise mit einem Gürtel.

„Aber Gürtel sind out", rief sie. „Weit ist in."

„Natürlich", seufzte ich. „Und als ich einen weiten Look eingebaut hatte, war Twiggy in Mode."

Ich kümmere mich nicht darum, was die gegenwärtige oder zukünftige Mode vorschreibt, ich werde nie wieder ein Hemdkleid, einen Kittel oder irgend etwas anderes anziehen, das auch nur die entfernteste Ähnlichkeit mit Umstandskleidern aufweist. Nach zehn Schwangerschaften in zwölf Jahren mußte ich das FBI zu Hilfe rufen, um meine Taillenweite zu finden, und nun, da ich sie gefunden habe, werde ich sie nicht unter einer überweiten Bluse verstecken.

Ich habe natürlich nicht immer so gedacht. Während meiner ersten Schwangerschaft konnte ich es kaum erwarten, diese süßen kleinen Umstandskleidchen anzuziehen. Ich hatte mir nie zuvor drei ganze Garnituren bei einem einzigen Einkaufsbummel gekauft, und wie die meisten Frauen, die neue Kleider haben, wollte ich diese auch sofort ausführen. Da ich erst im zweiten Monat war, brauchte ich zwar wirklich kein Umstandskleid, aber was sollte es? Sie waren so süß!

Sechs Monate später konnte ich den Anblick der Dinger kaum noch ertragen; ich hatte mein einziges Partykleid so oft getragen, daß es eine Schande war. Das Kleid aber hatte nichts von seiner Pracht eingebüßt; im Gegenteil, es war wie neu. Umstandskleider müssen für Katholiken gemacht sein; diese schrecklichen Ungetüme (die Kleider, nicht die Katholiken) lassen sich ewig tragen, gleichgültig, wie oft Sie sie waschen, im hintersten Winkel der Dachkammer verstauen oder Ihrer Schwester schicken. Nein, die Katastrophe lag in meiner Einstellung zu dem Kleid: BLAAHHH!

Meine fünfte Schwangerschaft unterschied sich insofern von meiner ersten, als ich diesmal bereits um die sechste Woche herum Umstandskleider benötigte, sie jedoch erst im sechsten Monat anziehen konnte, da meine gesamte Umstandsgarderobe an meine drei verheirateten Schwestern verteilt worden war. Umstandskleider mit Schwestern zu teilen, ist eine gute Idee, wenn man nicht katholisch ist. Denn wenn es etwas Frustrierenderes gibt als einen geplanten Turnus, dann ist es ein Turnus im Takt mit drei Schwestern, die ebenfalls einen bestimmten Turnus geplant haben... „Okay, Madeleine, du kannst ein Baby für März planen, weil ich die Umstandskleider nicht vor dem Frühjahr brauchen werde, das heißt, daß Betsy für Weihnachten planen kann und Janet entweder bis nächstes Jahr warten oder sich eigene Kleider anschaffen muß." Ich war immer der Meinung, daß Janet wirklich eigene Umstandskleider verdiente; als jüngstes von fünf Geschwistern war sie permanent zu Abgetragenem verurteilt gewesen. Als meine Mutter Janet fragte, was sie sich zu ihrem sechzehnten Geburtstag wünsche, hatte meine kleine Schwester geantwortet: „Einen Mantel ohne ausgefransten Kragen und ohne gebrauchte Papiertaschentücher in den Taschen!"

Während meiner zehnten Schwangerschaft war mir völlig gleichgültig, was ich trug, solange ich nicht ausgehen und es kaufen mußte. In meiner Verzweiflung sandte ich einen SOS-Ruf an meine Schwestern, die mit zahllosen Kleider-Paketen antworteten, leider alles nur allzu vertraute Ungetüme. Heute sind sie sicher auf dem Dachboden verwahrt; ich denke nicht daran, sie herzugeben, und wenn Sie nicht wissen warum, dann kehren Sie an den Anfang zurück und lesen Sie Kapitel 1.

Wenn es etwas Widerwärtigeres für eine werdende Mutter gibt als die schon zum achtenmal getragenen Umstandskleider, dann sind es die zum ersten, zweiten oder zehntenmal gestellten Fragen von wohlmeinenden Idioten, die entweder niemals selbst in ähnlichen Umständen waren, und dies auch nicht vorhaben, oder aber sich nicht mehr daran erinnern können. Nachstehend einige Fragen, die jeder werdenden Mutter irgendwann gestellt werden, und einige Antwortvorschläge.

1. „Oh, meine Liebe, so bald schon?" Es gibt wirklich keine Entschuldigung für diese Frage, es sei denn, die Hochzeit fand letzten Donnerstag statt, und die fragende Person ist Ihre Mutter, in welchem Fall Sie nur erröten, nicken und das Beste daraus machen können. In jedem anderen Fall sollten Sie entzückt und stolz zur Antwort geben: „Ja, ist das nicht wunderbar?" — falls Sie es nicht vorziehen, den Leuten die Nase einzuschlagen, wobei ich Ihnen mit Freuden Schützenhilfe leisten würde.

2. „Möchten Sie einen Jungen oder ein Mädchen?" Beantworten Sie diese Frage auf gar keinen Fall. Wenn Sie sagen, Sie wollen ein Mädchen und bekommen dann einen Jungen, wird er bestimmt all die Jahre hindurch zu hören bekommen: „Jetzt weiß ich, warum deine Mutter ein Mädchen wollte." Das gleiche gilt für den umgekehrten Fall. Wenn Sie glauben, diese Frage beantworten zu

müssen, empfehle ich eine dieser beiden Antworten: (a) „Nicht unbedingt" oder (b) „Natürlich", je nachdem wie übel Ihnen an diesem Tag gewesen ist.

3. „Wann ist das Baby fällig?" Niemand außer Gott weiß die Antwort auf diese Frage, und Er verrät sie nie. Manche Ärzte geben ihren schwangeren Patientinnen wohl ein bestimmtes Fälligkeitsdatum an, aber diese Ärzte raten nur, und sie werden selbst die ersten sein, die das zugeben. Es empfiehlt sich, Ihrer Familie und Ihren Freunden gegenüber zu sagen, daß das Baby sechs Wochen früher fällig ist, als Sie es tatsächlich erwarten; Sie werden dann während der letzten paar Wochen vor Ihrer stündlich bevorstehenden Niederkunft ständig besorgt und hilfsbereit sein. Leider führt diese Methode, Ihre Familie und Freunde in Sorge zu halten, allerdings auch dazu, daß sie eine weitere lästige Frage stellen:

4. „Bist du noch zu Hause?" Und das, wenn Sie eben selbst den Telefonhörer abgehoben haben, also ganz offensichtlich zu Hause sind. Die von mir empfohlene Antwort auf diese Frage, besonders dann, wenn sie zum zwölftenmal von derselben Person gestellt wird: „Sie hören ein Tonband, nach dem Pfeifsignal hängen Sie sich bitte auf."

5. „Doch nicht schon wieder?" Diese Frage blieb früher auf Mütter von sehr vielen Kindern beschränkt; die heutige Mutter dagegen darf erwarten, sie schon anläßlich ihrer zweiten oder dritten Schwangerschaft zu hören zu bekommen. Nachdem ich diese Frage so oft gehört habe, würde man meinen, ich könnte mit einigen treffenden Antworten aufwarten, doch die einzige Erwiderung, die mir jemals einfiel, war: „Nicht schon wieder... noch immer." Sie wären erstaunt, wenn Sie wüßten, wie viele Leute mir glaubten, doch — angesichts der gegebenen Umstände — wer könnte sie dafür tadeln?

6. „Wie werden Sie das Baby nennen?" Jeder Elternteil hat schon einen Lieblingsnamen für Sohn oder Tochter ausgesucht, aber wenn Sie klug sind, werden Sie ihn bei sich behalten, bis das Baby geboren ist, oder besser noch, bis das Baby getauft ist. Wählen Sie niemals einen Namen aus, bevor Sie das Baby kennen; es kann nämlich sehr leicht sein, daß Sie nicht das Baby bekommen, das Sie sich vorgestellt haben.

So ging es uns 1958, als unser drittes Kind geboren wurde. Wir hatten uns die Namen James für einen Jungen und Mary für ein Mädchen ausgedacht. An dem Morgen, da unser kleiner Sohn geboren wurde, kam mein Mann zu mir ins Krankenzimmer und sagte:

„Ich habe eine unangenehme Nachricht für dich, Schatz. Dieses Baby ist nicht Jimmy."

„Jedenfalls ist es bestimmt nicht Mary!" sagte ich. „Was meinst du damit, ‚Es ist nicht Jimmy'?"

„Warte, bis die Schwester das Baby bringt", antwortete er, „und du wirst sehen, was ich meine." Kurz darauf brachte die Schwester unser Baby, und — nein wirklich, das war kein Jimmy.

„Du hast recht", sagte ich zu meinem Mann, während ich unseren bildhübschen kleinen Jungen ans Herz drückte. „Das ist ein wunderschönes Baby, aber es ist nicht unser Jim."

„Wollen Sie uns unterstellen, daß das nicht Ihr Baby ist?" erkundigte sich die Schwester von oben herab. „In unserem Krankenhaus gibt es keine Verwechslungen."

„Das wissen wir", erklärte mein Mann. „Wir sagten nur, daß dieses Baby nicht Jimmy ist. Sehen Sie ihn an! Er sieht nicht einmal *aus* wie Jimmy!"

Die Schwester verließ hastig den Raum, vermutlich um mich beim Anstaltspsychiater anzumelden.

„Wenn das nicht Jimmy ist", sagte ich zu meinem

Mann, „wer ist es dann? Es besteht kein Zweifel daran, daß er uns gehört; sieh ihn dir nur an!" Ich lachte, während ich das Baby hochhielt, damit sein Vater es inspizieren konnte. Das Baby war — wie seine Brüder vor ihm und seine Brüder und Schwestern nach ihm — seinem Vater wie aus dem Gesicht geschnitten. (Und ist das nicht ein Jammer, wo sie doch eine so wunderschöne Mutter haben?)

„Laß mich noch darüber nachdenken", sagte mein Mann, als er mich zum Abschied küßte. „Bis morgen."

Am nächsten Tag stürmte er in mein Krankenzimmer, aufgeregt und offensichtlich erleichtert.

„Ich habe kurz ins Säuglingszimmer reingeschaut", sagte er, „und habe unser Baby sofort erkannt. Es ist Michael!" Und natürlich war es Michael, ist immer noch Michael. Ich weiß nicht, warum wir ihn nicht sofort erkannt hatten; er sah genau wie Michael aus. Ich bin ausgesprochen froh, daß wir nicht versuchten, ihn Jim zu nennen; denn zwölf Monate später wurde Jim geboren. Wäre es nicht schrecklich gewesen, wenn wir seinen Namen jemand anderem gegeben hätten?

Ein weiterer Rat, dem sicher niemand Beachtung schenken wird, ist: Geben Sie Ihren Kindern nie Namen, die sich reimen. Niemand hat uns vor diesem Fehler gewarnt, und die Folge ist, daß wir einen Jim und einen Tim, einen Dan und eine Ann haben. Wenn ich „Jim!" rufe, bekomme ich Antwort von Tim; wenn ich „Ann!" rufe, antwortet mir Dan, der dafür aus irgendeinem Grund nie da zu sein scheint, wenn ich „Dan!" rufe. Oder vielleicht ist er da und hat beschlossen, Ann antworten zu lassen; da sie darauf besteht, Feministin zu sein, soll doch sie den Mülleimer hinaustragen.

Geben Sie Kindern auch nie Namen, die man reimen *könnte.* In unserem Block gibt es ein Brüderpaar namens

Dirk und Eric. Ich nenne sie in meiner Zerstreuung Derrick und Eric, was allerdings immer noch weniger schlimm ist, als wenn meine Teenager darauf bestehen, sie Dirk und Türk zu nennen. Da ich weiß, wie Spitznamen manchmal hängenbleiben, glaube ich, daß der kleine Eric immer der Türk sein wird, zumindest so lange, bis er alt genug ist, um zurückzuschlagen.

Geben Sie einem Baby niemals einen männlich-weiblichen Namen: Pat, Chris, Joe, Kelly, Bobby, Billie, Mickey, et cetera. Einem kleinen Mädchen wird es nichts ausmachen, aber ein kleiner Junge wird Sie lebenslänglich dafür hassen. Unser Patrick hörte auf Pat bis zu dem Tag, als er in die Schule kam und drei andere Pats traf, die alle Patricias waren. Seit damals ist er Patrick. Patrick ist ein loyaler kleiner Junge; er machte mir keinen Vorwurf wegen seines Namens; er entschied einfach, daß es Patricias Mutter war, die nicht alle Tassen im Schrank hatte.

Merkwürdigerweise schien der männlich-weibliche Name unseren Sohn Lee niemals zu stören — wahrscheinlich, weil er ein größeres Problem hatte. Er trug schwer an jenem Namen, den ich vor allen anderen als tabu bezeichnen möchte: Junior. Ich meine damit nicht, daß wir ihn Junior riefen, sondern er war ein Junior, nach seinem Vater benannt. Wie nennen Sie einen Junior, wenn nicht Junior? Wir riefen ihn Little Lee, was in Ordnung ging, bis er in den Kindergarten kam und aus irgendeinem seltsamen Grund keiner der anderen Fünfjährigen ihn Little Lee rufen wollte. Damit begannen Jahre der Verwirrung. In späteren Jahren riefen kleine Stimmen drohend in unser Telefon: „Sagen Sie Lee, daß ich ihm eine runterhauen werde!" Es war ziemlich eindeutig, daß sie Little Lee meinten. Drei oder vier Jahre später begannen wir Anrufe von erwachsenen Stimmen zu erhalten, die sagten: „Ihr Lee macht uns Probleme er belästigt ständig die Mädchen seiner Klasse." Das war umso peinlicher, wenn Sie in Betracht ziehen, daß der große Lee zu dieser Zeit Lehrer war.

Die Teenagerjahre waren frustrierend, denn damals waren *alle* Anrufe für Little Lee. Zumindest nehme ich das an, da sie alle von atemlos kichernden weiblichen Wesen kamen.

Doch die Verwirrung nahm chaotische Ausmaße an, als aus Little Lee ein „im Elternhaus lebender Erwachsener" und stolzer Besitzer seines eigenen Kreditkontos wurde. Nun kamen die Telefonanrufe von Kreditkartenabteilungen, und *keiner* der beiden Lees wollte ans Telefon gehen. Im Grunde machte es freilich keinen Unterschied, denn jeder Vater eines im elterlichen Haushalt lebenden jungen Erwachsenen weiß: ganz gleich, wer die Anrufe entgegennimmt, es ist Vater, der die Rechnungen bezahlt.

Als Little Lee heiratete, nannten wir ihn noch immer Little Lee, und er ersuchte uns respektvoll, das zu ändern. Worauf zu ändern? Auf Harry? Das Problem wird sich natürlich von selbst lösen, wenn Little Lee seinen eigenen Little Lee hat, denn dann kann ich meinen Little Lee in Mittel-Lee umbenennen. (Wenn ich dann noch bei Verstand bin.)

Ich könnte ihn natürlich Arthur nennen, denn das ist sein zweiter Name, doch wir gebrauchten ihn nie, weil wir ihn nicht mit seinem Onkel Arthur verwechseln wollten, oder mit seinem Großvater, dessen Name Arthur war; tatsächlich hießen beide Großväter Arthur, und sein Cousin heißt ebenfalls Arthur...

Ich frage mich, warum ich nicht gleich an Harry gedacht habe...

3

Doch wann soll ich schlafen?

Ich weiß nicht, was Gott sich vorstellte, als Er mich zur Mutter machte. Den Fachbüchern zufolge habe ich alles falsch gemacht, und das ist gar nicht so leicht, da jedes neue Fachbuch dem vorhergehenden widerspricht. Wenn ich jetzt meine zehn gesunden Kinder ansehe, erstaunt es mich, daß sie all meine Stümpereien überlebt haben.

Ich war nicht immer eine Stümperin. Zu Anfang habe ich alles „richtig" gemacht, und das arme Baby ist beinahe an „Perfektion" gestorben.

Mein erster Fehler bestand darin, daß ich Dr. Spocks Buch über Babypflege kaufte. Nun, ich stellte Dr. Spocks Methoden nicht in Frage (obwohl ich gehört habe, daß er selbst das in späteren Jahren getan hat), es ist nur so, daß ich zu viel Zeit mit der Lektüre des Babybuchs verbrachte, und nicht genug Zeit mit dem Streicheln und Wiegen des Babys.

Den zweiten Fehler beging ich, indem ich alle Dinge anschaffte, die „absolut unerläßlich für das neue Baby" sind. Standardbettchen, Korbwiege, Babybadewanne, Laufstall, Hochstuhl, niedriger Stuhl, Klappstuhl, Schaukelstuhl, Kindersitz, Autositz, Babylöffel, Babyschüssel, Jäckchen, Häubchen, kleine Schuhe, Decken (für ein im August geborenes Baby!), Unterhemdchen, Oberhemdchen, Strampel- und Plastikhöschen, Nachthemden und Pyjamas (fragen Sie mich nicht, warum er beides brauchte), plus einem dreiteiligen Nadelstreifanzug mit weißem Hemd und Krawatte. Das Foto von ihm im Alter von acht Monaten in diesem Nadelstreifanzug (der ihm etwa eine Woche lang paßte) bringt ihn noch heute in größere Verlegenheit als jegliches Aktfoto.

Dann war da die Windeltasche, der Windeleimer, Babywaage, Sterilisierapparat, Kamm und Bürste, Mobile für das Bettchen und 427 Spielsachen „für Kleinkinder bis zu zwölf Monaten", mit denen niemand etwas anfangen konnte, der kein Ingenieursdiplom hatte.

Der einzige vernünftige Kauf, den ich tätigte, bestand in vier Dutzend Windeln, die — wenn sie heute in Warenhäusern zugelassen wären — Pampers und ihresgleichen um ihr Geschäft bringen würden. Es mag für eine moderne Mutter schwer zu glauben sein, aber die Baumwollwindeln des Jahres 1956 waren waschbar, wiederverwendbar, weich, angenehm, schnell trocknend und unverwüstlich. Die unseren überdauerten zehn Babies, was ein Riesenglück war, weil man sie zu der Zeit, als Patrick geboren wurde, nicht mehr zu kaufen bekam. Damals wurden bereits Windeln aus Papier hergestellt, deren Hauptattraktion darin bestand, daß sie wegwerfbar waren. Wegwerfbar? Wohin? Wie? Es gibt keine Möglichkeit, sie zu verbrennen, und ins WC werfen kann man sie auch nicht; ich habe eine Klempnerrechnung, die das beweist. Was macht man also mit den Dingern? Im Hinterhof vergraben?

Ich hätte ohne die Baumwollwindeln das Haus nicht in Ordnung halten können. Was benützen eigentlich moderne Mütter als Putzlappen? Meine Mutter schlug vor, ich sollte die Unterwäsche der Kinder nehmen. Das würde ich sehr gerne tun, wenn ich einen Weg fände, sie von den Kindern herunterzubekommen.

Wie ich meine Baumwollwindeln nutzbar machte, so

führte ich auch meine Deluxe-Babyausstattung einem sinnvollen Zweck zu... wenn auch nicht als Babyausstattung. Ich konnte das zweite Baby nicht in die Korbwiege legen, da sie immer voller Bügelwäsche war. In der Babybadewanne lagen die zusammengelegten Windeln, und im Laufstall türmten sich die Spielsachen. (Wo sonst soll man 427 Spielsachen unterbringen?) Die Jäckchen, Häubchen und Schühchen schenkte ich Müttern von Winterbabies, und die Babykleider „Größe 6 Monate bis 1 Jahr" (die nicht einmal einem Zwergenbaby gepaßt hätten) dienten drei Amtsperioden lang als Puppenkleider. Sie waren immerhin billiger als Puppenkleider.

Mein allerdümmster Kauf war die Babybadewanne. Da sie zu groß für unser Badezimmer war, landete sie im Schlafzimmer, und das Wasser mußte eimerweise vom Badezimmer zum Schlafzimmer geschleppt werden, um die Wanne zu füllen. Nach Babys Bad mußte das Wasser natürlich wiederum Eimer um Eimer herausgeschöpft und zum Badezimmer zurückgeschleppt werden. Das einzige Günstige an der Babybadewanne war ihre Höhe; sie erwies sich als ideal zum Ankleiden des Babies. Aber das war die Küchen-Anrichte schließlich auch.

Oh, Gott. Jetzt ist es heraußen. Ich habe zugegeben, daß ich das Baby auf der Küchen-Anrichte angekleidet habe. Aber es kommt noch schlimmer; ich habe meine Babies auch im Geschirrspülbecken gebadet. Pfui! Ich wußte nicht, daß das „gegen die Regel" war, bis ich Jahre später in einer Zeitungskolumne las, daß „es äußerst unhygienisch ist, das Baby im Küchenausguß zu baden". Der Artikel erläuterte nicht, ob es unhygienisch für das Baby oder unhygienisch für den Ausguß wäre, und so werde ich es niemals erfahren. Denn meine „Babies" sind zwar lebendig und gesund und so hygienisch, wie man es von heutigen Jugendlichen erwarten darf, doch kann ich über den Zustand des Ausgusses keine Angaben machen, denn bevor er den Bazillen der Babies erlag, wurde mein Ausguß von einem Tornado hinweggerafft. Bin ich nicht ein Pechvogel?

Eltern sind komische Leute. Als ich ein Baby war, sang mir mein Vater vor, damit ich um sieben einschlief. Als ich in der Volksschule war, ließ mich meine Mutter bis halb neun „aufbleiben". In meinen Teenagerjahren fragten beide Eltern den ganzen Abend lang:

„Du lieber Himmel, bist du immer noch nicht im Bett? Du brauchst mehr Schlaf!"

Dann schickten sie mich aufs College, wo die Heimregel besagte: „Licht aus um 10 Uhr", und gnade Gott dem Mädchen, das nicht gehorchte und ihre Geschichtshefte beim Schein der Taschenlampe studierte.

Und doch behaupteten merkwürdigerweise sowohl meine Eltern als auch die guten Nonnen, mich auf die Mutterschaft vorzubereiten. Das soll eine Vorbereitung auf die Mutterschaft sein? Uns zu lehren, daß wir Schlaf brauchen? Sie hätten uns lehren sollen, wach zu bleiben.

Eine frischgebackene Mutter vergißt am besten alles, was sie über das Schlafbedürfnis gelernt hat. Von dem Moment an, da das kleine Wonnebündel Nummer eins in die Familie eintritt, ist es mit ihren Nächten aus und vorbei. Das Neugeborene erwacht um zwei und um fünf zum Füttern, und der Teufel soll den Kinderarzt holen, der Ihnen weiszumachen versucht, daß ein Baby, das bis 5 Uhr früh schläft, „die Nacht durchgeschlafen" hat. Die Nacht ist nicht zu Ende um fünf Uhr früh. Mutter ist vielleicht mit den Nerven am Ende, aber die Nacht ist noch längst nicht zu Ende.

Nachdem sie also um Mitternacht ins Bett gefallen ist, kann eine frischgebackene Mutter erwarten, gegen halb zwei oder zwei Uhr aufstehen zu müssen, um das Baby zu füttern, zu wickeln und aufstoßen zu lassen (welch letzteres je nach dem Grad des Erfolgs oder Mißerfolgs weiteres Wickeln erforderlich machen kann). Mit ein wenig Glück können Sie um halb vier wieder ins Bett zurück, um eine Stunde später zur Fünf-Uhr-Fütterung neuerlich aufzustehen, wonach Sie erst gar nicht mehr ins Bett zurückkehren, weil dann Frühstückszeit für den Urheber des Ganzen ist.

In Ihrer Unschuld und Erschöpfung mögen Sie sich damit trösten, daß sich alles normalisieren wird, wenn Baby erst ein wenig älter ist, aber Sie irren sich. Es wird sich erst dann wieder alles normalisieren, wenn Baby heiratet. Denn während Baby älter wird, besteht der Fortschritt für Sie nur in nächtlichen Ohrenschmerzen, Fortstrampeln der Decken, und: ich sehe doch lieber nach, ob er noch atmet.

Wenn er alt genug ist, Sie zu überzeugen, daß er ohne Überwachung atmen kann, kommt er in die entsetzliche Periode der Zweijährigen, die immer von schrecklichem Durst begleitet ist. In den nächsten ein, zwei Jahren werden Sie jede Nacht mehrmals aufstehen müssen, um ihm ein Glas Wasser zu holen, und da er noch ein winzigkleiner Kerl ist und das viele Wasser nicht halten kann (Sie waren ja diejenige, die ihn aus den Windeln heraushaben wollte), werden Sie neuerlich aufstehen müssen, um ihn aufs Töpfchen zu setzen.

Daraus wird Baby mit etwa drei oder vier hinauswachsen, doch dann wird er zweifellos schon einen kleinen Bruder oder eine kleine Schwester haben, die um zwei und um fünf das Vergnügen Ihrer Gesellschaft haben wollen, und dann fängt das alles wieder von vorne an.

Sie werden natürlich irgendwann einmal aufhören, Babies zu bekommen. (Sogar ich habe damit Schluß gemacht) — und Sie werden denken:

„Endlich! Jetzt kann ich ein bißchen schlafen!"

Vergessen Sie's. Sie haben eben erst begonnen, die Nächte durchzuwachen. Denn gerade dann, wenn Ihr jüngstes Baby die Nacht durchzuschlafen beginnt, fängt Ihr ältestes Baby an, die halbe Nacht wegzubleiben, und schon wieder gehen Sie nervös auf und ab und fragen sich, ob Sie sich *jemals* ein bißchen Schlaf werden gönnen können.

Da ich neununddreißig war, als Patrick geboren wurde, glaube ich, daß ich sechzig sein werde, bevor ich damit rechnen kann, einmal eine ganze Nacht durchzuschlafen.

Vielleicht.

Ich habe gerade einen Artikel gelesen, in dem es hieß, daß Frauen über sechzig Schlafprobleme haben. Es wundert mich nicht. Sie haben dann schon vergessen, wie's geht.

4

Gitterbetten, Krabbelanzüge und Babynahrung

Trotz des Umstandes, daß sie dazu neigen, aus jeder Körperöffnung überzufließen, sind Babies etwas Wunderbares und wahrscheinlich die beste Idee, die Gott jemals hatte. Stellen Sie sich einmal vor, Gott ließe den Menschen in irgendeinem anderen Stadium zur Welt kommen — sagen wir, im Alter von sieben Jahren. Zwei Zahnlücken im Oberkiefer, Kaugummi in den Haaren, Dreck unter den Fingernägeln und eine Flut von Fragen, die aus einem schokoladeverschmierten Mund hervorquellen? Oder mit sechzehn? Zwei Meter Blue Jeans, zerstrubbelte Haare, Akne, Sonnenbrillen statt Augen, Kopfhörer statt Ohren, und zwei stolpernde Füße in übelriechenden, modisch zerfetzten Tennisschuhen?

Ja, der liebe Gott wußte bestimmt, was Er tat, als Er den Menschen in Form eines süßen, Zärtlichkeit heischenden und schenkenden kleinen Kindes zur Welt kommen ließ, das (ein zusätzlicher Vorteil!) nicht einmal sprechen kann! Ich liebe Babies! Tut das nicht jeder? Wer kann solch einem winzigen Wesen widerstehen, das sich an Ihre Schulter schmiegt, mit seiner zarten kleinen Hand nach Ihrem Gesicht greift, sich Ihrer bloßen Nähe freut? Zum Unterschied von einem Zehnjährigen oder einem Teenager wird sich ein Baby von Ihnen ans Herz drücken lassen, ohne zurückzuweichen; es wird widerspruchslos Ihre Küsse und Liebkosungen über sich ergehen lassen; es wird Ihren Schlummerliedern lauschen und niemals, niemals sagen: „Eine Julie Andrews bist du nicht." Babies haben genau die richtige Größe, um Mamas so für sich zu gewinnen, daß sie dann später, wenn ihr Sprößling eine Schmutzspur über den Küchenfußboden zieht, sich an die Kühlschranktür hängt und mault: „Was hastn zu essen?", schon so bis über beide Ohren in ihn verliebt sind, daß sie es kaum über sich bringen, zu sagen:

„Streif dir die Schuhe ab! Nein, es wird nicht schon wieder gegessen! Hast du deine Hausaufgaben gemacht? Wann läßt du dir endlich die Haare schneiden?"

Ich muß jedoch realistisch sein; Babies sind nicht immer süß, wie mir unser Sohn Lee in Erinnerung rief, als er und Karen ihre Hochzeit planten.

„Das kann doch nicht dein Ernst sein!" hörte ich ihn schreien, als sie am Küchentisch saßen und Pläne schmiedeten.

„Warum sollte das nicht mein Ernst sein?" fragte sie erstaunt. „Das wird ein wunderschönes Brautbukett, und es ist nicht teuer, falls es das ist, was dir Sorgen macht!"

„Was ist los?" erkundigte ich mich entgegen meiner Absicht, keine zukünftige Schwiegermutter sein zu wollen, die sich in alles einmischt.

„Hör dir das an, Ma", antwortete mein Sohn. „Karen will ein Brautbukett aus Babyduft! Ich hab so was zwar noch nie gesehen, aber ich kann mir jedenfalls vorstellen, wie es riecht!"

Ich klärte meinen Sohn, der als ältestes von zehn Kindern so viel von Babies versteht, wie er wenig von Blumen versteht, darüber auf, daß „Babyduft" der etwas mißverständliche Name einer sehr schönen Rose ist.

„Das will ich hoffen!" seufzte er erleichtert, während

er sich daran erinnerte, wie oft er einem kleinen Bruder oder einer kleinen Schwester das Fläschchen gegeben oder ein Bäuerchen abgerungen hatte.

Einer unserer Freunde, der Vater von neun erwachsenen Kindern ist, klagte einmal, wie sehr er „den süßen Duft des Kinderbettchens" vermisse. Ich glaube, er war ein bißchen plemplem, aber vielleicht wird man so, wenn die Kinder schließlich fort sind und man plötzlich von unheimlicher Stille umgeben ist. Meine Erinnerungen an das Kinderzimmer sind nicht ganz so nostalgisch.

Der Legende nach verbringen Babies zwar ihre wachen Stunden friedlich in ihrem Bettchen liegend, träumerisch Mobiles betrachtend oder zärtlich Teddybären umarmend, doch Tatsache ist, daß die meisten Babies diese Zeit darauf verwenden, Methoden zur Zerstörung ihres Bettchens zu ersinnen. Die Kraft der Erfindungsgabe eines fünf Kilo schweren, fünfzig Zentimeter langen kleinen Jungen sind unglaublich. Einfach dadurch, daß er auf dem Bäuchlein liegend sein Gewicht verlagert, kann er innerhalb von Minuten sein Bettchen quer durch den Raum bewegen, bis es gegen die Wand kracht. Die Zerstörungswut bricht allerdings erst einige Monate später aus, wenn er lernt, in seinem Bettchen zu knien. Dann kann er sein Gitterbett nicht nur gegen die Wand steuern, sondern es dadurch, daß er vor- und rückwärtsschaukelt, wiederholt anschlagen lassen, bis entweder das Bettchen oder die Wand zusammenbricht.

Sollte das Bettchen aber den ständigen Erschütterungen standhalten, wird es dem unaufhörlichen Schrubben zum Opfer fallen. Ich kann nicht glauben, daß ich die einzige ständige Bettchen-Schrubberin der Welt bin, aber vielleicht bin ich es doch, und zwar aufgrund der Tatsache, daß ich niemals die Kunst beherrschte, die Windeln ordentlich festzumachen. So hatten es unsere

Babies sehr leicht, sich ihrer Windeln zu entledigen... was sie stets im ungeeignetsten Moment taten. Das daraus resultierende Unheil störte Baby selbst gar nicht; es nutzte die Gelegenheit vielmehr dazu, sich hingebungsvoll der Anfertigung eines kleinen Gacki-Kuchens zu widmen, was seine älteren Brüder und Schwestern (meine Reinigungsbrigade wider Willen) zu dem Ausruf veranlaßte: „Oh nein, nicht schon wieder eine Gacki-Party!"

Während die älteren Kinder zwar allmählich Experten im Reinigen des Bettchens wurden, lernten sie doch nie, wie man den Hochstuhl reinigt. Ich übrigens auch nicht. Ich weiß nicht, welche Ingredienzien im Baby-Brei enthalten sind, doch empfehle ich das Rezept Betonherstellern, oder wer sonst für den Bau unserer Straßen und Autobahnen verantwortlich ist. Ein Löffel Baby-Brei, auf die verchromte Armlehne eines Hochstuhls gespuckt, verfestigt sich in Minutenschnelle zu einer zementharten Substanz, die garantiert unzerstörbar ist.

Obwohl ich zehn Kinder großgezogen habe, erlangte ich doch nie die Fertigkeit, ein Baby erfolgreich mit dem Löffel zu füttern. Winzige Babies mit dem Löffel zu füttern wurde erst Mitte der fünfziger Jahre modern, gerade rechtzeitig für meinen Erstgeborenen. Vor dieser Zeit gab man Babies die Flasche oder die Brust, bis sie alt genug waren, um sich selbst ihre Butterbrote zu holen. Doch um 1956 entschied irgendein Kinderarzt, der offenbar kein Vater war, daß jedes vier Wochen alte Baby Karotten, Spinat, grüne Bohnen und eine Vielzahl anderer Gemüse- und Obstsorten essen sollte, die so zerkocht und ausgelaugt wurden, bis sie die Konsistenz, das gewinnende Aussehen und den Geschmack von feuchtem Sand hatten.

Wie fängt man es an, ein vier Wochen altes Baby mit

dem Löffel zu füttern? Es liegt auf der Hand, daß das Baby nicht in einem Hochstuhl sitzen kann. Sie *können* es in einen Kindersitz setzen, der ganz vorzüglich geeignet ist, es sei denn, Ihr Baby hat zufällig Füße, in welchem Fall es sich mitsamt dem Sitz im Handumdrehen vom Tischrand abstoßen wird. Ich erkannte bald, daß mir nichts anderes übrigblieb, als das Baby auf den Schoß zu nehmen, wo ich es mit einer Hand festhielt, während ich mit der anderen den Löffel in die Schüssel und anschließend in Babys Mund tauchte. In einer anderen Hand hielt ich ein Handtuch, um den halben Liter Speichel abzuwischen, den Baby auf unerklärliche Weise aus einem Teelöffel passierten Spinats zu produzieren vermochte, und mit einer weiteren Hand hielt ich eine Milchflasche, bereit, sie in Babys Mund zu stopfen, um es so zu zwingen, den Spinat hinunterzuschlucken.

Sollten Sie aus dem obigen geschlossen haben, daß ich mehr als die vorgeschriebene Anzahl von Händen besitze, so haben Sie richtig getippt. Jede Mutter erhält ein extra Paar Hände zur Geburt ihres ersten Kindes. Diese Extrahände erweisen sich im Lauf der Jahre als überaus nützlich, um Kleinkinder bei Notbremsungen im Auto festzuhalten, um mehrere liebesbedürftige Geschwister gleichzeitig zu umarmen und um ein Telefongespräch zu führen, während man zur selben Zeit einem Teenager signalisiert, daß man ihn umbringt, wenn er diese Wagenschlüssel von dem Regal da nimmt. Mutters Extraarme sind unsichtbar, aber glauben Sie mir, sie sind vorhanden. Fragen Sie nur mal eine Mutter.

Manche Großeltern möchten uns weismachen, daß das lieblichste Geräusch der Welt das vergnügte Krähen eines Babys ist. Sie irren sich. Das lieblichste Geräusch ist der Rülpser eines Babys, besonders wenn es drei Uhr morgens ist und Mami oder Papi es kaum erwarten können, wieder ins Bett zu kommen. Alle neugeborenen Babies verlangen mitten in der Nacht nach einer Fütterung. Ich weiß, Sie haben von manchen Eltern die Behauptung gehört, „unser Billy hat von allem Anfang an die Nacht durchgeschlafen". Wenn Sie solche Eltern kennen, schneiden Sie Ihnen schnell das Wort ab und meiden Sie sie wie die Pest. Das sind die Typen, die ihnen später erzählen werden, daß Billy mit drei Monaten aufs Töpfchen trainiert war, sechs Wochen später gehen konnte und an seinem ersten Geburtstag zwei Sprachen beherrschte. Es wird noch schlimmer, wenn Billy sich glanzvoll durch den Kindergarten, die Pfadfindervereinigung, eine aknefreie Jugend und die Harvard-Universität schlägt, für die er ein Vollstipendium nur dadurch erwarb, daß er Billy war.

Damit will ich nicht sagen, daß Sie Billy selbst meiden sollten, der wahrscheinlich zu einem umgänglichen, sorglosen Menschen mit erfreulich schlimmen Kindern heranwachsen wird. Aber halten Sie sich von seinen Eltern fern... für immer. Wenn Sie sie jetzt schon für unangenehm halten, dann warten Sie nur, bis sie erst Großeltern werden.

Ein besonderer Platz im Himmel ist demjenigen Elternteil vorbehalten, der das Neugeborene nachts weinen hört und zu seiner Ehehälfte sagt: „Bleib nur liegen, Schatz. Ich werde ihn füttern." Da wir unsere Babies bekamen, bevor Betty Friedan Ehemänner darüber aufklärte, wie man eine Babyflasche hält, war ich die Heilige, die bei Nacht aufstand und in eine kalte, dunkle Küche hinunterstolperte, um die Flasche zu wärmen (schlafen Sie dabei nur ja nicht ein, sonst wird sie zu heiß), die Temperatur zu prüfen (etwas zu warm; lassen Sie kaltes Wasser darüberlaufen; sie wird zerbrechen, und Sie müssen von vorne anfangen), und wieder zum Kinderzimmer hinaufzusteigen, um das Baby zu füttern. Die Fütterung selbst ist natürlich nur ein kleiner Teil davon. Zuerst müssen Sie Baby trockenlegen, dann füttern, dann umkleiden, weil es spuckt, dann noch ein bißchen mehr füttern, weil Sie sichergehen wollen, daß es genug hat, dann auf und ab gehen, um es wieder zum Einschlafen zu bringen, während Sie immer wieder seinen Rücken tätscheln und beten: „Bitte, lieber Gott, laß es aufstoßen, damit ich ins Bett zurück kann." Waren meine Babies kooperativ? Mitnichten. Ich ging auf und ab; ich tätschelte; ich streichelte. Baby kuschelte sich nur an meine Schulter und schnarchte. Ich rüttelte; ich schrie; ich warf es in die Luft. Es schlief weiter. Schließlich gab ich auf, legte es sanft in sein Bettchen, schlich auf Zehenspitzen zurück ins Bett, streckte mich dankbar zwischen den Laken aus, und „WÄÄÄH!!!" plärrte Baby los. Kein Wunder, es hatte ja den Bauch voll Luft.

Eltern sind widersprüchliche Wesen. Wir warten während Babys erstem Lebensjahr ungeduldig darauf, daß es spricht, und wünschen uns die nächsten zwanzig Jahre, daß dieses Kind endlich einmal den Mund halten möge. Warum sind wir so begierig, sein erstes Wort zu hören? Aus dem einfachen Grund, weil jede Mutter hofft, daß das erste Wort „Mama" sein wird, und jeder Vater betet, daß es „Papa" sein möge. Gib es auf, Mutter. Das erste Wort ist immer „Papa". Tatsächlich ist das erste, was jedes Baby hervorbringt, „Ba". Baby ist so entzückt, den Klang seiner eigenen Stimme zu hören, daß es sich wiederholt: „Ba-ba-ba". Sie fragen sich vielleicht wie schon so viele Mütter vor Ihnen, wie der Spitzname „Papa" jemals aus dem Wort „Vater" entstanden ist. Jetzt wissen Sie es. Irgendein verwegener prähistorischer Papa bezog das erste Wort des prähistorischen Babys auf sich: Ba-ba.

Meiner Ansicht nach sollte jedem Elternpaar ein Kind

zum Üben zugestanden werden. Dies könnte man so arrangieren, daß Gott reuelosen Sündern, die gestorben und ins Fegefeuer gewandert sind, ihre Strafe derart abzudienen gestattet, daß sie als erstgeborene Kinder reinkarniert werden. Wir Eltern machen so viele Fehler bei unseren erstgeborenen Kindern, indem wir sie mit so vielen „Wohltaten" überhäufen, daß es wie ein Wunder erscheint, wenn sie unsere zärtlich liebende Fürsorge überleben.

Unser erster Sohn wurde im Monat August geboren. Zehn Tage später, als es 40 Grad im Schatten hatte, hüllte ich ihn in Unterhemdchen, Windeln, Plastikhöschen, gestrickten Kimono, Jäckchen, Häubchen, Schühchen und Decke, nur um ihn drei Straßen weiter zur Taufe in die Kirche zu fahren. Er war das einzige Baby, das ich glücklich lächeln gesehen habe, als das kühle Taufwasser über seine schweißnasse Stirn gegossen wurde.

Während seiner ganzen Säuglingszeit wurde unser Erstgeborener mit der „perfekten" Breimischung gefüttert, die sorgfältig in sterilisierte Flaschen abgefüllt wurde. Wir sterilisierten alles; ich verbrachte den halben Tag damit, Gummi-Enten, Bauklötze und Babyklappern in heißes Wasser zu tauchen, weil sie den Boden berührt hatten und vielleicht in Berührung mit Babys Mund kommen könnten. Baby hatte seine eigenen Schüsseln, seine eigenen Toiletteartikel, seine eigene Toilette... einen entzückenden kleinen Stuhl mit Töpfchen und gepolsterter Lehne, bemalten Rädern und eingebauten Spielsachen. Seine Garderobe war so hübsch, so komplett, so teuer — sie hätte von Bloomingdale's in New York maßgefertigt sein können.

Trotz allem überlebte er diese „Wohltaten" und wuchs zu einem völlig normalen, widerspenstigen Jugendlichen heran.

Seine Geschwister wurden weniger belastet. Nachdem wir fünf Babies verdorben hatten und bei Nummer sechs angelangt waren, besaß unser Dan eine Garderobe, die ganz offensichtlich von Bloomingdale's in Omaha kam: zwei Unterhemdchen (Größe sechs, durchs Waschen auf Größe zwei zusammengeschrumpft), zwei Krabbelanzüge mit ausgebeulten Knien und keine Schuhe. Wozu Schuhe kaufen für ein Kind, das nicht gehen kann? Ich hörte an dem Tag auf, meine Babies in teure hohe Schuhe mit harten Sohlen zu zwingen, als ich ein an seinem ersten Geburtstag aufgenommenes Foto von Nelson Rockefellers Baby sah... barfuß. Was gut genug ist für Happy, ist gut genug für mich; von da an gingen unsere Babies barfuß, bis sie in den Kindergarten kamen.

Danny teilte seine Schüssel mit dem Hündchen, seine Spielsachen mit sämtlichen Brüdern und Schwestern, nur sein Töpfchen brauchte er aus dem einfachen Grund nicht zu teilen, weil er keines hatte. Ich war seit langem davon abgegangen, ein kleines Kind aufs Töpfchen zu trainieren. Bei Kind Nummer drei oder vier war mir klargeworden, daß ich — indem ich ständig auf die Uhr sah, Baby in regelmäßigen Intervallen aufs Töpfchen setzte und es stundenlang anspornte, betend und zuredend auf dem Rand der Badewanne sitzend — das Baby um den achtzehnten Monat endlich so weit haben konnte. Wenn ich jedoch die ganze Sache ignorierte, dann schaffte Baby es durch seine Beobachtungsgabe ganz von selbst, wenn es zwei war. Was sind schon sechs Monate? So viel Zeit hätte ich allein damit verbracht, auf dem Rand der Badewanne zu sitzen. Daher wurde die zweite Hälfte unserer Familie niemals aufs Töpfchen trainiert, aber soviel ich weiß, sind sie alle aus den Windeln heraus.

Nach meinem ersten Baby hörte ich auf, alles zu sterilisieren, inklusive der Babynahrung. Ich entdeckte, daß

Muttermilch nicht nur gesünder ist, sondern auch leichter zu wärmen und zu servieren. Unters Sofa geschleuderte und vom Hund zutage geförderte Spielsachen wurden von fröhlichen Kleinkindern gelutscht, die unter Bedingungen gediehen, über die das Gesundheitsministerium entsetzt gewesen wäre. Drei Kleinkinder genügten, um mir klarzumachen, daß ein Baby, das über den Fußboden kriecht und dann an seinem Daumen lutscht, ohne an Dysenterie zu sterben, auch keine Vergiftung bekommen wird, wenn es eine Tüte Eis mit dem Hund teilt. Ich kann natürlich nicht dafür garantieren, daß der Hund bei Gesundheit bleibt, aber das ist nicht mein Problem. Jeder Hund, der so dumm ist, einem schmutzfingrigen, breiverschmierten, feuchtbehosten Baby hinterherzulaufen und seinen Anteil am Schnuller zu verlangen, verdient, was er bekommt.

Trotz der schmutzigen Finger ist das Babystadium das erfreulichste Alter. Das Vergnügen, ein Baby gehen und sprechen zu lehren, ist unbeschreiblich und nur noch dadurch zu steigern, daß man es mit älteren Kindern teilen kann. Wenn es etwas Beseligenderes gibt als den Anblick eines friedlich in seinem Bettchen schlafenden Neugeborenen, dann ist es das wundersame Erlebnis, einem „älteren" Baby zuzusehen, wie es das Neugeborene in seinem Bettchen beim Schlafen beobachtet. Ein Zweijähriger, der auf den Zehenspitzen steht und in das Bettchen guckt; ein Vierjähriger auf allen Vieren, der strahlend versucht, dem Baby das Krabbeln beizubringen; ein Sechsjähriger, der neben dem Bettchen des Babys sitzt und nachdenklich die komplizierten Strukturen eines winzigen Babyohres betrachtet; ein Achtjähriger, der seinem Brüderchen beizubringen versucht, wie man einen Ball hält; eine Zehnjährige, die voll Zärtlichkeit ihre Lieblingspuppe in die Korbwiege ihres Schwesterchens legt;

ein Zwölfjähriger, der unbeholfen und verstohlen seine kleine Schwester aus ihrem Bettchen hebt, um ihr rasch, aber liebevoll einen Kuß zu geben... das sind die Dinge, die das Muttersein so wunderbar machen und, so hoffe ich, ein- für allemal erklären, warum ich so viele Kinder habe.

Zweiter Teil

Wenn du einen klaren Kopf behältst, während alle um dich
den ihren verlieren und dich dafür tadeln;
wenn du an dich glaubst, während alle zweifeln an dir,
und du dir selbst dennoch das Recht auf Zweifel zugestehst...

Dann bist du eine Mama!

RUDYARD KIPLING, „If"

5

Desolate Verhältnisse

Wenn Mütter im Lauf ihrer Karriere irgendein Talent perfektionieren, dann ist es die Fähigkeit, sich Sorgen zu machen. Bei zehn Kindern bin ich eine hauptberufliche Mutter Sorge geworden — eine Tatsache, die meinen Mann sehr beunruhigt, seit er irgendwo gelesen hat, daß „sorgenvolle Menschen dazu neigen, früher zu sterben als sorglose". Das ist natürlich Unsinn. Wenn das wahr wäre, gäbe es keine Großmütter auf dieser Welt. Keine von ihnen hätte als Mutter überlebt.

Eine Mutter kann nicht erwarten, ihre Laufbahn als professionelle Mutter Sorge zu beginnen; Sie muß zuerst eine Lehre absolvieren, die in dem Augenblick beginnt, in dem der Gynäkologe ihr sagt: „Gratuliere, Sie werden Mutter." Während der nächsten neun Monate werden Sie besorgt sein, daß Ihr Baby vielleicht nicht gesund und munter sein könnte, daß es das Äußere seines Vaters und Ihre Intelligenz (oder vice versa) erben könnte, daß es beschließen könnte, ausgerechnet während des großen Finales im Stadion zur Welt zu kommen.

Ist Baby einmal da — gesund und hübsch, strahlend und schön und genau nach Plan (bei Vollmond) geboren —, können Sie nicht aufhören, sich zu sorgen. Sie müssen zu anderen Sorgen übergehen: Atmet es? Wächst es? Warum ißt es so viel? Warum will es nicht *mehr* essen? Warum krabbelt es so schief?

Tatsächlich krabbelte eines unserer Babies schief: Annie

kroch seitwärts. Wir ließen sie auf alles untersuchen, von Gehirnschäden bis zu X-Beinen, bis ihre Großmutter schließlich die Ursache des schiefen Krabbelns herausfand. Meine Mutter war den ganzen Nachmittag als Babysitterin bei mir gewesen, und als ich nach Hause kam, küßte Großmutter sieben oder acht Kinder zum Abschied, streichelte den Pudel, schob den Irish Setter zur Seite, wandte sich dann mir zu und sagte: „Kein Wunder, daß Annie seitwärts krabbelt; irgend etwas oder irgend jemand ist ihr immer im Weg."

Endlich haben Sie Ihr kleines Sorgenkind so weit gebracht, daß es auf den Beinen steht, und nun stellen Sie fest, daß Sie sich darum sorgen müssen, wie hoch es reichen, wie schnell es laufen kann, und — oh, mein Gott — was hat es denn diesmal in der Toilette hinuntergespült?

Wenn Ihr Kleiner drei ist, wird er sich nach Unabhängigkeit sehnen, das heißt, er wird draußen spielen wollen, ohne an den Verandapfosten angebunden zu sein. Also machen Sie sich während der nächsten zwei Jahre Sorgen, er könnte auf die Straße laufen, sein Dreirad durch die Tulpen des Nachbarn steuern oder von dem schlimmen kleinen Jungen von nebenan verprügelt werden. An anderen Tagen wiederum werden Sie sich sorgen, weil *er* der schlimme kleine Junge von nebenan ist, der mit den zur Zeit gerade braven Nachbarkindern seinen Schabernack treibt.

Mit großer Erleichterung werden Sie ihn zur Schule schicken, und sich dann jahrelang sorgen, weil er komische Fünfer malt, addiert, wo er subtrahieren sollte, und sich nicht merken kann, wie sein Familienname geschrieben wird.

Während der Grundschuljahre beschränken sich Ihre Sorgen mehr oder weniger darauf, ob er noch vor dem Frühjahr aus seinem Wintermantel hinauswachsen wird oder nicht, vorausgesetzt natürlich, daß er seinen Wintermantel *findet.* (Haben Sie hinter dem Kühlschrank nachgesehen? In der Hundehütte? Auf dem Boden des Autos? Vielleicht sogar... in seinem Schrank?)

Dann kommt die Junior High School, und Sie werden sich — mit ihm gemeinsam — Sorgen machen, er könnte entweder zu klein oder zu groß, zu dick oder zu dünn werden — oder wird er sich überhaupt jemals weiterentwickeln?

Erst wenn er in die High School kommt, können Sie den Status einer beruflichen Sorgenmutter erlangen. Lassen Sie diesen ungeschickten Vierzehnjährigen wirklich Chemie wählen? Er wird bestimmt die Schule in die Luft jagen! (Der Gedanke wird ihm sicher kommen.) Lassen Sie ihn zum Football gehen? Bis Mitternacht ausbleiben? Wo ist er? Mit wem?

Mit sechzehn wird er anfangen, Auto zu fahren, und nun müssen Sie sich zusätzlich dazu, daß Sie sich um *ihn* sorgen, auch noch um Ihren Wagen Sorgen machen, um die Menschen darin, um alle anderen Autos in der Gegend und um die unaufhaltsam steigenden Prämien Ihrer Autoversicherung.

Endlich wird er erwachsen sein und aufs College gehen. Jetzt müssen Sie sich nicht länger darum sorgen, ob er sich die Zähne putzt oder seine Gebete spricht; stattdessen werden Sie sich sorgen, daß er zu viel studiert, oder schlimmer noch, zu wenig; daß er zu früh heiraten wird, oder schlimmer noch, nicht früh genug; daß er vielleicht ausziehen und seine eigene Wohnung haben will; oder schlimmer noch, daß er überhaupt nicht ausziehen wird.

Niemand sorgt sich mehr als eine Mutter, trotzdem leben Mütter länger als irgend jemand sonst. Warum? Weil Mutter — während ihre Kinder heranwachsen und sie selbst älter wird — vom sich Sorgen zum Beten wechselt; damit wird sie unentbehrlich, und Gott läßt sie länger leben. Denn Gott weiß wohl: wenn es für eine Familie etwas Wertvolleres gibt als eine Mutter, die sich sorgt, dann ist es eine Großmutter, die betet.

Das sorgenträchtigste Alter muß das Kleinkindalter sein. Ich weiß, daß Mütter älterer Kinder dazu neigen, Müttern von Kleinkindern zu versichern; „Wenn du es jetzt schon schwer hast, dann warte erst, bis sie Teenager sind!", und die Mütter von Kleinkindern damit in einen Zustand der Panik und Verzweiflung versetzen. In Wahrheit ist es jedoch so, daß das Kleinkindstadium das schwierigste Alter ist; Mütter von Teenagern haben es nur glücklicherweise vergessen. Ich hatte Kleinkinder und Teenager gleichzeitig, und ich möchte den Teenagerjahren den Vorzug geben. Wenn ein Teenager in Schwierigkeiten gerät oder Dummheiten macht, kann Mutter sagen: „Es ist deine eigene Schuld; du solltest eigentlich schon gescheiter sein." Aber wenn das Kleine die Eßzimmerwand bemalt oder den Kühlschrank umwirft, dann raten Sie mal, wem sein Papi die Vorwürfe macht?

Falls Gott mich für die Schelmereien meiner Kleinen verantwortlich machen sollte, werde ich die Ewigkeit im Fegefeuer verbringen. Ich schaudere schon, bei der bloßen Erinnerung an die frühesten Jahre meiner Kinder...

... Als Michael, damals zwei Jahre alt, Kleenex in den Badezimmerausguß des Oberstocks stopfte, das Wasser aufdrehte und sich davonmachte. Ich saß gerade auf den Stufen der vorderen Veranda, genoß den schönen Frühlingstag und zeigte mich in fahrlässiger Weise uninformiert über die Aktivitäten meines Kleinen, bis mein dreijähriger John herauskam und fragte:

„Mami, warum regnet es im Eßzimmer?" Aus jedem

Prisma des Kronleuchters tropfte Wasser, was zugegebenermaßen ein spektakulärer Anblick war, leider aber dazu führte, daß kurz darauf die Decke einstürzte.

... Oder der Ostersonntag, an dem mein Mann sagte: „Mir ist langweilig; ich werde ein wenig spazieren gehen." Als er zurückkam, standen Feuerwehrwagen vor dem Haus. Unser vierjähriger Lee hatte eine Schachtel Streichhölzer gefunden und es nach vier oder fünf erfolglosen Versuchen schließlich geschafft, die vordere Veranda anzuzünden. Lief mein kleiner Brandstifter weg, um sich in den Büschen zu verstecken und vor Scham zu heulen? Nein. Er ging geradewegs zu seiner Mutter, legte seine kleine Hand in die ihre und gestand tapfer:

„John war's."

Der arme John verbrachte den Großteil seiner frühen Jugendjahre damit, die Schuld für Lees Missetaten auf sich zu nehmen, bis dem zwölfjährigen John eines Sommers plötzlich klarwurde, daß er durch irgendein Wunder seinem dreizehnjährigen Bruder über den Kopf gewachsen war; daraufhin verprügelte er ihn — ohne eine nähere Begründung anzugeben — einmal windelweich. Ob dadurch eine Veränderung eintrat? Ja. Von da an schoben sie nämlich beide Michael die Schuld in die Schuhe.

... Oder der vierjährige Lee beim Fernsehen beschloß, den guten Jungs zu helfen, die bösen zu fangen. Er schnappte seine Wasserpistole, schoß durch die Hinterwand des TV-Geräts auf die bösen Jungs und ruinierte die Bildröhre, alle Transistoren und mein Nervensystem.

... Oder an den Morgen, als unser dreijähriger Patrick und sein Freund Jacob auf den Vordersitz meines Wagens kletterten, die Bremse lösten und zu einer Bundesstraße hinunterrollten. Es bedurfte zweier Erzschutzengel, um den Wagen in die Büsche eines Nachbarn zu lenken und die zwei unbekümmerten kleinen Teufel zu ihren von panischem Schrecken ergriffenen Müttern zurückzubringen.

... Oder an den Tag, als sich Patrick, damals ungefähr vier, den Finger in der Tür einklemmte, sich bückte, um irgendetwas aufzuheben, das hinuntergefallen war, und erkannte, daß es sein Finger war. Er hob ihn gelassen auf, brachte ihn mir und sagte: „Mach ihn fest, Mami." Ein lieber Freund fuhr zum Spital, ein guter Arzt nähte den Finger wieder an, und eine dem Wahnsinn nahe Mami fiel in Ohnmacht.

... Oder an den Tag, als Mike, John und Lee, damals ungefähr fünf, sechs und sieben Jahre alt, eine Schachtel voll alter Briefe in Nachbars Garage fanden und gemeinsam mit Nachbars Sechsjährigem Postboten spielten, indem sie die Briefe munter auf alle Briefkästen des Blocks verteilten. Unglücklicherweise handelte es sich um alte Liebesbriefe, die der Nachbar vor etwa zwanzig Jahren während seiner Junggesellenzeit in der Marine erhalten hatte. Das Ganze wurde noch dadurch verschlimmert, daß die Briefe leider nicht von dem Mädchen stammten, das später Frau Nachbarin wurde. Ich lernte etwas aus dieser peinlichen Erfahrung. Ich warf alle meine alten Liebesbriefe ins Feuer.

Die Kleinkindjahre sind schrecklich, weil kleine Kinder, so entzückend sie auch sind, jede Minute des Tages beaufsichtigt werden müssen, sonst zerlegen sie alles, was in Reichweite ist. Ihre Eltern werden versuchen, Ihnen zu sagen: „Paß auf, du brauchst nur einmal kurz wegzuschauen, und schon sind sie erwachsen", aber glauben Sie es nur ja nicht. Und um Himmels willen, versuchen Sie es nicht. Ich habe einmal nur kurz weggeschaut, und meine Kleinen zertrümmerten den Eßzimmertisch. Es ist nicht leicht, einen Eßzimmertisch zu zertrümmern, aber sie schafften es, und natürlich war es meine Schuld. Ich hatte den Fehler begangen, zwei von ihnen mitzunehmen, als ich die Eßzimmereinrichtung kaufte, und sie hörten, wie ich den Verkäufer fragte:

„Ist dieser Tisch massiv? Wir haben eine Menge Kinder, und sie gehen nicht allzu zimperlich um mit den Möbeln."

Der Verkäufer hatte geantwortet: „Madame, sechs Leute könnten auf diesem Tisch tanzen, und er würde nicht einmal wackeln."

Er hatte recht. Als der siebenjährige John seine jüngeren Geschwister überredete, mit ihm den Tisch auszuprobieren, wackelte der nicht ein bißchen, als er in der Mitte entzweibrach.

Meine Kleinen ruinierten alles, was sie anfaßten, und gewöhnlich absichtlich. Wenn sie ein neues Spielzeug bekamen, zerlegten sie es, um zu sehen, wie es funktionierte. Oder sie warfen es an die Wand oder in die Luft — außer es war ein Ball, der dazu bestimmt war, an die Wand oder in die Luft geworfen zu werden; *den* spülten sie durch die Toilette hinunter.

Es gab Zeiten, in denen ich dachte, ich hätte da eine Horde von Terroristen großzuziehen, bis ich eines Tages einen von ihnen im Kindergarten anmeldete. Auf dem Antragsformular fand ich auch folgende Frage: „Beschreiben Sie Ihre Familienverhältnisse. Kreuzen Sie an: ausgezeichnet, gut, mäßig, leidlich, dürftig, desolat."

Ich wandte mich an meine Freundin Madeleine, die das gleiche Formular für ihren kleinen Sohn ausfüllte, und sagte: „Ist das nicht eine lächerliche Frage? Wie beantwortet man so etwas? Ich nehme an, alle kreuzen ‚mäßig' an."

„Ich nicht", sagte Madeleine. „Ich kreuze immer ‚desolat' an."

„Aber warum?" fragte ich, da ich Madeleine doch als glücklich verheiratete Mutter von sieben Kindern kannte.

„Weil es so ist", seufzte sie. „Die Waschmaschine ist desolat; der Fernsehapparat ist desolat; die Dreiräder sind desolat; die Hintertür ist desolat..."

Ich liebte Madeleine für diese Bemerkung. Sie hat mir jahrelang geholfen, nicht den Verstand zu verlieren.

6

Du hast *was* gegessen?

„Sie sind so süß!" sagte die Schwester, als sie die vier kleinen Jungen auf den Tisch der Ambulanz der Kinderklinik hob.

„Einfach entzückend!" stimmte die Assistentin zu, während sie jedem meiner vier Söhne eine Schüssel gab und ihnen sorgfältig Lätzchen um die schmalen Hälse band.

„Okay, Jungs", sagte die Schwester fröhlich, „wenn jeder von euch einen kleinen Schluck von diesem Sirup nimmt, gebe ich euch hinterher ein großes Glas Limonade. Wird das nicht fein?"

Ja, fein. Ich wußte, was für ein Sirup das war: Brechwurz. Und ich hoffte nur, daß die Jungen die Schüsseln festhalten konnten, wenn die Brechwurz ihr Frühstück heraufzubefördern begann.

Die „süßen, entzückenden" kleinen Jungen waren meine schrecklichen Knirpse: Lee, vier Jahre alt; John, drei; Michael, zwei; und Jim, eins. Ich hatte sie in rasender Fahrt in die Vergiftungszentrale der Kinderklinik gebracht, als ich die Aspirinflasche leer fand und Little Lee verdächtigerweise verschwunden war. Als Antwort auf meine drängenden Fragen hatte John folgendes erzählt:

„Lee wollte Krankenhaus spielen, und er sagte er ist der Doktor, und er hat uns Menge Pillen gegeben und dann hat er bißchen erschrocken schaut und ist weglaufen."

Ich hatte den zitternden „Arzt" hinter der Kellertüre versteckt gefunden und beschlossen, daß einer Tracht Prügel eine intensive Befragung vorangehen sollte. Es stimmte; sie hatten Aspirin gegessen, konnten sich aber nicht erinnern, wieviel. Also auf zur Vergiftungszentrale!

Während der „Doktor und seine Patienten" gehorsam in ihre Schüsseln erbrachen, wandte ich mich um und sah ein bekanntes Gesicht in der Türöffnung. Es gehörte Lee Terry, dem Kommentator des Aktuellen Dienstes einer von Omahas führenden Fernsehstationen. Zu meinem Schrecken rückte Lee seine Kamera in Bereitschaft, um das Erbrechen zu filmen.

„Was machen Sie hier?" rief ich und wußte doch sehr gut, was er hier machte.

„Ich war unten im Korridor wegen eines Unfalls, und als ich die Schwestern über diese süßen Kinder sprechen hörte, kam ich zu dem Schluß, daß das eine großartige Geschichte für ‚Menschlich Gesehen' abgeben würde."

„Nicht annähernd so großartig wie die Geschichte, die ihr folgen wird", erklärte ich ihm.

„Was für eine Geschichte ist das?" fragte er.

„MUTTER VERPRÜGELT KOMMENTATOR DES AKTUELLEN DIENSTES MIT KAMERA!" antwortete ich entschieden. „Bitte, Lee", flehte ich, „wenn es irgend etwas gibt, das ich heute nicht brauchen kann, dann ist es die Reaktion meines Mannes, wenn er seine Söhne in den Sechs-Uhr-Nachrichten kotzen sieht. Er würde mich umbringen."

„Ja!" sagte Lee mit einem Augenzwinkern, „und was für eine Reportage *das* erst wäre!" Er scherzte, und ich sah mit Erleichterung, wie er unwillig die Kamera wieder versorgte und mir sogar half, die kleinen Jungen vom Tisch zu heben und zum Auto zu bugsieren.

Unterschätzen Sie niemals die Erfindungsgabe von

Kleinkindern, wie ich es eines Sommers tat, als ich die Jungen nach St. Joseph in Missouri mitnahm, um meine Eltern zu besuchen. Meine Mutter kannte den Ruf wohl, der ihren Enkelsöhnen voraneilte, also hatte sie sich mit besonderen Vorsichtsmaßnahmen auf ihre Ankunft vorbereitet. Als wir die Koffer ausgepackt hatten und die Jungen zu ihrem Nachmittagsschläfchen hinlegten, erklärte mir Mutter, warum ich mir keine Sorgen wegen irgendwelcher Eilfahrten zum Krankenhaus machen müßte.

„Ich habe alles Gefährliche oder Giftige in diesem Haus eingesammelt", sagte sie stolz, „und auf das oberste Regal meines Schlafzimmerschranks verbannt."

„Das ist nicht genug, Mutter", informierte ich sie. „Sie können einen Stuhl in diesen Schrank schieben und flink wie die Affen an den Regalen hochklettern."

„Nein, können sie nicht", antwortete sie. „Ich habe jeden beweglichen Stuhl, Schemel, Tisch, sämtliche Leitern oder Kisten, die dazu verwendet werden könnten, dieses Regal zu erklimmen, aus dem Haus entfernt."

„Großartig!" lachte ich, als sie erklärte, daß alles im Keller des Nachbarn verstaut sei. Wir gaben den Jungen Küßchen und gingen hinunter, um eine Tasse Tee zu trinken.

Dreißig Minuten später gelangte ich zu der Überzeugung, daß das Schläfchen einfach zu ruhig war, um geheuer zu sein, also ging ich hinauf und sah nach. Wie erwartet schliefen die Jungen nicht. Im allgemeinen überbrückten sie die Schläfchen damit, daß sie mit Kissen oder miteinander kämpften, lachten und schrien, aber zumindest waren sie dabei in ihrem Schlafzimmer eingesperrt. Wie alle Mütter wissen, dienen Schläfchen nicht dem Wohle des Kindes; ich habe noch kein Kind gesehen, das ein Schläfchen wirklich braucht. Es ist *Mutter*, die vom Schläfchen ihres Kleinen profitiert. Also überraschte es mich nicht, meine Kinder wach zu finden, aber es überraschte mich, sie bei ihrem liebsten Zeitvertreib anzutreffen: einer Gift-Party. Alle vier saßen auf dem Boden und verteilten glückselig Pillen in allen Farben und Formen. Da waren Vitamintabletten, Grippetabletten, Aspirin, Abführmittel — alle die „Leckereien", die Großmama so sorgsam auf dem obersten Regal verstaut hatte. Da wir keine Möglichkeit fanden, festzustellen, wie viele — wenn überhaupt welche — von den Giften sie eingenommen hatten, mußten wir alle vier Jungen zu einer Wiederholungsvorstellung des Brechwurz-Spektakels in die Klinik bringen.

„Wie sind sie da hinaufgekommen?" jammerte meine Mutter, während wir die Jungen in die Stadt zur Klinik fuhren. „Es war nichts da, womit sie hinaufklettern hätten können!" Aber natürlich war etwas dagewesen, obwohl es unverständlich war, wieso sie es nicht in Betracht gezogen hatte, als sie ihre Vorsichtsmaßnahmen traf. Unser Gepäck; die vier mächtigen Koffer, die wir in Großmutters Haus mitgebracht hatten. Die Jungen hatten sie in den Schrank geschoben, sorgfältig einen auf den anderen gestapelt, und so geradewegs das oberste Regal erklommen.

Dank der Brechwurz erholten sich die Kinder gegen Abend; meine Nerven hatten sich am nächsten Morgen beruhigt, und der Psychiater sagte, Großmutter würde zu Weihnachten wieder völlig normal sein.

7

Wie weit ist es denn noch?

„Ferien", sagt Noah Webster, „sind eine Zeit der Erholung von irgend etwas; eine bestimmte Periode, in der die Aktivität aussetzt; eine Periode der Freiheit von Arbeit, der Ruhe und der Entspannung."

Noah hatte offenbar keine Kinder. Mein Mann und ich haben im Lauf der Jahre verschiedene Urlaube verbracht, manche mit Kleinkindern, manche mit Teenagern, manche mit Schulkindern, und das einzige, was aussetzte, waren „Ruhe und Entspannung". Die einzige Möglichkeit, sich in Ferien mit Kindern zu entspannen, ist, sie alle zu Oma zu bringen, in deren Küche abzuladen und zu sagen:

„Wir gehen bloß hinauf in Omas dritte Etage; am Sonntag kommen wir wieder herunter."

Ich bin oft gefragt worden: „Welches ist das beste Alter für Kinder, sie auf Reisen mitzunehmen? Ist es einfacher, wenn sie noch klein sind? Grundschüler? Oder eignen sich Teenager am besten für die Reise?"

Es gibt zwei „beste Alter": eines, wenn das älteste Kind sechs Wochen alt ist und die ganze Reise in einem Korb auf dem Rücksitz verschläft, und das andere, wenn das jüngste Kind dreiunddreißig und verheiratet ist, eine eigene Familie hat und von der Aussicht hingerissen ist, ein Augustwochenende im Death Valley zu verbringen — sofern es nur bedeutet, daß es von seinen eigenen Kindern wegkommt.

Jedes Alter dazwischen kann man vergessen.

Wenn wir unsere Kleinen auf eine Reise mitnahmen, verbrachten wir die halbe Zeit in straßenseitig gelegenen Toilettenanlagen, und die übrige Zeit mit dem Versuch, Fragen und Kommentare vom Rücksitz zu überhören: „Sind wir gleich da?"... „Ist es hinter dem nächsten Hügel?"... „Warum darf ich nicht vorne sitzen?"... „Mama, kannst du bitte Patrick sagen, daß er seine Schuhe nicht aus dem Fenster werfen soll?"... „Daddy, kannst du bitte Annie sagen, sie soll aufhören, meine Jacke auf den Boden zu schmeißen?"... „Hör auf, so herumzuwetzen, Dan!"... „Daddy, ich glaube, du solltest den Wagen einen Moment anhalten!"

„Warum? Hat schon wieder jemand etwas weggeworfen?"

„Ja."

„Wer?"

„Tim."

„Was hat er denn weggeworfen?"

„Das Essen aus dem Mund!"

Wir nahmen die Teenager in die Ferien mit, verbrachten die halbe Zeit in straßenseitig gelegenen Restaurants und die andere Hälfte mit dem Ignorieren der Fragen und Kommentare vom Rücksitz:

„Ich verstehe nicht, warum ich auf diese blöde Reise mitkommen mußte."... „Soll das heißen, du hast mich aufgeweckt, nur damit ich mir den Grand Canyon ansehe?"... „Wann werden wir essen?"... „Rück hinüber, du Ekel; du brauchst den ganzen Rücksitz für dich."... „Wo soll ich meine Beine hintun? Wir sind nicht alle Zwerge, du Gnom."... „He, Dad, laß mich doch ein bißchen ans Steuer, ja? Ich zeig dir, wie man den Gummi rauchen läßt, Mann!"

Familien mit zehn Kindern machen selten — wenn

überhaupt — Urlaub, außer sie sind sehr reich oder sehr verrückt, oder beides. (Wir fallen nicht in die erste Kategorie, und im Gegensatz dazu, was meine Freunde und Verwandten behaupten, gehören wir auch nicht unbedingt in die zweite Kategorie. Zumindest nicht oft.) Wir haben gute Freunde, die ihre zehn Kinder tatsächlich auf eine Autofahrt nach Kalifornien mitgenommen haben. (Sie sind nicht reich, aber sie sind ein bißchen verrückt.) Sie fuhren in zwei Autos, wobei der Vater eines lenkte und die Mutter das andere, und alles ging glatt, bis auf eine geringfügige Panne. Sie ließen ihren zehnjährigen Sohn unabsichtlich in einer Toilettenanlage irgendwo in Nevada zurück.

Ihren Angaben zufolge stiegen sie nach dem Aufenthalt wieder in die Autos, und Mami dachte, der Junge sei bei Dad, während Dad dachte, er sei bei Mami. Sie waren beinahe schon in Los Angeles angekommen, als jemand sagte: „Wo ist Joey?" Nach einer wilden Diskussion gelangten sie zu dem Schluß, daß Joey noch in Las Vegas sein mußte (wo er wahrscheinlich gerade einem Spielautomaten einen Haufen Geld abnahm) und Mami ließ Dad zurückfahren, um ihn zu holen — trotz einer Majoritätsentscheidung der übrigen Familie, die Reise fortzusetzen und Joey auf dem Rückweg mitzunehmen.

Wir verbringen zwar nur selten Ferien *en famille*, doch sind unsere Kinder jeden Sommer für eine Woche bei Großmutter eingeladen, 250 Kilometer Luftlinie entfernt.

Als die Kinder klein waren, arbeitete mein Mann an zwei Stellen und konnte sich nicht für den Urlaub freimachen (tolle Ausrede), also brachte ich, da ich das Fahren auf der Landstraße fürchtete, sie mit dem Bus zu Großmama.

Ich weiß nicht, warum es so viele Autos auf unseren

Straßen in Nebraska und Kansas gibt; jeder, der einmal einen Autobusbahnhof gesehen hat, weiß, daß in den Midlands alle mit dem Bus fahren. Die, die nicht fahren, holen jemanden ab, der fährt. Ich habe noch nie eine Busstation gesehen, die nicht überfüllt war. Gehen Sie nicht zeitig hin, denn bestimmt ist jeder Platz besetzt, und Sie müssen stehen. Sie werden auf jeden Fall stehen müssen, denn die Schlangen vor dem Fahrkartenschalter sind lang, und die Frage ist nicht „Muß ich stehen?", sondern eher „In welcher Schlange soll ich stehen?" Gleichgültig, welche Schlange Sie wählen, die anderen rücken rascher vor.

Vergeuden Sie Ihre Zeit nicht damit, Ihre Kinder nach vorn zur Abfahrtsschranke zu schieben, weil Sie hoffen, daß Sie so die erste im Bus sein werden und die Fensterplätze bekommen; diese Plätze sind schon besetzt. Wie konnten die Leute nur an die Fensterplätze gelangen, da der Bus doch von hier abfährt und wir die ersten in der Reihe sind? Es ist einfach. Fensterplatzinhaber kommen mit dem Bus; sie sind serienmäßig eingebaut.

Also sind die Kinder über den gesamten Bus verstreut, und ich sitze da neben einem dicken Mann, der den ganzen Weg nach St. Joe schnarcht, aber das stört mich nicht; es ist nicht *mein* dicker Mann. Ich ignoriere die Kinder, die die meinen *sind* und im Mittelgang auf und ab rennen, Sitzplätze und Sandwiches, Bücher und Schläge austauschen.

Am Bus wartet meine Schwester, Tante Fein — so genannt, weil sie, nachdem sie mit Vorbedacht ein Leben seliger Unvermähltheit gewählt, den Großteil ihrer Zeit damit verbracht hat, es ihren siebenundzwanzig Nichten und Neffen „fein" zu machen. Gegen Ende der Ferien nannten die Kinder ihre Tante Fein dann „Tante Nein", denn während der letzten paar Tage sagte sie: „Nein,

Kinder, bitte spielt nicht Fußball mit Großmutters Kristallvase." ... „Nein, spielt nicht Froschhüpfen im Blumenbeet." ... „Nein, fummelt nicht am Farbfernseher herum." ... „Nein, weckt eure Mutter nicht auf." Und wo ist Mutter? In Großmutters dritter Etage, natürlich. Bis Sonntag!

Ganz selten haben mein Mann und ich Ferien ohne die Kinder gemacht, aber wir haben festgestellt, daß es sich nicht bewährt. Es ist wieder dieses leidige Altersproblem. Wir können es nicht ertragen, sie allein zu lassen, wenn sie klein sind, und wir wagen sie nicht allein zu lassen, wenn sie groß sind.

Das erstemal, als wir versuchten, ohne die Kinder Ferien zu machen, war aus Anlaß unseres fünften Hochzeitstages. Meine Schwägerin hatte sich bereit erklärt, bei unseren schrecklichen Kleinen zu bleiben, während mein Mann und ich in die Rocky Mountains fuhren. Großartige Ferien. Wir bezeichnen sie als unsere „fünf hochamüsanten Minuten in Colorado Springs". An der Rezeption des Hotels bekam mein Mann eine Nachricht ausgehändigt: „Rufen Sie sofort zu Hause an." Wissen Sie, was dieser Idiot tat? Er rief zu Hause an! Offenbar hatten alle vier Jungen die Masern, und mein Mann bestand darauf, daß wir nach Hause fuhren. Das zeigt, wie dumm man mit dreißig ist; wenn wir zehn Jahre älter und in den Ferien gewesen wären, und eine Aufsichtsperson hätte angerufen und gesagt, daß die Kinder die Masern hätten, wäre meine Antwort gewesen: „Kein Anschluß unter dieser Nummer!"

Zehn Jahre später machten wir unseren zweiten Urlaub ohne Kinder, und dank dem Zweiten Vatikanischen Konzil wurde er ein voller Erfolg.

Als mein Mann mir zum erstenmal erzählt hatte, daß er an einem Kongreß in San Francisco teilnehmen müsse, zu dem Frauen zugelassen seien, sagte ich ihm, er möge es vergessen. Wie sollte ich denn einen Babysitter für zehn Kinder finden, die alle unter fünfzehn waren? Und dann hatte ich eine großartige Idee. Das Zweite Vaticanum!

Es war das historische Konzil, das von Papst Johannes XXIII. einberufen worden war, um die Bräuche der katholischen Kirche zu modernisieren. Einer der ältesten Bräuche, der abgeschafft werden sollte, war „die Klausur". Nonnen, die vordem ein abgeschiedenes Dasein hinter stillen Klostermauern geführt hatten, verließen nun die Klause, um in die Welt hinauszugehen und Werke der Barmherzigkeit zu vollführen. Wo hätten sie das besser tun können als in unserem Haus?

Also rief ich das Kloster Notre Dame an und vereinbarte, daß zwei Nonnen herkommen sollten, um in unserer Abwesenheit für die Kinder zu sorgen. Die Kinder waren entsetzt.

„Nonnen!" jammerten meine Produkte kirchlicher Schulen. „Ihr werdet uns doch nicht Tag und Nacht bei NONNEN lassen!?"

Sogar ich war ein wenig unsicher. Wie würden sich Nonnen in ihren langen, schweren Gewändern den Weg durch unsere unaufgeräumten Zimmer bahnen, oder sich in unserem überfüllten Haus zurückziehen können? Konnten sie den Lärm aushalten? Das Chaos? Das Durcheinander? Würden sie entsetzt sein über die Gewohnheiten, den Haarschnitt und die derbe Ausdrucksweise meiner Söhne?

Ein Wunder geschah. In der Woche, bevor die Nonnen eintreffen sollten, gestattete eine neuerliche Weisung des Zweiten Vaticanums den Nonnen, ihre Tracht zu modifizieren und im Haus und bei Spiel und Sport Freizeitkleidung zu tragen. Daher waren wir ziemlich überrascht, als „die reizenden alten Damen", die ich erwartete, auf der Bildfläche erschienen. Die Nonnen in Hosenröcken, T-Shirts und Tennisschuhen waren zwanzigjährige Novizinnen; beide stammten aus großen Familien mit vielen Brüdern (sie würden die Sprache verstehen!) und Schwestern; und nach zwei Jahren Noviziat unter Erwachsenen freuten sie sich besonders darauf, zwei Wochen lang mit Kindern zu spielen, einen Kühlschrank zu plündern, Picknicks und Spiele zu veranstalten und sich zu beweisen, daß sie in einer Küche genau so tüchtig sein konnten, wie sie es im Kloster waren.

Und doch — trotz ihrer Qualifikationen und ihres von Enthusiasmus getragenen Optimismus hatte ich einige Bedenken, meine Kinder mit Fremden alleinzulassen, auch wenn sie Nonnen waren, und ich ermahnte ganz heimlich unseren ältesten Sohn, den vierzehnjährigen Lee, uns im Falle eines Falles anzurufen. Er sagte mir, ich solle meine Sorgen vergessen, meine Ferien genießen und im übrigen sicher sein, daß er sich bei mir melden würde, wenn etwas Ernstes vorfiele.

Sechs Stunden, nachdem mein Mann und ich in dem schönen Mark Hopkins Hotel mit Blick auf die Bucht von San Francisco abgestiegen waren, zog ich ein Abendkleid an und freute mich auf die Cocktails in der Terrassenbar des Hotels, als das Telefon klingelte. Es war der Älteste.

„Mutter", flüsterte er, „du hast gesagt, ich soll dich anrufen, wenn etwas Ernstes vorfällt."

„Ja, ja, was ist denn, Schatz?" fragte ich aufgeregt. „Sprich schon! Ich kann dich nicht hören! Was ist los?"

„Also", zögerte er, „du hast doch gesagt, ich soll dich in einem Notfall anrufen..."

„Ja, ich weiß. Das sagte ich. Was ist es denn?" Ein Autounfall? Kidnapping? Waren die Nonnen verkleidete

Gangster und hielten jetzt meine Kinder als Geiseln gefangen? (Natürlich nicht; wenn sie verkleidet gewesen wären, hätten sie die lange schwarze Tracht getragen.) „Um Himmels willen, sag mir, was geschehen ist!"

„Also", wiederholte er, und dann platzte er damit heraus: „Schwester Margaret will mich nicht ins Kino gehen lassen!"

Wir bezahlten 7,40 Dollar für das Telefongespräch, denn natürlich mußten wir mit allen Kindern sprechen; immerhin waren wir schon sechs Stunden fort. Und dann noch die 30 Dollar für ein feines Essen in San Franciscos berühmtem Restaurant „Paoli's", das zu spendieren sich mein Mann nicht nehmen ließ, um meine zerrütteten Nerven zu beruhigen. Ich machte mir wirklich Sorgen. Nicht darum, daß die Kinder die Nonnen vielleicht nicht mögen würden, sondern daß die Nonnen mit den Kindern nicht fertigwerden könnten. Ich habe eines in diesen zwei Wochen gelernt; eine Nonne, auch wenn sie einen anderen Namen oder ein anderes Gewand trägt, ist immer eine Nonne. Als wir zurückkamen, fanden wir unsere Tafel in der Küche mit Hunderten Aufschriften bedeckt, und alle lauteten: „Ich darf meine Mutter nicht anrufen, wenn sie in den Ferien ist."

Es war ein wundervoller Urlaub gewesen; wir genossen San Francisco... die Shows, die Geschäfte, die Kunstgalerien. Doch das Nachtleben war fürchterlich. Ich meine nicht, daß San Franciscos Nachtleben fürchterlich war; ich meine, *unser* Nachtleben war fürchterlich. Da weder mein Mann noch ich Nachtklubbesucher sind, stellen wir uns einen wirklich flotten Abend so vor, daß wir mit einem guten Buch ins Bett kriechen. Was wir auch taten, jeden Abend. Doch nach einem oder zwei Kapiteln stand er immer auf und begann hin und her zu wandern, zum Fenster zu sehen, das Telefon zu überprüfen und dann zu seinem Buch zurückzukehren, nur um nach wenigen Minuten neuerlich aufzustehen und die Prozedur zu wiederholen.

„Was ist los mit dir?" brummte ich. „Kannst du nicht Ruhe geben? Ich möchte mein Buch lesen."

„Ich auch. Aber ich kann nicht."

„Warum nicht?"

„Niemand unterbricht mich! Ich kann nicht lesen ohne Unterbrechungen; ich brauche es, daß ein paar Kinder mit Fragen über Arithmetik hereinschneien oder mir irgendein dummes Rätsel aufgeben. Ich möchte jemandem helfen, Knöpfe aufzuknöpfen oder Knoten aufzubinden. Ich brauche ein paar kleine Gesichter, denen ich einen Gutenachtkuß geben kann! Wessen Idee war dieser blöde Urlaub eigentlich?"

Er hat es den Kindern bis heute nicht verziehen, daß sie nicht die Masern bekommen haben.

Ich frage mich, ob Babysitter wissen, wie sehr wir Mütter sie schätzen? Im Lauf der Jahre wurde mir die segensreiche Hilfe vieler wunderbarer Frauen und Mädchen zuteil, die unserem „süß duftenden" Kinderzimmer, unseren schrecklichen Kleinen, unseren wilden Schulkindern, unseren frechen Teenagern tapfer die Stirn boten. Da war Mrs. Fricke, die jahrelang jeden Donnerstag kam, damit ich zum Lebensmittelladen „entkommen", einer Versammlung beiwohnen, oder einfach allein spazierengehen konnte. Marguerite, Jewel und Amanda brachten — eine nach der anderen — Ordnung in mein Haus und Sonnenschein in mein Leben. Und Marcene war ein reizendes High-School-Mädchen, die das erstemal kam, als sie dreizehn war, und sich in den nächsten fünf Jahren ihren Heiligenschein verdiente, indem sie immer und immer wieder an die „Kampffront" zurückkehrte.

Mrs. Clemens, eine ältere, großmütterliche Dame, die jedes Jahr die Kinder betreute, während ich ins Krankenhaus ging, um ein Baby zu bekommen; und natürlich kam auch meine eigene Mutter jedes Jahr, um das neugeborene Baby aus dem Krankenhaus in Empfang zu nehmen und es in den ersten beiden Wochen während der Nacht zu füttern.

Mrs. Gilpin war eine weitere wunderbare alte Dame, die jeden 4. Juli kam, damit mein Mann und ich uns zur Entspannung hinter die Linien zurückziehen konnten. Um unseren Hochzeitstag am 2. Juli zu feiern, spendierten wir uns ein Wochenende in einem Motel in der Nähe (nahe genug für Notfälle; weit genug für Ruhe und Frieden). Mrs. Gilpin war eine reizende Witwe unbestimmten Alters; ein wunderbarer Mensch, aber die vertrauensvollste Seele, die Gott je geschaffen hatte. Leider merkten die Kinder das und verbrachten den Großteil dieses Wochenendes damit, alle möglichen Streiche auszuhecken.

Als Mrs. Gilpin zum erstenmal in unser Haus kam, hatten wir fünf Kinder: vier Jungen und ein kleines Mädchen. Statt unseres üblichen Enspannungs-Wochenendes planten mein Mann und ich, unsere Prinzessin zum Besuch bei meiner Familie mitzunehmen. Ich hinterließ schriftliche Instruktionen für Mrs. Gilpin und hatte darin gedankenlos häufig unsere „fünf Kinder" erwähnt. Sie nahm daher natürlich an, daß sie fünf Kinder beaufsichtigen sollte.

Als nun Bobby, der kleine Sohn unserer Nachbarn, der bei Mrs. Gilpins Ankunft vor unserem Haus spielte, zum Abendessen nach Hause gehen wollte, weigerte sie sich, ihn fortzulassen.

„Aber ich wohne nicht hier!" rief der kleine Bobby.

„Komm mir nicht damit!" antwortete Mrs. Gilpin:

„Ich habe schon gehört, was für Spaßvögel ihr Jungen seid. Du gehst jetzt hinauf und wäschst dich vor dem Abendessen." Erst als Bobbys Mutter ihn suchen kam, ließ Mrs. Gilpin ihn widerstrebend ziehen.

In den nächsten drei oder vier Jahren war Mrs. Gilpin mit ihrer eigenen Familie beschäftigt, also kam an ihrer Stelle ihre Schwester Helen. Leider war Helen noch vertrauensseliger als Mrs. Gilpin, und als meine Söhne ein außertourliches Kind einschmuggelten, nahm Helen eben an, der kleine Billy wäre ein Bloomingdale (keine vernünftige Mutter würde einen Jungen Billy Bloomingdale nennen, doch Helen war bereits zu der Überzeugung gelangt, daß bei mir ein paar Schrauben locker seien). Billy verbrachte ohnehin die meiste Zeit bei uns, so daß seine Mutter nicht überrascht war, wenn er nicht jeden Abend zur Schlafenszeit nach Hause kam. Billy tat dann so, als gehe er mit unseren Jungen zu Bett, schlüpfte durch das Fenster des ebenerdig gelegenen Schlafzimmers hinaus, rannte nach Hause und kehrte früh am nächsten Morgen auf demselben Weg zu uns zurück. Helen bekam die Sache nie heraus und erkundigt sich bis auf den heutigen Tag nach „Ihrem Sohn Bill; so ein netter Bursche. Ging jeden Abend früh schlafen und ließ sich bis zum Morgen nicht mehr blicken."

Als Mrs. Gilpin drei oder vier Sommer später wiederkam, waren unsere Kinder bereits so gewachsen, daß sie sie kaum wiedererkannte. Die Verwirrung wurde noch dadurch verstärkt, daß unsere Familie sich um drei oder vier Köpfe vermehrt hatte. Ich kann mich nicht genau erinnern, ob es drei oder vier waren, und offenbar konnte es Mrs. Gilpin auch nicht, denn als langsam der Abend nahte, sagte sie zu unserem Sohn John, er solle nach Hause gehen.

„Aber Mrs. Gilpin, ich wohne hier!" lachte John.

„Das alte Lied!" schimpfte sie. „Du und deine Scherze. Also, diesmal falle ich nicht drauf rein. Du gehst jetzt nach Hause, und morgen kannst du wiederkommen."

John flehte seine Brüder und Schwestern an, „seine Identität zu bestätigen", aber sie weigerten sich natürlich. Sie hielten es für den allergrößten Gag; raus mit John!

„Ja, Kleiner, geh doch nach Hause!" riefen sie fröhlich im Chor. Zum Glück kam gerade zufällig ein Nachbar vorbei und verdarb allen den Spaß, indem er John als einen Bloomingdale identifizierte.

Mrs. Gilpin kehrte unerschrocken wieder, Jahr um Jahr, um für unsere Kinder zu sorgen, mit ihnen zu spielen, sie zu belehren, zu beschimpfen und, zu lieben, damit mein Mann und ich einmal im Jahr dieses kostbare Wochenende des Beisammenseins in Ruhe genießen konnten.

Aber dann verkündete sie eines Tages: „Ich komme nicht mehr."

„Aber warum, Mrs. Gilpin?" fragte ich. „Sind die Kinder so schlimm gewesen?"

„Die *Kinder* waren brav", sagte sie. „Es ist nur so, daß ich jedes Jahr komme, damit ihr beide allein ins Wochenende fahren könnt, und wenn ich dann im nächsten Jahr wiederkomme, finde ich ein neues Baby hier. Von jetzt an bleibt ihr beide lieber zu Hause und benehmt euch!"

Mrs. Gilpin ist nun im Himmel, wo sie zweifellos ihren Babysitterdienst bei winzigen Engeln versieht. Gott segne sie und alle „Mütter-Helferinnen" auf der ganzen Welt, die so großzügig ihre Zeit und sich selbst zur Verfügung stellen, um uns das Leben leichter zu machen.

8

Groß ist schön — manchmal

Eine von drei Professoren der Universität von Michigan durchgeführte Umfrage erbrachte folgendes Ergebnis: „Kinderlose Ehepaare sind glücklicher als Ehepaare mit Kindern."

Meine Frage dazu lautet: Woher wissen sie das? Ich meine nicht, woher wissen das die Professoren, ich meine, woher wissen das die kinderlosen Ehepaare? Woher wissen sie, die sie doch keine Kinder haben, daß sie mit Kindern nicht glücklicher wären? Ich kann verstehen, daß sie *glauben,* glücklicher zu sein, und es liegt mir fern, ihre Illusionen zu zerstören, aber wie können sie es *wissen?*

Ich kann nur annehmen, daß diese kinderlosen Ehepaare ihre Antwort auf einen kürzlich erfolgten Besuch bei einem ungebärdigen Haufen von Nichten und Neffen stützten. Das ist nicht fair. *Alle* Nichten und Neffen sind ungebärdig, wie Eltern wissen. Denn alle Eltern haben schon erlebt, wie sich Söhne und Töchter, die ansonsten sanfte, stille Kinder sind, augenblicklich in unzivilisierte Wilde verwandeln, wenn ein Verwandter zu Besuch kommt.

Stellen wir uns einen typischen Besuch von Tante und Onkel (kinderlos) bei einer normalen Familie vor. Mami und Papi sitzen ruhig im Wohnzimmer und lesen; die Kinder: Peggy, Annie, Timmy und der Dingsda (wer kann sich nach dem dritten Kind noch Namen merken?)

vergnügen sich mit einem lustigen Monopoly-Spiel am Küchentisch. Es klingelt an der Tür. Eine reizende Überraschung, es sind Onkel Ted und Tante Marian. Während Mami sie begrüßt und ins Wohnzimmer führt, hören wir aus der Küche:

„Du hast die Bank bestohlen, du Laus! Leg diese hundert Scheine zurück!"

„Hab ich nicht! Du bist es, die schummelt! Hängst dich an die Strandpromenade, wenn du doch weißt, daß ich nie den Schloßpark verkaufen werde! *Gemein, gemein, gemein!*"

Plötzlich fliegt das Monopoly-Brett durch den Raum; Peg läuft Tim nach, während Annie — loyale Feministin, die sie ist — ihrem Bruder das Bein stellt, worauf dieser Obszönitäten hervorbrüllt, die Tante Marian die Haare zu Berge stehen lassen. Der Dingsda stürzt sich ins Gefecht, und alle vier fegen durchs Wohnzimmer, prügeln sich und schreien, stolpern über Möbel, werfen eine Lampe um und halten nur kurz inne, um zu brüllen: „Hi! Onkel Ted und Tante Marian! Habt ihr uns was mitgebracht?"

Schließlich schiebt Dad seine schreiende Brut „zum Spielen" nach draußen ab, aber das Brüllen und Toben geht weiter, bis der Lärm einen so hohen Pegel erreicht, daß die Fensterscheiben zittern und Tante Marian ungestüm zu Onkel Ted hinübersignalisiert: Machen wir, daß wir hier rauskommen! Wenn sie weggehen und noch etwas verzagt ihren Nichten und Neffen zuwinken, werden aus besagten Nichten und Neffen auf wundersame Weise im Handumdrehen wieder Töchter und Söhne, und sie gehen alle ins Haus, um in Ruhe eine Partie Scrabble zu spielen.

Es ist wirklich etwas Wunderbares, Kinder als Kinder um sich zu haben; nur wenn sie sich in Nichten und Neffen verwandeln, werden sie unerträglich. Tante Marian wird das natürlich nicht glauben, aber es liegt auf der Hand, daß Kinder nicht immer so schlimm sein können, sonst wären Mami und Papi schon vor langer Zeit übergeschnappt... ein Schluß, zu dem Onkel Ted zweifellos ohnehin gelangte, als er hörte, daß Dingsda unterwegs war und der kleine Timmy noch nicht einmal laufen konnte.

Ich bezweifle die Richtigkeit der meisten Umfragen, so wie ich auch niemals verstehen werde, wie die Meinungen von zweihundert Menschen die von zwei Millionen widerspiegeln können. Aber diese spezielle Umfrage muß einfach unrichtig sein, und ich werde erklären, warum.

Wahrscheinlich liegt der Irrtum im Zeitelement. Wann wurden die kinderlosen Ehepaare befragt? Rief man sie am Muttertag an, oder zu Weihnachten, oder an ihren Geburtstagen, als sie bestimmt keine kleinen Wesen um sich hatten, die ihnen handgemachte Bleistifthalter oder buntbemalte Eierkartons als Behälter für Manschettenknöpfe schenkten? Oder vielleicht an einem bitterkalten, schneereichen Morgen, an dem keine Teenager in der Nähe waren, um ihre Zufahrten auszuschaufeln oder ihre Autos warmlaufen zu lassen?

Offenbar nicht. Betrachtet man das Ergebnis der Umfrage (wonach Ehepaare Kinderlosigkeit vorziehen), dann kommt man zu dem Schluß, daß sie an dem Tag angerufen wurden, an dem sie gerade für ihre jährliche Karibik-Kreuzfahrt die Koffer packten; oder möglicherweise wurden sie an dem Nachmittag befragt, an dem sie die Sportwagen „Für Ihn" und „Für Sie" kauften. (Sie werden es nicht glauben, aber in den letzten Jahren habe auch ich einige Luxusautos erworben: einen Cadillac für unseren Dentisten und einen Lincoln Continental für unseren Kinderarzt.)

Und die Ehepaare *mit* Kindern? Hat man sie um acht Uhr abends angerufen, als sie ihre frisch gebadeten Kleinen mit Umarmungen und Küssen und „Ich liebe dich" flüsternd ins Bett steckten? Oder vielleicht an dem Tag, an dem der Sohn das Vierjahresstipendium gewann, oder an dem Abend, an dem die Tochter ihnen zum Hochzeitstag ein Überraschungsdinner kochte?

Natürlich nicht. Man rief sie um acht Uhr morgens an, als Mami verzweifelt Peggys Schuljacke, Tims Turnschuhe und siebenunddreißig Cent für Annies Frühstücksgeld suchte und Dad gerade ins Haus gestürzt kam und schrie, daß er den Wagen im Rückwärtsgang über Dingsdas brandneues Dreirad gefahren habe.

Wissen Sie, was ich meine? Sie müssen die Umstände berücksichtigen.

In Wahrheit gibt es überhaupt keine Möglichkeit, Eltern richtig zu befragen (ich kann allerdings nicht für Nichteltern sprechen, denn, um ehrlich zu sein, ich habe nur sehr vage Erinnerungen an meine Nicht-Elternzeit). Wir Eltern sind zu unberechenbar, um befragt zu werden. In einem Augenblick sind wir glücklich, im nächsten hysterisch, je nach dem Ausmaß der gerade herrschenden Krise.

Nehmen Sie mich, zum Beispiel. Wenn dieser Befrager letzten Samstag hier angerufen hätte, als alle unsere Kinder zu Hause waren und das Footballmatch Nebraska-Oklahoma im Fernsehen verfolgten, frisch geröstetes Popcorn aßen, eiskalte Cola tranken und gemeinsam die „Cornhuskers" zum Sieg anfeuerten, hätte ich keinen von ihnen für eine Million Dollar eingetauscht.

Andererseits, hätte er am nächsten Tag angerufen, als Danny den Football durch unser Thermoglas-Panoramafenster knallte und Mike meinen Wagen gegen die Garage fuhr (nicht *in* die Garage, sondern gegen die Garage, was die Reparatur eines Kotflügels und die Erneuerung der automatischen Garagentüre nötig machte) und Tim Patrick von der Sonnenterrasse stieß, wobei er eine scheußliche Kopfwunde davontrug (von dem Schaden an den Rosenbüschen rede ich gar nicht), hätte ich die ganze Bande wahrscheinlich für einen Pfifferling verkauft.

Natürlich wäre ich mir dabei unbewußt sicher gewesen, daß mir niemand auf der Welt diesen Pfifferling geben würde.

Ein Prüfungsbericht aus jüngerer Zeit enthüllte, daß „Familien mit einem Kind glücklicher sind als Familien mit zwei oder mehr Kindern". Also, was ist daran neu? Unsere Kinder sagen uns das schon seit Jahren. Wer, meinen Sie, hat die Fragen in diesem Bericht beantwortet? Die Mütter? Die Väter? Die Kinder? Wenn der Meinungsforscher die Kinder befragt hat, überrascht es mich, daß er überhaupt irgendwelche positiven Antworten bekommen hat. In dreiundzwanzig Jahren Mutterschaft (und Nachbarschaft) ist mir noch nie ein Kind untergekommen, das nicht das eine oder andere Mal der Meinung war, daß es als Einzelkind glücklicher wäre, außer es *war* ein Einzelkind. In diesem Fall behauptete es stets, daß das Glück darin bestünde, viele Brüder und Schwestern zu haben.

Ganz klar, sie haben nicht die Kinder befragt.

Die Väter vielleicht? Unwahrscheinlich. Väter gehen zu Hause selten ans Telefon, da sie sehr wohl wissen, daß der Anruf nicht für sie sein wird. Wenn Dad doch zufällig den Anruf eines Meinungsbefragers engegennehmen sollte, wird er eines von zwei Dingen tun: (a) auflegen, oder (b) allem zustimmen, weil das der rascheste Weg ist, das Telefonat zu beenden. Befrager wissen auch, daß Väter sehr unzuverlässige Antworten geben.

Doch da dieser spezielle Bericht angeblich sehr zuverlässig war (von wenigen wird zugegeben, daß sie unzuverlässig sind), kann ich also nur annehmen, daß die Fragen Müttern gestellt wurden. Bevor wir aber die absolute Verläßlichkeit akzeptieren, müssen wir nochmals das Zeitelement in Betracht ziehen: die Tagesstunde und die Jahreszeit, zu der die Mutter befragt wurde.

Fragen Sie nur irgendeine Mutter eines Einzelkindes am späten Nachmittag in der zweiten Woche der Sommerferien, ob sie wünscht, mehr als ein Kind zu haben, und sie wird zweifellos erklären: „Darauf können Sie Gift nehmen. Ich würde alles darum geben, wenn wir für Buddy einen Spielgefährten hätten. Wenn ich noch eine Partie ‚Supermann' verlieren muß, werde ich verrückt."

Andererseits, stellen Sie derselben Mutter dieselbe Frage an einem Septembermorgen, wenn sie die Rechnungen für Schulkleidung, Schulartikel, Turnsachen, Pfadfindergebühren und so weiter addiert, Sie wird zweifellos antworten: „Nicht um alles in der Welt. Ich kann mir schon das eine nicht leisten, das ich habe."

Was die Mutter vieler Kinder betrifft, so kann kein Meinungsforscher eine Antwort aus ihr herausbekommen, weil kein Meinungsforscher sie ans Telefon bekommen kann. Es ist immer besetzt. Aber sollte es zufällig einem gelingen, eine mehrfache Mutter anzusprechen, kann er mit einer ausführlichen, detaillierten Antwort rechnen, denn *es ist so nett, zur Abwechslung einmal mit einem Erwachsenen zu plaudern.* Besagte Mutter wird immer zugeben, daß sie mit der zahlenmäßigen Stärke ihrer Nachkommenschaft zufrieden ist... Außer, natürlich, es ist acht Uhr an einem Wintermorgen, und die Kinder sollen zur Schule gehen, und diese zehnfache Mutter findet nur sieben Mäntel, drei Kappen und neun Fäustlinge, die alle nicht zusammenpassen. Ihre Antwort unter diesen Umständen: „Warum bin ich nicht Nonne geworden?!"

Jedesmal, wenn ich einen Zeitungsartikel lese, der berichtet: „Große Familien gehören der Vergangenheit an; es gibt sie heute nicht mehr", rufe ich meine drei verheirateten Schwestern mit ihren insgesamt siebzehn Kindern an, um ihnen mitzuteilen, daß wir nicht existieren. Ich weiß nicht, wie viele Kinder für eine „große Familie" nötig sind, aber ich weiß ganz gewiß, daß wir mit unseren zehn Kindern in unserer katholischen Pfarre nicht unter den Oberen Zehn der Großfamilien rangieren. Ich habe eine Freundin, die siebzehnfache Mutter ist; eine andere hat vierzehn Kinder; mehr als ein Dutzend Frauen aus meiner Bekanntschaft haben zwölf; und Familien mit zehn Kindern sind in der Erzdiözese Omaha alles andere als eine Seltenheit. Wenn Sie sich wegen der Bevölkerungsexplosion Sorgen machen, ziehen Sie um Himmels willen nicht nach Omaha. Unsere Zufriedenheit ist ansteckend.

Es wird immer große Familien geben, weil es immer Eltern geben wird, die sich daran erinnern, wie schön es ist, in einer großen Familie aufzuwachsen, oder die immer die Nachbarkinder beneidet haben, die aus einer großen Familie kamen. Sie wissen, daß eine große Familie eine glückliche Familie ist, und sie wollen, daß ihre eigenen Kinder das Vergnügen und die Disziplin, die Segnungen und Vorteile kennenlernen, die es mit sich bringt, wenn man viele Geschwister hat.

Betrachten Sie nur einmal einige dieser Freuden und Segnungen:

Wenn ein Kind in einer großen Familie sagt: „Will irgend jemand von euch mit rauskommen und Football spielen?", hat er sofort eine ganze Mannschaft beisammen.

Für den „kleinen Bruder" in einer kinderreichen Familie ist immer ein großer Bruder da, der ihn zum Zeltlager, zu ·Sportveranstaltungen und Pfadfindertreffen bringt, und eine große Schwester, die ihm die Pfadfinderabzeichen aufbügelt, sich seine Rätsel anhört und ihm mit kleinen Späßen die Tränen trocknet, wenn Mama nicht in der Nähe ist.

Andererseits, wenn du ein „großer Bruder" in einer großen Familie bist, ist immer ein kleiner Bruder da, der bestochen werden kann, etwas für dich zu erledigen, oder eine kleine Schwester, die du überreden kannst, für dich das Geschirr zu spülen.

Ein Kind in einer großen Familie zu sein, bedeutet – macht nichts, wenn du deinen Mantel nicht findest; es hängt noch einer im Schrank. Es bedeutet auch, daß man kein schlechtes Gewissen zu haben braucht, wenn Mami vorwurfsvoll sagt: „Irgend jemand hat letzte Nacht die Milch aufgebraucht", weil du weißt, daß auch drei andere Kinder hinuntergeschlichen sind, um eine Schüssel Haferbrei zu verspeisen.

Mitglieder einer großen Familie streiten nie darüber, wohin sie in den Ferien fahren sollen, weil sie nie Ferien machen.

Das älteste Kind einer großen Familie erhält viel Zuwendung, weil die Eltern das Gefühl haben, daß es durch das rasche Eintreffen jüngerer Geschwister um seine Babyjahre betrogen wurde.

Das jüngste Kind in einer großen Familie erhält viel Zuwendung, weil es keine weiteren Babies mehr gibt, um die jedermann herumscharwenzeln kann.

Die mittleren Kinder in einer großen Familie erhalten viel Zuwendung, weil sie früh im Leben lernen, *Zuwendung zu fordern.*

Die *kleinen* Kinder in einer großen Familie haben nie Schwierigkeiten, ihre Teller zu leeren, denn wenn sie endlich an die Reihe kommen, ist das Huhn beinahe zur

Gänze verteilt, und sie kriegen ohnehin nur ganz wenig.

Die *großen* Kinder in einer großen Familie bekommen viele neue Kleidungsstücke, weil Mami glaubt, daß eine solche Investition nicht schaden kann; schließlich werden sie noch sieben andere Kinder tragen.

Sämtliche Kinder einer großen Familie können sich meistens ungestörter Ruhe erfreuen, weil jedermann herumschnüffelt, um herauszufinden, ob jemand anderer herumschnüffelt.

Kinder in einer großen Familie haben immer jemanden zum Spielen und jemanden zum Streiten, jemanden zum Hassen und jemanden zum Lieben, jemanden zum Schlagen und jemanden zum Umarmen.

Wie es ist, wenn man in einer großen Familie lebt?

Es ist ein wenig so, als lebte man in Nebraska. Kein normaler Mensch würde dort leben wollen, außer denen, die schon dort sind, und die wissen, daß es wunderbar ist, in diesem Staat zu leben. Lassen Sie sich das von jemandem sagen, der Bescheid weiß — in beiden Punkten.

Dritter Teil

… Der weinerliche Bube, der mit Bündel
und glattem Morgenantlitz, wie die Schnecke,
Ungern zur Schule kriecht…
SHAKESPEARE, „Wie es euch gefällt"

9

Sehr geehrte Herren...

Erinnern Sie sich an diese viktorianischen Romane, in denen die Frau des Hauses sich jeden Morgen nach dem Frühstück in ihr Damenzimmer begab, um die Korrespondenz zu erledigen? Ich habe mich immer gefragt, wem in aller Welt sie diese vielen Briefe wohl schreiben mochte. Jetzt weiß ich es. Sie schrieb an die Lehrer ihrer Kinder.

Ich kann mich nicht genau daran erinnern, wann meine tägliche Korrespondenz mit den Lehrern der Pfarrschule begann, aber ich glaube, es war irgendwann 1960, als ich an die Ehrwürdige Mutter Regan schrieb, um zu erklären, warum wir unseren dreijährigen Sohn in die Vorschule einschreiben ließen. Diese Erklärung bestand aus einem einzigen Satz:

Ehrwürdige Mutter,
obwohl Lee erst drei Jahre alt ist, bitten wir, ihn in die Duchesne-Vorschule aufzunehmen, da er drei kleine Brüder hat.

Ergebenst..."

Die Genehmigung kam umgehend und unter Mitleidsbezeugungen. Die Ehrwürdige Mutter Regan stammte selbst aus einer großen Familie.

Diesem ersten kurzen Brieflein schlossen sich in rascher Folge Entschuldigungsschreiben an: „Es tut mir so leid, daß Little Lee die Schultafel zerbrochen hat; ein Scheck liegt bei"... Briefe mit Erklärungen: „Bitte nehmen Sie zur Kenntnis, daß Lee zwei Frühstücksbeutel zur Schule mitbringt; in einem ist sein Gabelfrühstück, im anderen eine saubere Hose. Ich gebe mir Mühe!"... und Briefe mit Fragen: „Haben Sie Lees Schuhe gesehen?"

Im Laufe der Jahre erweiterte sich meine Korrespondenz auf Lees neun Brüder und Schwestern und behandelte alles, von entschuldigter Abwesenheit bis zu unentschuldigten Diebstählen.

„Ehrwürdige Schwester,

ich sende eine halbe Flasche Meßwein zurück, den unser Ministrant aus dem Allerheiligsten geklaut hat. Die Flasche ist nur halbvoll, weil die andere Hälfte im Magen des Ministranten ist. Er wird wieder zur Schule kommen, sobald er aufgehört hat zu erbrechen.

Ergebenst..."

„Ehrwürdige Schwester,

ich schicke Ihnen drei Lesebücher zurück, ein Arithmetikbuch, zwei Meßbücher und vier Bücher aus der Bibliothek, von denen eines offenbar im April 1976 fällig war. Tut mir leid. Anbei auch ein Football mit der deutlich sichtbaren Aufschrift ‚Eigentum des Christkönigs-Athletikverbandes'. Ein Christkönigs-Athlet hat einen gebührenden Verweis erhalten.

Ergebenst..."

„Hochwürdiger Herr Pfarrer,

ich sende Ihnen hiermit elf Dollar zurück, die wir nach der Sonntagsmesse in der Tasche unseres Fünfjährigen fanden. Anscheinend hat er den Sammelkorb geplündert.

Als er darüber befragt wurde, sagte er: ‚Als der Mann den Korb weiterreichte, flüsterte Daddy: Ich sollte nichts hineingeben; ich sollte etwas herausnehmen!, also... hab ich etwas herausgenommen!' Daddy hat einen gebührenden Verweis erhalten.

Ergebenst..."

Natürlich wurden alle diese Briefe nicht am selben Tag geschrieben, obwohl ich dafür bekannt war, daß ich häufig mehr als drei Briefe an einem Morgen schrieb. Da war zum Beispiel der Morgen, an dem Mary herunterkam und sagte:

„Mami! Schreib mir eine Mitteilung, die mich vom Turnen befreit, ja? Schreib einfach, daß ich wegen meines schlimmen Knöchels nicht Volleyball spielen kann."

„Was für ein schlimmer Knöchel?" fragte ich. „Meinst du den, den du dir letzte Weihnachten verstaucht hast? Du hast seither hundert Tennismatches gespielt; da kannst du bestimmt ein bißchen Volleyball spielen."

„Ja, ich weiß", antwortete sie, „aber die Wahrheit ist, daß ich diese Turnstunde dazu brauche, um eine Englischaufgabe fertigzumachen."

Ich weigerte mich, einen Brief an die Turnlehrerin zu schreiben, aber ich schrieb einen an die Englischlehrerin, in dem ich ihr vorschlug, daß sie Mary nach der Schule dabehalten solle, damit sie ihre Aufgabe machte.

Auch Peggy benötigte einen Brief an ihre Turnlehrerin.

„Was ist mit dir los, Peg?" fragte ich ein wenig besorgt, da Peg Sport liebt und ungern ein Spiel versäumt.

„Oh, nichts ist los", antwortete Peg heiter. „Ich möchte nur die Erlaubnis haben, meine Badminton-Prüfung zu verschieben, weil ich meinen Aufsatz nicht gemacht habe."

„Deinen Aufsatz?" fragte ich. „Du meinst, du *studierst* Badminton?"

„Natürlich", sagte sie. „Es ist einer meiner Lieblingsgegenstände."

„Davon bin ich überzeugt", antwortete ich sarkastisch. „Studierst du eigentlich auch Englisch, Geschichte, Mathe oder Naturwissenschaften?"

„Oh, sicher", sagte sie. „Jeden Montag und Freitag. Außer, natürlich, es ist zufällig ein Film angesetzt an einem dieser Tage, oder eine Exkursion oder ein Seminar. Da fällt mir ein, ich brauche einen Erlaubnisschein für eine Exkursion auf dem Gebiet ‚Erweitertes Klassenzimmer'."

„Was ist ‚Erweitertes Klassenzimmer'?" fragte ich. „Geht ihr ins Museum oder in eine Kunstgalerie oder so?"

„Manchmal", sagte sie. „Aber nicht oft. Diese Woche gehen wir in ein Pizza-Restaurant zum Mittagessen. Wir studieren die Eßgewohnheiten amerikanischer Teenager." (In einer Stunde? Viel Glück!)

Danny brauchte eine Entschuldigung, weil er am Tag zuvor krank gewesen war, und Jim brauchte eine, weil er nicht krank gewesen war.

„Du warst gestern nicht wegen Krankheit zu Hause, Jim", sagte ich. „Warum brauchst du eine Entschuldigung?"

„Weil ich auch nicht in der Schule war", gestand er. Allem Anschein nach hatte man Jim und einen anderen Unterschüler zur benachbarten Mädchenschule geschickt, damit sie dort einige Schulbücher ablieferten, und als sie diese in die Schulbibliothek gebracht hatten, lud sie die hochbetagte Schwester Sapienzia zu Limonade und Keksen ein, und dort trafen sie die Footballfans, die gerade ihre Kunststücke übten, und, na ja, du weißt doch, wie das ist, Mami. Ich weiß, wie das ist; ich habe diesen Fans nie über den Weg getraut.

„Was ist mit dir, Annie?" fragte ich. „Brauchst du keine Entschuldigung?"

„Nein", antwortete Annie. „Ich möchte nur, daß du meine Mathe-Aufgabe unterschreibst, damit die Lehrerin weiß, daß du mir dabei geholfen hast."

„Aber ich habe dir nicht dabei geholfen", erwiderte ich.

„Ich weiß", sagte sie. „Jim hat mir geholfen. Letztesmal, als du mir geholfen hast, bekam ich ein ‚Nicht genügend'." Ich schrieb trotzdem eine Mitteilung, die diesmal den Vorschlag enthielt, man möge entweder (a) moderne Mathematik oder (b) elterliche Hilfe abschaffen.

Tim brauchte eine Mitteilung mit der Erklärung, daß er Turnschuhe statt der geforderten Schulschuhe trug, obwohl ich es für zwecklos hielt, denn welche achtundsechzigjährige Nonne wird verstehen, daß ein Junge der vierten Schulstufe einfach seine Schuhe in einen Abwasserkanal wirft?

„Was ist mit dir, Patrick?" fragte ich, als ich meinen jüngsten Sohn umarmte. „Brauchst du eine Entschuldigung?"

„Nein", antwortete er schüchtern, „aber ich brauche einen Vierteldollar für ein neues Heft."

„Patrick!" mahnte ich. „Ich habe dir erst letzte Woche ein neues Heft gekauft. Wieso hast du alle diese Seiten schon vollgeschrieben?"

„Hab ich nicht", antwortete er. „Das hast du gerade gemacht, wie du alle diese Entschuldigungen geschrieben hast!"

Ich zuckte zusammen. Nicht, weil ich Patrick den Vierteldollar mißgönnte, sondern weil ich wußte, daß ich mein Portemonnaie öffnen mußte, und schon der

Anblick von Geld erinnert meine Kinder an unmittelbare und dringende Bedürfnisse.

„Ich brauche fünf Cent für eine Bibliotheksstrafe", sagte Peggy.

„Da fällt mir ein", sagte Dan, „ich brauche 1,19 Dollar für ein Übungsbuch, und das Kleingeld muß genau abgezählt sein."

Es ist eine Tatsache des katholischen Lebens, daß alle von Lehrern kirchlicher Schulen festgesetzten Gebühren „in abgezähltem Kleingeld, bitte" geschickt werden müssen. Es gelang uns, den Vierteldollar für Pat zu finden, die fünf Cent für Peg, den Dollar und die neunzehn Cent für Dan, und ebenso die zehn Cent für Annies Missionsspende, als Pat erklärte:

„Ich brauche noch sieben Cent."

„Wofür?" fragte ich.

„Die Klasse gibt heute eine Party, und die Schwester bringt den Kuchen, aber wir müssen jeder sieben Cent für Milch haben."

„Schau, Pat", seufzte ich, „ich habe gerade die Sofakissen nach Kleingeld gefilzt; ich habe die Handkasse deines Vaters geplündert; ich habe die Taschen der Wintermäntel durchsucht; ich habe unter dem Teppich nachgesehen. Es ist kein Geld mehr im Haus. Hier, nimm Annies zehn Cent; sie kann morgen für die Mission spenden."

„Ein Zehncentstück kann ich nicht brauchen."

„Warum nicht?"

„Weil ich das Kleingeld abgezählt haben muß", wiederholte er. „He, ich habe eine Idee! Schreib doch einen Scheck!"

Wenn es etwas gibt, das mich mehr abschreckt als Nonnen, die abgezähltes Kleingeld verlangen, dann sind es Bankleute, die mit Mißbilligung auf einen Scheck über sieben Cent herabblicken. Ich entschied mich für den

Zorn der Nonnen und schrieb noch eine Entschuldigung, diese mit der Bitte, die sieben Cent bis morgen zu stunden, oder zumindest so lange, bis das Kaufhaus geöffnet hätte, damit ich einen Scheck einlösen und ein Fünfcentstück und zwei Pennies an Patricks Klassenlehrerin abliefern könnte.

Worauf ich in das Kaufhaus zurückkehren, eine Kassette mit Briefpapier kaufen und noch einen Brief schreiben mußte, diesmal an die Herausgeber von viktorianischen Romanen, um ihre Rechtschreibung zu korrigieren.

„Sehr geehrte Herren,

wissen Sie, in diesen Romanen, in denen Ihre Heldin sich nach dem Frühstück in ihr Damenzimmer zurückzieht, um die Korrespondenz zu erledigen — das sollte ‚*Dramenzimmer*' geschrieben werden."

10

Recht gut ist recht schlimm

Von allen Korrespondenzen zwischen Eltern und Lehrern ist die am meisten gefürchtete bestimmt der jährliche „Brief an die Eltern" mit dem Absender „Die Schule". Der Brief wird Ende September oder Anfang Oktober abgeschickt, nachdem die Kinder schon lange genug in der Schule waren, um die Lehrer erkennen zu lassen, daß die kleinen Engel, die im September angerückt kamen, leider dieselben kleinen Teufel sind, die die Schule im letzten Mai verlassen haben.

Der Brief erinnert Eltern daran: Ihre Kinder *müssen* vor acht Uhr fünfzehn in der Schule sein, aber nicht vor acht Uhr zwölf ... Kinder, die in Gehdistanz wohnen (fünfzehn Kilometer), *müssen* zum Mittagessen nach Hause gehen ... eine strenge Bekleidungsvorschrift *muß* befolgt werden ... Sie dürfen nicht verlangen, daß Ihr Kind einem anderen Klassenzimmer zugeteilt wird, et cetera, et cetera.

Nachdem ich fünfzehn Jahre lang gehört hatte, was meine Kinder tun *müssen*, rebellierte meine satirische Ader, und ich beschloß zurückzuschlagen. Also verfaßte ich aufgrund der Theorie, wonach Angriff die beste Verteidigung ist, den folgenden „Brief einer Mutter an die Lehrer":

„An alle Lehrer: Bitte legen Sie dieses Schreiben an eine gut sichtbare Stelle Ihres Schreibtischs, damit Sie sich während des ganzen Jahres darauf beziehen können. Befestigen Sie es gut, da keine Kopien zur Verfügung gestellt werden.

Damit es kein Mißverständnis zwischen uns gibt, wird erwartet, daß die folgenden Regeln befolgt werden:

1. Schüler *dürfen* nicht nach acht Uhr morgens von zu Hause weggehen und nicht vor 3 Uhr nachmittags nach Hause kommen. Kein Herumlungern in den Vorgärten, bitte. Eltern haben am Morgen genug zu tun, ohne auch noch Babysitter bei Ihren Schülern zu spielen.

2. Schüler dürfen zum Mittagessen nur nach Hause kommen, wenn sich ihr Heim in einem Umkreis von zehn Metern von der Schule befindet.

3. Wenn der Unterricht an einem bestimmten Tag um zwölf Uhr enden soll, muß sechsunddreißig Monate vorher eine entsprechende Benachrichtigung nach Hause geschickt werden.

4. Kein Schüler darf unter dem Vorwand der Krankheit nach Hause kommen, wenn er nicht (a) aus beiden Ohren blutet, (b) einen offenen Bruch vorzuweisen hat, (c) bewußtlos ist. In solchen Fällen darf der Schüler nach Hause kommen, wenn er ein Schreiben von der Schulkrankenschwester mitbringt, welches bestätigt, daß das Kind nicht simuliert.

5. Ölfarben, Tusche und Zaubertafeln sind streng verboten und werden, wenn nach Hause gebracht, konfisziert und vernichtet. Falls besagte Gegenstände ins Haus geschmuggelt und von einem Bruder oder einer Schwester im Vorschulalter gefunden werden, versteht es sich von selbst, daß der Lehrer an diesem Abend im Haus erscheinen muß, um die Tapeten abzuwaschen, die Teppiche zu reinigen und die ganze Bescherung dem Vater zu erklären.

6. Forderungen nach Milchgeld, Geld für warmes Mit-

tagessen, Geld für die Missionssammlung, Geld für Exkursionen, nach *jeglichem* Geld, müssen vor dem einundzwanzigsten jedes Monats geltend gemacht werden, da man von keiner anständigen Mutter erwarten kann, nach diesem Zeitpunkt noch Kleingeld herauszurücken.

7. Schüler, die dazu überredet werden, das Fach Orchestermusik zu wählen, dürfen nur im Haus des Orchester-Instruktors üben.

8. Im Interesse des häuslichen Friedens wird unbedingt an der folgenden Taktik festzuhalten sein: Keine Elternvereinsversammlungen, Pfadfinderfeste, Weihnachtsprogramme, Abschlußfeiern usw. dürfen an Montagabenden angesetzt werden, wenn sie nicht zuerst mit Howard Cosell abgesprochen sind.

9. Es wird von den Schülern erwartet, daß sie in halbwegs ordentlicher Kleidung nach Hause kommen. Hosen mit Löchern, zerrissene Jacken und Schuhe mit nicht mehr entfernbaren Teerflecken werden nicht geduldet. Was Grundschüler betrifft, so werden die Eltern sich ausnahmsweise zufriedengeben, wenn ihre Kinder in denselben Kleidern nach Hause kommen, in denen sie zur Schule gegangen sind.

10. Wir sind uns darüber im klaren, daß sich im Laufe des Jahres Konflikte ergeben können. Wir müssen jedoch darauf bestehen, daß Lehrer nicht verlangen, ihre Schüler mögen einer anderen Familie zugeteilt werden. Viele Eltern würden zwar mit Vergnügen einer solchen Forderung nachkommen, doch haben Gutachten ergeben, daß eine Familie der anderen ziemlich ähnlich ist und Schüler und Lehrer sich eben anpassen müssen.

Wenn Sie irgendwelche Fragen bezüglich dieses Schreibens haben, so steht es Ihnen frei, mich jederzeit anzurufen, und zwar vor drei Uhr gestern Nachmittag.

Ihre sehr ergebene...”

Also, ich habe den Brief noch nicht geschrieben, aber ich werde es tun... sobald ich einen Kugelschreiber finde.

Ich weiß nicht, warum Eltern und Lehrer überhaupt versuchen, miteinander in Verbindung zu bleiben; es ist eine Zeitvergeudung, da wir offensichtlich nicht die gleiche Sprache sprechen. Eltern sprechen Englisch, und Lehrer sprechen die Lehrersprache, einen Spezialcode, der sich mit jeder Generation ändert, so daß Eltern ihn an ihre verheirateten Kinder nicht weitergeben können.

Ich wurde zum erstenmal mit diesem Code konfrontiert, als ich Hilltop besuchte, das Sacré-Coeur-Internat in St. Joseph, Missouri. Die Schwestern — gute Seelen, die sie waren — konnten es nicht ertragen, die Gefühle der leidenden Heiligen zu verletzen, die doppelt so viel Zeit mit ihren Schülern verbrachten wie sie selbst; also erfanden sie eine Methode, den Eltern auf diplomatische Weise mitzuteilen, daß ihre Sprößlinge kleine Scheusale wären.

Diese Methode wurde jede Woche bei einer allgemeinen Schülerversammlung — Prim genannt — angewendet. Jeden Montagmorgen fanden sich die Schülerinnen vollzählig im Versammlungsraum ein, wo die Schulleiterin in Anwesenheit der Ehrwürdigen Mutter und des gesamten Lehrkörpers unsere individuellen Betragensnoten zu verlesen pflegte. Es gab vier Noten: Sehr Gut, Gut, *Recht* Gut (was, relativ gesehen, offenbar recht *schlecht* bedeutete) und Keine Note, was nie jemand bekam, weil es automatischen Ausschluß bedeutete und die Nonnen nicht gewillt waren, uns an die Koedukationsklassen der staatlichen Mittelschule zu verlieren.

Da also nie jemand „Keine Note" bekam, war das

Schlimmste, was jemand bekommen konnte, „Recht Gut". Der Rekord für Beständigkeit in dieser Hinsicht (und soviel ich weiß, steht der Rekord noch) wurde von meiner Freundin Mary Therese gehalten, einem lustigen Mädchen, das von ihren Mitschülerinnen bewundert wurde, weil sie einmal Mutter Edwards bis zur Sprachlosigkeit verwirrte (es ging das Gerücht, daß sie auch Mutter Meyer zum Lächeln brachte, aber das wurde nie durch Zeugen bestätigt und folglich Mary Thereses Neigung zugeschrieben, ihre Erfolge zu übertreiben).

Mary Therese war also beständig, sie bekam jeden Montag in der Primstunde „Recht Gut". Vier Jahre lang machten wir uns Sorgen, daß Mary Thereses Eltern sie für ein solches Betragen strafen würden, indem sie sie des Privilegs beraubten, Hilltop zu besuchen, und uns solcherart die unterhaltsamen Streiche ihrer Tochter entziehen könnten. Aber Mary Thereses Eltern waren erstaunlich tolerant, und wir entdeckten erst am Tag unseres Schulabschlusses, warum. Als ihr Vater den Nonnen dafür dankte, daß sie seinem Kind eine so ausgezeichnete Erziehung gegeben hätten, wandte er sich an die Schulleiterin und sagte:

„Wir sind sehr stolz auf unsere Mary; ihre Noten waren vielleicht nicht besonders großartig, aber sie ist ein feines junges Mädchen. Wirklich, ist Ihnen klar, daß es keine einzige Woche gab, in der unsere Mary nicht ein ‚Recht *Gut*' in der Primstunde bekommen hat?"

„Und ob mir das klar ist", seufzte Mutter McNally in dem diplomatischen Entschluß, die Betonung dieses „Recht *Gut*" nicht zu korrigieren.

Der heutige Lehrercode ist genauso diplomatisch, doch viel komplizierter. Wenn Sie oder ich einen Elternsprechtag besuchen, bekommen wir etwa Dinge zu hören wie:

„Dans Leistungen bleiben hinter seinen Fähigkeiten zurück." Was natürlich bedeutet, daß Dan faul ist.

Wenn man mir erzählt, daß „Annies Betragen ihre Fortschritte behindere", dann weiß ich, daß Annie sich wieder einmal aufgespielt hat.

Und wenn man mir sagt, daß „Patrick mehr spielorientiert als arbeitsorientiert ist", dann stoße ich einen Seufzer der Erleichterung aus. Patrick ist offenbar ein völlig normaler kleiner Junge, der Arbeit haßt und um so lieber spielt.

Für euch jüngere Eltern, die ihr mit dem Code noch nicht vertraut seid, hier ein paar Interpretationen:

„Freddy arbeitet nicht selbständig", heißt, daß der gute Freddy schwindelt.

„Charles vernachlässigt manchmal seine persönliche Erscheinung" kann so ausgelegt werden, daß Charles schon seit September dasselbe Hemd trägt und die ganze Klasse dankbar wäre, wenn Sie es in die Wäsche geben, und Charlie gleich dazu.

„Allen übertreibt seine Vorliebe für Turnen" führt zu der Entdeckung, daß Allen seine Vorliebe für Englisch, Geschichte, Mathematik, Naturwissenschaften und ähnliches arg untertreibt.

„John hält sich am liebsten im Freien auf" heißt, daß drei Oberschüler und der Schulwart nötig sind, um Johnny nach der Pause wieder ins Klassenzimmer zu schleppen.

„Der kleine Teddy macht gute Fortschritte, aber er muß lernen, sein Gefühl der Unsicherheit zu bewältigen" heißt, daß Klein-Teddy in der Schule keine Flanellwindel mehr tragen sollte.

„Alice erfaßt die Grundbegriffe des Stoffes nicht", erlaubt nur eine Interpretation: Alice wird durchfallen.

„Harolds Auffassung der Grundbegriffe des Stoffes ist

etwas fragwürdig" bedeutet jedoch nicht das gleiche. Im Grunde ist Harold vielleicht genauso dumm wie Alice, wenn nicht dümmer, aber die Lehrerin rettet sich hier, indem sie den Ausdruck „fragwürdig" verwendet. Es macht ihr nichts aus, die reizende Alice nächstes Jahr wieder in ihrem Klassenzimmer zu haben, aber sie möchte auf keinen Fall weitere neun Monate mit diesem entsetzlichen kleinen Ungetüm Harold verbringen.

Wenn Sie den Code einmal gelernt haben, werden Sie eine viel klarere Vorstellung davon haben, wie Ihr Kind in der Schule vorwärtskommt. Wenn Sie eine klarere Vorstellung *wollen,* heißt das. Ich persönlich ziehe die alten Primstunden-Bewertungen vor, denn wenn ich auch weiß, was es bedeutet, hört sich „*Recht* Gut" noch immer „Recht *Gut*" für mich an.

Ich hasse Elternsprechtage, und als ich letzte Woche wieder einmal eine Einladung dazu bekam, sagte ich zu meinem Mann:

„Wenn ich Glück habe, breche ich mir ein Bein oder bekomme eine ansteckende Krankheit, oder ich verliere den Verstand und werde in eine Anstalt eingeliefert. Ich gehe nicht hin; ich kann nicht; ich will nicht; ich weigere mich."

„Sei kein solcher Feigling", sagte er. „Es ist nur eine fünfzehnminütige Besprechung mit derselben Lehrerin, die sechs unserer älteren Kinder unterrichtet hat. Du kennst sie, sie kennt dich, du wirst glänzend zurechtkommen."

„Was soll das heißen, *ich* werde glänzend zurechtkommen? Wie wär's mit ‚wir werden glänzend zurechtkommen?' Väter sollen auch hingehen, weißt du."

„Ja, ich weiß", sagte er, „und ich wollte wirklich, ich könnte, aber ich habe zufällig eine Ausschußsitzung an diesem Vormittag." Was für ein Zufall. Wer ist da der Feigling?

Wenn es nach mir ginge, würden Elternsprechtage verboten. Sie sind so unfair. Die Lehrerin ist immer im Vorteil, weil sie sich gewissermaßen auf heimatlichem Boden bewegt, während die armen Eltern in einem fremden Korridor stehen und warten müssen (ich wünschte, er *wäre* mir fremd; ich bin schon so oft und so lange in diesem Korridor gestanden, daß ich das Gefühl habe, ich müßte Miete bezahlen) — eingeschüchtert durch den Geruch von Kreide und Turnschuhen und die Gegenwart anderer bleicher Eltern.

Was wird mir die Lehrerin diesmal sagen?

Die Lehrerinnen der Kleinen bereiten mir keinen Kummer, da diese ja so süß sind, daß weder Lehrer noch Eltern etwas an ihnen auszusetzen finden. Jedenfalls scheinen alle Grundschullehrerinnen um die zwanzig Jahre alt zu sein, und nichts stärkt mein Selbstvertrauen so sehr, als das Gefühl, auf der richtigen Seite der Generationskluft zu stehen. Wenn eine Mutter das Alter erreicht, in dem eine Lehrerin sie „gnädige Frau" nennt, geht garantiert alles gut.

Auch die Lehrerinnen der fünften und sechsten Schulstufe machen mir keine Angst, weil dieses Jahr meine „kleinen Mitschüler" Mädchen sind, und Mädchen sind immer brav (verhältnismäßig, jedenfalls. Einer Mutter von sieben Söhnen erscheint jedes Mädchen brav).

Es ist die Lehrerin der Halbwüchsigen, die mich zugrunde richtet. Jede Frau, die in den letzten fünf Monaten sechs Stunden am Tag damit verbracht hat, vierzehnjährige Jungen zu unterrichten, ist zweifellos ein bißchen intolerant geworden. Kleinkinder sind vielleicht süß, und Mädchen sind brav, aber vierzehnjährige Jungen — sagen wir's rundheraus — sind *schrecklich*.

Doch warum habe ich solche Angst, dieser Lehrerin gegenüberzutreten? Ich bin nicht der vierzehnjährige Junge. Ich bin nicht derjenige, der den Football durch das Fenster des Konferenzzimmers geknallt hat, noch habe ich unabsichtlich (?) den Feueralarm ausgelöst. Und als mein Sohn um die Erlaubnis bat, am Rosenmontag sein Lieblingshaustier in die Schule mitnehmen zu dürfen, wie hätte ich da wissen sollen, daß er seine Lieblingsspinne meinte? Ich wußte nicht einmal, daß er eine Lieblingsspinne hatte; ich dachte, er meinte den Pudel.

Ich nehme an, ich bin verantwortlich dafür, daß ich seine Übungsbücher nicht kontrolliert und nachgesehen habe, ob er den Korrekturrand vollgekritzelt hat, aber ich glaube doch, daß die gute Lehrerin sich über ein französisches Wort aufgeregt hat! Also, wie hätte ich wissen sollen, was es bedeutet? Ich habe genug Mühe, eine Sprache sauber zu bekommen. Warum muß er denn zwei lernen?

Als ich mich in ängstlicher Erwartung der bevorstehenden Aussprache dem Klassenzimmer näherte, fragte ich mich plötzlich, ob die Lehrerin dieses Gespräch möglicherweise genauso fürchtete wie ich.

Offenbar tat sie das. Sie war nicht da. Ein Zettel hing an der Tür:

„An die Eltern: Die Lehrerin wird heute nicht kommen; sie hat sich das Bein gebrochen."

So, so. Sie hätte angeben sollen: „...verrückt geworden und eingeliefert." Das hätte ich geglaubt.

Ich werde immer blaß, wenn die Kinder von der Schule nach Hause kommen und mir erzählen, daß ihre Lehrerin „Miss" Irgendwer ist. Bei vier Kindern, die die Schule bereits abgeschlossen haben, und sechs, die noch hingehen, haben wir aus einer Vielfalt von Lehrern Nutzen gezogen; als da waren: Patres (Jesuiten und Diözesanpriester); weltliche Väter (verheiratet), Junggesellen, Nonnen, Ex-Nonnen, Frauen, verheiratet, unverheiratet, jünger und älter. Aber es ist das Fräulein, die „Miss", die mein Tod sein wird, denn immer ist sie es, die eine Mitteilung nach Hause schickt, daß mein Kind am nächsten Morgen eine Zigarrenkiste in die Schule mitbringen muß, oder einen Meter Wäscheleine, oder fünf Meter magentaroten Stoff. Wie sagt man einem achtjährigen Kind, daß Mama nicht weiß, was für ein Rot Magentarot ist?

Männliche Lehrer geben sich nicht mit solchen Dingen ab. Nicht, daß sie auf künstlerische Belange keinen Wert legen, sie halten es nur für wichtiger, Nachdruck auf Lesen, Schreiben und Rechnen zu legen, denn wenn ein kleiner Junge die Grundbegriffe nicht lernt, wird ihn der Direktor nicht im Footballteam spielen lassen.

Die verheiratete Lehrerin versteht, daß Mütter zuviel zu tun haben, um morgens um acht nach solchen Artikeln zu kramen; die unverheiratete Lehrerin ist überzeugt, daß Mutter ohnehin zu dumm ist, das richtige Material zu schicken; während die ehrwürdige Schwester Lehrerin (Gott segne sie!) alles, was sie jemals für irgendein Unternehmen brauchen wird, hinten im Schulschrank verstaut hat. (In alter Zeit, als die Nonnen lange schwarze Gewänder trugen, pflegte die ehrwürdige Schwester alles in ihren tiefen, wunderbar geheimnisvollen Taschen zu verstauen.)

Aber die „Miss" ist noch jung und enthusiastisch, talentiert und vertrauensvoll, und sie ist entschlossen, die Kinder zu lehren, aus einer Zigarrenkiste wunderschöne Schmuckkästchen zu basteln (für die vielen Juwelen, mit denen Mama nichts anzufangen weiß) mit Flitter und Borten im Gegenwert von achtzehn Dollar.

Haben Sie jemals versucht, eine leere Zigarrenkiste zu kaufen? Tun Sie's nicht; es gibt keine. Allerdings, Zigarren werden noch immer in Kisten gehandelt; aber wahrscheinlich müssen Sie alle Zigarren kaufen, wenn Sie die Kiste wollen. Das mag ein wenig extravagant erscheinen, besonders wenn Sie Nichtraucher sind, aber der Leser möge sich vor Augen halten, daß Lehrer katholischer Schulen immer voraussetzen, alle Familien sollten häufig Gelegenheit haben, Zigarren anzubieten.

Noch schwieriger als leere Zigarrenkisten sind kurze Stücke Wäscheleine zu bekommen. Nehmen wir den unwahrscheinlichen Fall an, daß Sie wirklich ein Geschäft finden, das noch Wäscheleinen verkauft, dann können Sie sicher sein, daß der Verkäufer nicht bereit ist, davon ein Stück von einem Meter Länge abzuschneiden. Sie müssen die ganze Rolle kaufen, die Sie dann nach Hause tragen und in der Hoffnung im Keller verstecken, daß Ihr Mann sie nicht finden und vorschlagen wird, sie im Hinterhof aufzuspannen und zu benützen. (Es kann auch Zeiten geben, in denen Sie versucht sein werden, sie über den Deckensparren im Keller zu werfen und vorzuschlagen, daß *er* sie benützt.) Am besten, Sie schneiden das Stück ab, daß Sie brauchen, und werfen den Rest weg.

Allerdings werden eine Zigarrenkiste und eine Wäscheleine die weitaus nützlichsten Dinge sein, die Sie in die Schule schicken sollen. Ich erinnere mich, daß ich einmal gebeten wurde, eine Spule purpurfarbenen Zwirn zu schicken, eine Teppichnadel, eine Schachtel für Schuhe der Größe sechsundvierzig und vierundzwanzig verschiedene Truthahnfedern. Wo soll ein Stadtkind wie ich Truthahnfedern finden? Ich sage Ihnen, wo: in einem Spezialitätengeschäft, die Feder zu einem Dollar achtundneunzig.

Es ist nicht nur die Suche nach den Materialien, die Zeit und Talent erfordert — was wirklich Talent erfordert, ist das Zeigen von Überraschung und Freude, wenn Ihr Kind eine Woche nach dem Kauf oben angeführter Artikel mit einer Truthahn-Attrappe Größe sechsundvierzig nach Hause kommt. Sie werden imstande sein, ein paar Minuten lang Freude auszudrücken, aber wie ist es nächste Woche? Und die Woche danach? Denn Sie können sicher sein, daß der Truthahn sich eine Weile bei Ihnen aufhalten wird.

Was machen Eltern mit den vielen Sachen, die ihre Kinder von der Schule nach Hause bringen? Ich weiß, einige aufopfernde und hingebungsvolle Eltern heben jeden einzelnen Gegenstand auf, den ihre Kinder produzieren, aber wenn man zehn Kinder sein eigen nennt, von denen jedes im Kindergarten, bei den Pfadfindern, in den Werkerziehungsklassen etwas anfertigt... (nicht zu reden von den Waffen, die meine Teenager im Handfertigkeitsunterricht herstellten), könnte es ein wenig eng werden. Also — Gott verzeih mir — werfe ich diese Dinge weg, aber erst nach einer angemessenen Periode der Bewunderung natürlich.

Wenn Sie meinem Beispiel folgen wollen, muß ich Ihnen jedoch einschärfen, daß Sie diskret sein sollten. Nachdem ich diesem Truthahn Größe sechsundvierzig, der am Thanksgivings-Tag und dann wieder zu Weihnachten als Tafelaufsatz diente, den gebührenden Respekt erwiesen hatte, stopfte ich ihn heimlich in den Abfalleimer und stellte diesen auf den Gehweg, wo er die Müllabfuhr erwarten sollte.

Dreißig Minuten später kam Tim hereingestürzt und schrie triumphierend:

„Also Mami, hast du aber Glück! Schau, was jemand zufällig weggeworfen hat!"

In diesem Jahr hatten wir einen höchst einzigartigen Tafelaufsatz für unser Ostermahl. Doch um diese Zeit waren seine Züge schon so entstellt, daß er wirklich ein bißchen wie ein Osterhase Größe sechsundvierzig aussah.

11

Wo tut es weh?

Die moderne Medizin hat wieder eine großartige Entdeckung gemacht. Nachdem die Mediziner jahrelang geforscht, Laboratoriumsuntersuchungen angestellt, Röntgenaufnahmen gemacht, Konferenzen abgehalten und Klagen über die Beschwerden kleiner Kinder mitangehört haben, sind sie übereingekommen, daß die 8-Uhr-Bauchschmerzen des Schulkindes, die verschwinden, sobald der Schulbus um die Ecke biegt, tatsächlich echt sind.

Ich wußte das. Ich erinnere mich an diese „Schulweg"-Bauchscherzen. Ja, ich bekomme sie noch immer, nicht, weil ich Angst davor habe, zur Schule zu gehen, sondern weil ich jeden Morgen um acht Uhr Angst habe, daß eines oder mehrere der Kinder nicht zur Schule gehen.

Ich lege immer großen Wert darauf, mir die Schmerzen und Beschwerden meiner Kinder anzuhören, denn ich habe stets großen Haß Leuten gegenüber empfunden, die sich die meinen nicht anhören wollten. Wie mein Gynäkologe. Jedesmal, wenn ich schwanger wurde, sagte mein Gynäkologe streng zu mir:

„So etwas wie Morgenübelkeit gibt es nicht. Das findet alles nur in Ihrem Kopf statt."

Dann kamen die Geburtswehen. Durch Tausende von Jahren hindurch wurden Mütter dafür gepriesen und verehrt, daß sie die Schrecken der Geburtsschmerzen ertrugen, bis ich an die Reihe kam. Das war in dem Jahr, in dem die amerikanische Ärztekammer verkündete: „So etwas wie Wehen gibt es nicht; die Kontraktionen wären schmerzlos, wenn die Mütter einfach lernten, sich zu entspannen."

Entspannen, sagt er. Nun denn, Mutter, da liegst du flach auf einem feuchtkalten Entbindungstisch, deine Arme und Beine sind festgeschnallt, so daß du dich nicht einmal an der Nase kratzen oder mit den Zehen wackeln kannst; du hast seit gestern abend nichts gegessen, und da hättest du sicher nicht drei Portionen Spaghetti zu dir genommen, wenn du gewußt hättest, daß die Schwestern darauf bestehen würden, alles aus dir herauszupumpen, und... Mein Gott, die Spaghetti; hast du sie auf der Flamme stehenlassen? Und da sollst du dich entspannen?

Natürlich tun Kontraktionen nicht weh! Warum sollten sie? Wie kann einem den ein achtpfündiger Torschütze schon weh tun, der Fallstöße übt, während er doch endlich zum Vorschein kommen sollte?

Ich habe eine Frage, Doktor. Wie viele Mitglieder der amerikanischen Ärztevereinigung haben jemals Wehen gehabt?

Ich sollte wirklich nicht die ganze Schuld den Gynäkologen zuschieben; Psychiater sind genauso schlimm. Gestern traf ich zufällig einen befreundeten Psychiater, und als er sah, daß ich ein Kupferarmband trug, sagte er:

„Aha, ich sehe, du glaubst, du hast Gelenksentzündung."

Man wird mir nicht einmal im Alter glauben, daß ich leide. In einem Artikel einer medizinischen Zeitschrift wurde kürzlich behauptet: „Senilität ist psychosomatisch bedingt und kann durch Aktivität überwunden werden." Also, da ist doch eine Verschwörung im Gange, die irgendwelche Kinder ausgeheckt haben. Ich sehe meine Kinder schon jetzt vor mir, wie sie mir 1999 den

Schaukelstuhl verstecken und einen Scheuerbesen in die Hand drücken. „Mußt aktiv bleiben, Oma! Du *glaubst* nur, daß du alt bist!"

Und wenn die Zeit für mich gekommen ist, daß man mich in die Friedhofskapelle rollt, wird es mich nicht überraschen, wenn der Leichenbestatter zu mir herunterlächelt und sagt: „Ah, Teresa, ich sehe, du glaubst, du bist tot."

Bitte, seht zu, daß es nicht dazu kommt. Wenn ich schon mein Leben damit verbringen muß, irgendeinen Arzt davon überzeugen zu wollen, daß ich irgendwelche Schmerzen habe, so habe ich gewiß nicht die Absicht, einem Leichenbestatter zu erklären, daß ich tot bin. Laßt mich in Frieden ruhen.

Wenn ich auch mit dem Arztberuf hart ins Gericht gegangen bin, so bitte ich doch, von meinen Beschuldigungen alle Kinderärzte auszunehmen, diese guten Seelen, die ihr Leben hingeben, um ängstliche Mütter zu trösten, rasende Väter zu besänftigen und sich liebevoll um kreischende Säuglinge zu kümmern, die dem Doktor für die Untersuchung oder die Spritze unweigerlich damit danken, daß sie ihm direkt ins Auge spucken.

Habt Mitleid mit dem armen Kinderarzt! Die Hälfte der erwachsenen Bevölkerung (die männliche Hälfte) verdammt ihn, nicht nur wegen seiner Klugheit und seines Reichtums, sondern wegen seiner Unerreichbarkeit am Samstagnachmittag, wenn Mami beim Einkaufen ist und Daddy babysittet und das Baby seit genau sechseinhalb Baseballrunden schreit.

Die weibliche Hälfte der Bevölkerung zittert in Ehrfurcht vor dem Kinderarzt und fürchtet, er wird behaupten, daß Babys laufende Nase oder sein Juckreiz die Folge von Mutters Inkompetenz oder Nachlässigkeit sind, und daß er „das Baby zurücknehmen" wird. Ich weiß, es ist verrückt, aber jede Mutter hat das Gefühl, daß ein Teil ihres Babys dem Kinderarzt gehört und daß er das Recht hat, ihre Mutterschaft rückgängig zu machen. Ich war schon seit Jahren zu demselben Kinderarzt gegangen, bevor mir klar wurde, daß das allerletzte, was er tun würde, das Geltendmachen von Ansprüchen auf eines meiner Kinder wäre.

Kinder schwanken zwischen Haß und Liebe zu ihrem Kinderarzt, je nachdem, ob sie Lutschbonbons oder Impfungen bekommen.

Ich vermisse meinen Kinderarzt. Wir trafen einander jahrelang regelmäßig, aber ich sehe ihn jetzt selten, nicht weil ich keine Kinder mehr, sondern weil ich kein Geld mehr hatte. Bei den ersten fünf Kindern war ich sehr gewissenhaft, was die regelmäßigen Kontrollen, Untersuchungen und Impfungen betraf, aber die zweiten fünf müssen krank werden, bevor sie einen Arzt zu sehen bekommen, und dann wird das Problem für gewöhnlich mittels eines Telefongesprächs gelöst. Ich bin eine so gute Diagnostikerin geworden, daß er jetzt fernmündlich Rezepte ausstellen kann. Folglich konsultiere ich ihn nur mehr ein- oder zweimal im Jahr, wenn es sich wirklich um etwas Ernstes handelt.

Das war gewiß nicht immer der Fall. In der „guten alten Zeit" war es nicht ungewöhnlich, daß mein Kinderarzt und ich zwei- oder sogar dreimal am Tag zusammentrafen.

Ich erinnere mich an eine Begebenheit, als unser Lee etwa zehn Jahre alt war und auf seinem Fahrrad die Straße hinuntersegelte, zu rasch in die Zufahrt eines Nachbarn einbog und gegen den neuen Wagen des Nachbarn krachte, wobei an dem linken hinteren Kotflügel beträchtlicher Schaden entstand. Er fügte auch seinem eigenen rechten Knie beträchtlichen Schaden zu, was — wie

Ihnen jedes Rechtsanwaltskind erzählen wird — nicht annähernd so schlimm ist wie die Beschädigung von Nachbars Wagen, besonders wenn der Nachbar zufällig selbst Rechtsanwalt ist.

Ich war gerade aus der Praxis des Kinderarztes zurückgekommen, wohin ich unseren zweijährigen Danny zu einer Masernimpfung gebracht hatte, also wußte ich, daß der Doktor erreichbar war. Ich rief ihn sofort an, und als ich den Unfall beschrieb, sagte er, ich solle das verletzte Kind ins Krankenhaus bringen, er würde dort zu uns stoßen. Dann opferte er seine Mittagszeit, um ins Krankenhaus zu kommen, wo er meinen Sohn untersuchte, Röntgenaufnahmen anordnete und einen Aufenthalt über Nacht empfahl.

Während wir im Krankenhaus waren, rief die Babysitterin an, um mir mitzuteilen, daß sie nach draußen gegangen wäre, um den Vierjährigen zu suchen, und sobald sie draußen gewesen sei, habe der Sechsjährige die Tür zugeschlagen und versperrt, so daß sie nun draußen sei und er drinnen, wo er und sein Bruder unbekümmert Streiche ausheckten.

Ich eilte nach Hause und entdeckte, daß ein anderer meiner Söhne bei der Rückkehr vom Baseballtraining zu einer „Rettungsaktion" aufgebrochen war, indem er ein Fenster einschlug, um ins Haus zu gelangen, und sich dabei die Hand zerschnitten hatte.

Also hieß es, zurück zum Kinderarzt, die Hand mußte genäht werden. Während der Doktor an der Arbeit war, rief seine Frau an und bat ihn, nach Hause zu kommen, da bei ihr gerade die Wehen eingesetzt hätten. Ohne einen Stich auszulassen, bat der Doktor seine Sprechstundenhilfe, die Patienten nach Hause zu schicken, die Praxis zu sperren und seiner Frau zu sagen, daß er gleich da sein werde... sobald er mit den Bloomingdales fertig wäre. Verstehen Sie, warum ich diesem Arzt so ergeben bin? Welch ein wunderbarer Mann! (Wenn ich seine Frau gewesen wäre, hätte ich ihn umgebracht.)

Dann eilte ich nach Hause, stellte das Abendessen auf den Tisch und begleitete meinen Mann ins Krankenhaus, um nach unserem anderen verletzten Sohn zu sehen, der sich königlich unterhielt, Limonade schlürfte, vor dem Fernseher saß und alle Krankenschwestern tyrannisierte.

Als ich um neun Uhr nach Hause kam, um die Kinder zu Bett zu bringen, zog ich Danny aus und stellte fest, daß er vom Hals bis zu den Zehen einen schrecklichen Ausschlag hatte; eine Überreaktion auf die Masernimpfung. War es gefährlich? Ich hatte keine andere Wahl, als den Doktor anzurufen, der offenbar zu dem Schluß kam, daß mein schlimmer Tag noch ärger gewesen war als sein schlimmer Tag, denn er machte einen Hausbesuch, um meinen Seelenfrieden zu retten.

Gestern ging ich zufällig an der Praxis meines Kinderarztes vorbei, und als ich die kreischenden Säuglinge und plärrenden Kleinkinder hörte, konnte ich nicht umhin, wieder einmal zu denken: Habt Mitleid mit dem armen Kinderarzt. Meine Babies werden schließlich erwachsen, aber seine bleiben immer Kinder.

Was ich für den Kinderarzt empfinde, gilt nicht für den Zahnarzt. Ich weiß, Gott hat uns befohlen, daß wir einander lieben sollen, aber ... bestimmt hat Er nicht die *Zahnärzte* gemeint! Jahrelang ist es mir gelungen, Zahnärzten gegenüber neutral zu bleiben, aus dem einfachen Grund, weil ich nie einen aufsuchte. Wenn die Kinder Löcher in den Zähnen hatten oder Zahnklammern brauchten, fuhr ich sie zum Zahnarzt, setzte sie ab und kam wieder, um sie abzuholen. So hörte ich sie nicht schreien, und der Zahnarzt hörte nicht, wie ich Aufklärung darüber forderte, warum sie schrien.

Letztes Jahr stand ich dem Zahnarzt der Kinder zum erstenmal von Angesicht zu Angesicht gegenüber, oder von Mund zu Faust, um genauer zu sein. Mir war ein Zahn abgebrochen, und nach einigen Tagen des Unbehagens kam ich zu dem Schluß, daß ich entweder zum Zahnarzt gehen oder warten müßte, bis meine Zunge Stück für Stück abgeschnipselt wäre. (Die Kinder hofften, ich würde mich für letzteres entscheiden.)

Ich hatte seit Jahren keinen Zahnarzt aufgesucht, also war ich nicht vorbereitet auf dieses neue Folterinstrument, das man Kofferdam nennt. Ein Kofferdam ist eine heiße, glitschige, schauderhaft Maske, die Ihnen der Zahnarzt aufs Gesicht pflastert, mit der Entschuldigung, daß sie das Arbeitsgebiet isolierte. Der wirkliche Zweck dieses Horrors ist es jedoch, dem Patienten die Möglichkeit zu nehmen, vor Schmerz zu schreien oder ätzende Bemerkungen zu machen, während der Zahnarzt durch den Kieferknochen bohrt.

Da die Zeit des Zahnarztes sehr kostbar ist, befestigt die Zahnassistentin den Kofferdam und bereitet Sie generell auf die Arbeit vor, die getan werden soll. Sobald das monströse Mundstück befestigt ist, verschwindet die Assistentin — angeblich, um den Zahnarzt zu holen. In Wirklichkeit gehen sie beide zum Mittagessen.

Inzwischen bleiben Sie — geknebelt, unfähig zu atmen, zu sprechen oder zu schlucken — allein. Ihre Nebenhöhlen beginnen auszutrocknen, und gerade wenn Sie sich endlich damit abgefunden haben, an der Unfähigkeit zu schlucken oder auszuspeien zu sterben, erscheint der Zahnarzt plötzlich mit einem fröhlichen Gruß und einem Sortiment von Werkzeugen, die er sich von dem Kerl geliehen hat, der draußen die Straße aufreißt.

Es gibt zwei Sorten von Zahnärzten: diejenigen, die eine rege Konversation mit der Schwester führen, so daß

Sie sich verwundert fragen, ob er wohl Ihren Zähnen genug Aufmerksamkeit widmet, und diejenigen, die stumm in Ihren Mund gucken und niemals ein Wort äußern, außer einem gelegentlichen „Auf!", „Zu!" und „Hoppla!"

Zahnärzte sind wie die Stukkateure, Tapezierer und halbwüchsigen Söhne, sie arbeiten eine Weile und gehen dann spazieren.

„Das muß erst ein bißchen fest werden", sagt der Zahnarzt, während er ins nächste Zimmer läuft, um weitere fünfzig Scheine zu kassieren, und Sie sitzen da und starren verzweifelt ins Leere, während Sie auf seine Rückkehr warten.

Sie hören ihn im nächsten Zimmer lachen und plaudern, und seine gute Laune zerrt an Ihren Nerven. Eine Stunde im Zahnarztsessel ist eine Stunde Elend, und das mindeste, was der Zahnarzt tun kann, ist, Ihre erbärmliche Laune zu respektieren. Lachen, Scherzen und fröhliches Plaudern sollten verboten sein. Ich hasse es besonders, wenn der Zahnarzt mich mit einer offenkundigen Lüge begrüßt: „Hi! Teresa, Sie sehen wunderbar aus. Nehmen Sie Platz und entspannen Sie sich; es wird kein bißchen weh tun."

Ich hätte ein viel besseres Gefühl bei der ganzen Sache, würde er mich anknurren:

„Nur ein Idiot ißt in Ihrem Alter Knallbonbons. Halten Sie sich fest, denn das wird Sie jetzt aus dem Sessel heben!"

Ich meine, da man den Zahnarzt ohnehin haßt, könnte er wenigstens hassenswert sein.

12

Du sollst Erdnußbutter nicht in den Kühlschrank stellen...

Meine Nachbarin Nancy kam gestern zu einer Tasse Kaffee vorbei, und ich mußte ihn ihr in einem Geleeglas reichen, denn alle Tassen waren entweder im Fernsehzimmer, auf dem Garagendach (bitte verlangen Sie nicht von mir, daß ich das erkläre), oder unter Dannys Bett.

„Ich sehe, deine Kinder sind genau wie meine", sagte Nancy, als sie ihren Kaffee mit einer Gabel umrührte. „Gestern Abend hat Joe zwei Löffel im Müllschlucker zerrieben, gerade nachdem er die Spitze von meinem besten Schälmesser abgebrochen hatte, als er den Deckel von einem Glas Oliven abhob."

„Es ist nicht ihre Geistesabwesenheit, die mich beunruhigt", tröstete ich sie. „Es ist ihre Dummheit. Erst heute, als ich die Frühstückspakete für die Schule packen wollte, fand ich die Ernußbutter im Kühlschrank, die Bananen in der Tiefkühltruhe und die Kartoffelchips in Peggy. Also niemand, *niemand*, nicht einmal das dümmste Kind auf der ganzen Welt, stellt Erdnußbutter in den Kühlschrank. Und natürlich soll ich glauben, daß sie ‚niemand sie da hingetan hat'. Offensichtlich wurde sie vom Werk mitgeliefert."

Ich weiß nicht, was den Kindern heutzutage in der Schule beigebracht wird, aber ich glaube, man täte gut daran, auf obligatorische Leibeserziehung zu verzichten und sich auf einen Lehrgang in gesundem Menschenverstand zu konzentrieren. Dieser Kursus könnte mit einfachen Lektionen beginnen, wie:

„Wir stellen Erdnußbutter nicht in den Kühlschrank, denn das macht Erdnußbutter hart, so daß man sie unmöglich streichen kann, und das wiederum macht Mutter nervös und unleidlich."

Oder: „Wir trinken nicht den letzten Tropfen Orangenjuice zu unserem Mitternachtsimbiß, wenn wir doch wissen, daß unser Papa Orangenjuice zum Frühstück mag."

Ich denke da an eine ganze Reihe von Vorschriften, die von allen Kindern über fünf Jahren auswendig gelernt werden sollten:

1. Es ist jedermann streng verboten, einen leeren Milchkarton in den Kühlschrank zu stellen, oder eine leere Eiswürfeltasse in die Tiefkühltruhe.

2. Kleidungsstücke, die in den Wäscheschacht oder in den Wäschekorb geworfen werden, müssen zuerst vom Kleiderbügel genommen werden.

3. Mutters Nagelschere darf nie dazu verwendet werden, den Deckel von Müsli-Packungen abzuschneiden. Noch dürfen die Deckel abgeschnitten werden, bevor das Müsli ganz aufgebraucht ist. Erst dann — und nur dann — ist es zulässig, das als Prämie beigegebene Spielzeug vom Grund der Packung zu entfernen. Unter keinen Umständen darf das Müsli zwecks Freilegung der Prämie in den Ausguß geleert werden. Das Prämien-Spielzeug wird automatisch Eigentum des jüngsten Kindes im Haushalt, außer es klebt, sticht, kratzt oder hinterläßt eine bleibende Narbe, in welchem Fall es heimlich zu vernichten ist. (Das Spielzeug, nicht das Kind.)

4. Wir legen Bananen nicht in die Tiefkühltruhe; wir legen Bananenschalen nicht in die Klavierbank.

5. Es ist nicht zweckmäßig, daß ein Jugendlicher mit beiden Garnituren von Vaters Autoschlüsseln in der Tasche zu einem Wochenend-Zeltlager fährt.

6. Unter keinen Umständen können wir unser Heim teilen mit: (a) einem Vogel, dem die Katze gerade einen Flügel abgebissen hat; (b) irgendeinem Haustier, das auch nur entfernt einem Nagetier ähnelt; (c) mit überhaupt irgend etwas, das einen ekelhaften Geruch verströmt. (Ausnahmen werden — wenn auch ungern — gemacht, falls das Geruch verströmende Objekt ein zwölfjähriger Junge ist, der zufällig zur Familie gehört.)

7. Teelöffel, Breischüsseln, Kaffeetassen, Coca-Gläser und so weiter, die aus der Küche entfernt werden, müssen innerhalb eines angemessenen Zeitraums in besagte Küche zurückgebracht werden. (In weniger als drei Monaten, zum Beispiel.)

8. Teenager, die das Glück haben, eigene Stereoanlagen zu besitzen, sollen diese nicht so laut drehen, daß man sie im nächsten Landkreis hört; noch dürfen zwei oder mehr Teenager im selben Haushalt ihre Stereoanlagen gleichzeitig in Betrieb nehmen; noch dürfen sie sie nach 11 Uhr nachts in Betrieb nehmen; noch dürfen sie sie überhaupt in Betrieb nehmen, wenn Mutter zufällig ihre Stereoanlage auf Frank Sinatra programmiert hat.

9. Wenn Mutter sagt: „Trag diese schmutzigen Tennisschuhe hinunter in die Waschküche und wirf sie augenblicklich in die Waschmaschine!", dann sollte es sich von selbst verstehen, daß das nicht wörtlich genommen werden darf, falls sich gerade das irische Spitzentischtuch im Spülgang befindet.

10. Teenager, die von Dad gebeten werden: „Park den Wagen für mich, mein Sohn, ja?", sollten das tun, ohne (a) das Radio auf volle Lautstärke zu drehen und es so zu belassen, (b) die Aschenbecher mit Zigarettenstummeln,

Kaugummipapier oder beidem zu füllen, (c) mehr als einen halben Tank Benzin zu verbrauchen.

Als meine Kinder die obigen Verordnungen lasen, verlangten sie das Recht, zurückzuschlagen, und erließen die folgenden Verordnungen für Eltern:

1. Du sollst nicht — wenn das Wetter an einem Schultag plötzlich kalt wird — meine Jacke in die Schule bringen und vor der versammelten Klasse zum Lehrer sagen: „Geben Sie das meinem Goldjungen, bitte? Ich möchte nicht, daß er sich erkältet."
2. Du sollst nicht — wenn ich mit dem süßesten Jungen der letzten Klasse ausgehe — das Licht in der Veranda brennen lassen.
3. Du sollst nicht — wenn wir Freunde zu Besuch haben — das Familienalbum herzeigen, die Familienandenken, oder die Familienangehörigen.
4. Du sollst nicht — wenn ich mit meiner ständigen Freundin Sally am Küchentisch lerne — sagen: „Möchtest du noch eine Tasse Kaffee, Linda?" (Linda ist schon lange passé, Mutter; versuch, auf dem laufenden zu bleiben!)
5. Du sollst nicht — wenn du uns als Anstandsperson zum Schulball begleitest — tanzen. (Um Himmels willen, Dad, heute tanzt doch niemand mehr Tango.)
6. Du sollst nicht — auch nicht in der Privatsphäre deines eigenen Hauses — irgend jemanden von uns mit folgenden Namen bedenken: Liebling; Süßes; Schatz; Goldjunge; Baby; Zuckermaus; außer einer von uns ist jünger als zwei Jahre, was — wenn man Mamis Alter in Betracht zieht — nicht wahrscheinlich ist. (Hoffen wir's!)
7. Du sollst nicht — wenn du in unsere Zimmer kommst — irgendeine der folgenden Fragen stellen:

„Was rieche ich da?"
„Wie kannst du in diesem Schweinestall leben?"
„Willst du die ganze Woche schlafen?"
„Was ist das für eine Zeitschrift, die du da eben unter deine Matratze geschoben hast?"

(Noch besser, wie wär's mit: „Du sollst nicht unsere Schlafzimmer betreten... Punkt"?)

8. Du sollst nicht am Samstagabend zum Essen ausgehen — mit beiden Garnituren Autoschlüssel in der Tasche.

9. Du sollst nicht zulassen, daß deine Benzin-Kreditkarten verfallen.

10. Du sollst immer zur Verfügung stehen, um: Essen zu kochen; Geld zu leihen; bei den Hausaufgaben zu helfen; Kummer und Sorgen anzuhören; uns so sehr zu lieben, wie wir dich lieben.

Wie konnten Kinder, die so vernünftige Ansichten haben, Erdnußbutter in den Kühlschrank stellen?

Sie konnten es natürlich nicht. Nicht meine vollkommenen Kinder. Also mußte es Kilroy gewesen sein.

Die Veteranen des Zweiten Weltkriegs fragen sich schon seit Jahren, was aus Kilroy geworden ist, dem tückischen kleinen Kobold, der sich durch den Krieg schlug, indem er überall Verheerungen anrichtete, Zorn erregte, höhnte und stichelte, aber niemals erwischt wurde. Ich kann Ihnen jetzt sagen, wo Kilroy ist. In unserem Haus.

Kilroy zog vor über zwanzig Jahren bei uns ein. Er fragte nicht um Erlaubnis, er stellte sich auch nicht vor, er schlich sich einfach ein und machte sich's bequem. Ich sah ihn nie, aber ich wußte, daß er da war, denn er hinterließ unleserliche, mit Buntstift gekritzelte Mitteilungen an den Kinderzimmerwänden. Er pflegte auch die winzigen Babyschuhe zu verstecken, die Fäustlinge und Mützen der Kleinen zu stehlen, und wenn die Kinder abends schlafen gingen, versteckte er ihre Schuhe in der Sandkiste oder schob sie unters Sofa. Bevor er sich selbst zur Ruhe begab, machte Kilroy noch einen letzten Versuch, meine Kleinen in Schwierigkeiten zu bringen, indem er ihre Dreiräder sorgfältig in der Zufahrt aufstellte, direkt hinter dem Auto ihres Vaters.

Als unsere Kinder älter wurden, wurden Kilroys Possen raffinierter. Er versteckte nicht mehr Schuhe unter dem Sofa, sondern stopfte Limonadeflaschen darunter, zusammen mit einigen Figuren von Daddys Schachspiel, meinen Lesebrillen, und ein paar Seiten aus dem *Playboy,* die er — selbstverständlich — von irgendeinem Nachbarn stahl.

Kilroys bevorzugter Jagdgrund ist die Küche, wo er spätnachts Speck brät und Kaffee braut, Pizza oder Erdnußbutter-Sandwiches macht, leere Müsli-Packungen in die Vorratskammer und leere Eisbecher in die Gefriertruhe stellt, klebrige Substanzen auf den Boden schüttet und die ganze Bescherung für Mutter zurückläßt, dieungerechtfertigt alles auf die Kinder schiebt.

Als die Jahre vergingen, hörte Kilroy auf, an die Kinderzimmerwände zu kritzeln. Jetzt kritzelt er an die Küchenwände: Telefonnummern, unleserliche Mitteilungen an Mutter, allzu leserliche Verwünschungen für den Bruder. Die Limonadeflaschen unter dem Sofa sind Bierdosen und Zigarettenstummeln gewichen, und das ärgert besonders meine Teenager, die „nie trinken oder rauchen".

Kilroy verbringt unglaublich viel Zeit im Badezimmer, wo er das gesamte Heißwasser aufbraucht, den Rasierapparat meines Mannes ruiniert, Kamm und Bürste verlegt und nasse Handtücher über den Boden verstreut.

Der Morgen ist offensichtlich Kilroys Hauptarbeitszeit. Während des Frühstücks wird er besonders ungezogen. Wenn die Familie um den Küchentisch versammelt ist, saust Kilroy hinauf, um die Betten zu verwüsten, von denen die Kinder schwören, daß sie sie gemacht haben, bevor sie heruntergekommen sind. Er trocknet ihre Zahnbürsten aus, wirft ihre sauberen Kleidungsstücke in den Wäschekorb und die schmutzigen in den Schrank, dreht sämtliche Radioapparate an, dann schleicht er wieder hinunter, um die Hausaufgaben, die Schulbücher und das Geld für den warmen Lunch zu verstecken.

In den letzten Jahren hat Kilroy sein Tätigkeitsfeld auf die Garage ausgedehnt, wo er seine Zeit damit verbringt, Benzin aus meinem Wagen abzuzapfen und den Kilometerzähler vorzudrehen, damit ich meine „unschuldigen" Teenager beschuldige, daß sie ohne Erlaubnis meinen Wagen genommen haben. Einmal hatte er sogar die Kühnheit, ein Strafmandat zu fälschen und in der Brieftasche meines Sohnes zu verstecken. (Ich schnüffle für gewöhnlich nicht in der Brieftasche meines Sohnes herum; ich suchte nach einer Kreditkarte, die irgend jemand ... offenbar Kilroy ... sich ausgeliehen und nicht zurückgegeben hatte.) Nebenbei bemerkt, Kilroy ist ein so geschickter Fälscher, daß mein Sohn zugab, es wäre angebracht, daß er zu Gericht ging und Kilroys Strafe bezahlte. Mütter glauben vielleicht an Kobolde, aber wenige Richter tun das.

So seltsam es klingen mag, ich habe mich in den letzten zwei Jahrzehnten nicht nur an Kilroy gewöhnt, ich habe ihn sogar lieben gelernt, und sollte er jemals heiraten und wegziehen, werde ich ihn bestimmt sehr vermissen.

Gerade ist mir ein furchtbarer Gedanke gekommen: Welches Mädchen, das bei vollem Verstand ist, würde einen Kobold heiraten?

13

Ich glaube, ich habe es vergessen

Als wir meine Eltern anriefen, um ihnen von der Geburt unseres vierten Kindes zu berichten, sagte mein Vater: „Erzähl mir nicht, daß ihr endlich eine Tochter habt!"

„Was ist schon eine Tochter?" antwortete ich lachend. „Nein, Papa, es ist wieder ein Junge."

Er tobte vor Begeisterung. „Geschieht dir recht, mein Schatz!"

„Was soll das heißen?" fragte ich.

„Du bist die ersten fünfundzwanzig Jahre deines Lebens nach Jungen verrückt gewesen, und diese Jungen werden dich nun in den nächsten fünfundzwanzig erst richtig verrückt machen!"

Die „nächsten fünfundzwanzig" sind beinahe vorüber, und diese Jungen haben mich noch nicht verrückt gemacht, obwohl sie ihren Mannschaftsstand vergrößerten, indem sie um drei kleine Brüder beteten und sie auch bekamen. Kann sein, daß mich ihre drei Schwestern bei Verstand hielten; oder vielleicht ist es mir auch gelungen, bei Verstand zu bleiben, indem ich verrückt nach Jungen blieb. Ich liebe die kleinen Schlingel. Ich liebe sogar die großen Schlingel. Obwohl ich die erste bin, die zugibt, daß sie viele Fehler haben, von denen nicht der geringste die Jugend-Amnesie ist.

Haben Sie jemals einen größeren oder kleineren Jungen um etwas geschickt und dann verlangt, daß er sich erinnert, wozu er ausgeschickt wurde? Vorausgesetzt, natürlich, daß er überhaupt daran dachte, loszugehen.

Auf sehr kleine Jungen trifft das nicht zu. Mami kann ihrem Dreijährigen sagen „lauf hinauf und hol eine Windel für das Baby", und der Kleine wird in Rekordzeit zum Kinderzimmer und zurück sausen, eine saubere Windel in der Hand, und vielleicht noch eine extra, „nur für den Fall".

Auch wenn der kleine Junge schon sechs Jahre alt ist, hat er noch ein ganz passables Gedächtnis. Wenn er in der ersten Klasse eine Mitteilung von seinem Lehrer bekommt, hält er sie fest in seiner kleinen Faust, den ganzen Weg bis nach Hause, wo er sie stolz und prompt Mami präsentiert und sie auffordert: „Lies es gleich jetzt!" (Das erklärt auch, warum Schulen Mitteilungen an die Eltern immer dem jüngsten Kind der Familie anvertrauen.)

Irgendwann im Sommer zwischen der ersten und zweiten Klasse geschieht es, daß der kleine Junge vergeßlich wird, und zwar jeder kleine Junge. Geben Sie einem Siebenjährigen eine Mitteilung für Mami, und der Lehrer wird sie später unweigerlich auf dem Fußboden des Klassenzimmers finden, im Pausen- oder Waschraum, oder er sieht sie in Form einer gut gezielten Papierkugel durch die Luft fliegen.

Zu Hause sind kleine Jungen noch weniger verläßlich. Bitten Sie einen Zehnjährigen, hinaufzulaufen und eine Windel für das Baby zu holen, und er wird sagen: „Klar, Mami!", und abhauen — durchs Eßzimmer ins Wohnzimmer und geradewegs durch die Eingangstüre hinaus.

Je älter die kleinen Lieblinge werden, desto schlimmer wird's. Ich habe einen Sechzehnjährigen in den Keller geschickt, um einen Eimer zu holen, worauf er in den Tiefen der Erde verschwand und erst zum Abendessen wieder auftauchte.

Einmal sandte ich meinen Sohn Mike, damals etwa siebzehn, in mein Schlafzimmer, um ein Buch zu holen. Als er nicht herunterkam, beordete ich den sechzehnjährigen Jim, ihn zu suchen. Als keiner von beiden zurückkehrte, bat ich den zwölfjährigen Dan, nachzusehen, wo seine Brüder denn hingekommen seien. Einige Minuten später gab ich es auf und ging nach oben, um mir das Buch selber zu holen, und da fand ich Mike, der ausgestreckt auf meinem Bett lag und in mein Telefon sprach; Jim, das Ohr an die Tür gelegt, folgte mit höchster Aufmerksamkeit der Konversation; und Danny stand auf dem Treppenabsatz und versuchte sich zu erinnern, ob er eben hinuntergehen wollte oder gerade erst heraufgekommen war.

Man zögert, geistig derart unzurechnungsfähigen Geschöpfen zu gestatten, das Haus zu verlassen, aber gelegentlich wird es notwendig, ein Kind zum Lebensmittelladen zu schicken. Leider habe ich keine Söhne mehr, die jung genug sind, um verläßlich zu sein, also bin ich gezwungen, einen älteren Jungen damit zu beauftragen. Hier einige Tips einer Mutter von sieben gedankenlosen Söhnen:

Schicken Sie Ihren Sohn nie zum Lebensmittelladen, ohne eine Liste der Waren aufzustellen, die er kaufen soll. Wenn er also aus dem Lebensmittelgeschäft anruft, um Ihnen zu sagen, daß er die Liste vergessen hat, werden Sie sie gleich zur Hand haben, um sie ihm vorzulesen. (Dies unter der Voraussetzung, daß er sich daran erinnert, zu welchem Laden er geschickt wurde, und wie man am besten dorthin kommt.) Wenn er anruft, können Sie ihn auch daran erinnern, daß er das Geld nicht mitgenommen hat; er möge warten. Sie schicken einen seiner Brüder damit hin. Wenn Sie das zweite Kind aussenden, vergessen Sie nicht, ihm eine genaue Beschreibung des Ladens zu geben, sowie des Weges dorthin und des Bruders, den er finden soll. Vermeiden Sie es auf jeden Fall, irgendeinem der Kinder Bargeld zu geben. Schreiben Sie immer einen Scheck aus; auf diese Weise werden Sie sich nicht so aufregen, wenn beide mit leeren Händen nach Hause zurückkehren, um Ihnen mitzuteilen, daß sie ihn verloren haben. Und das nächstemal schicken Sie eine Tochter.

Wenn Sie Ihren Sohn eine Besorgung machen lassen müssen, erlauben Sie ihm nie, (a) Ihren Wagen oder (b) Ihre Kreditkarte zu benützen.

Letzte Woche schickte ich Jim in unser Einkaufszentrum, wo er mir ein Fleischthermometer kaufen sollte. Das Zentrum liegt schätzungsweise zehn Blocks von unserem Haus entfernt, bestimmt zu weit, als daß ein Spitzenläufer die Strecke zu Fuß bewältigen könnte, oder auch nur mit einem Zehngangrad. Schließlich würde Jim auf dem Heimweg ja ein zehn Zentimeter langes Thermometer zu tragen haben. Also nahm er den Wagen, und da ich keine Schecks mehr hatte (es versteht sich von selbst, daß ich kein Bargeld besaß), gab ich ihm meine Kreditkarte.

Drei Stunden später kam er zurück, mit einem Paar Jeans, einer Jacke, einem Art-Garfunkel-Album und einem halben Dutzend schokoladeüberzogener Krapfen, alles mit meiner Kreditkarte gekauft. Das Fleischthermometer hatte er vergessen.

Ich sage Ihnen das nur sehr ungern (hoffen wir, daß die Russen nie draufkommen), aber im letzten Sommer trat dieser selbe Sohn dem Marinekorps der Vereinigten Staaten bei. Wohin immer man ihn jemals schicken wird — man möge es nie verabsäumen, ihm eine Straßenkarte mitzugeben, einen Kompaß und seine kleine Schwester, damit sie ihm den Weg zeigt.

Irgend jemand hat einmal geschrieben, daß das schlimmste Alter für einen Jungen zwölf ist. Das mag vielleicht das schlimmste Alter für den Jungen sein, aber es ist das beste Alter für seine Mutter. Denken Sie doch einmal darüber nach:

Zum Beispiel, wenn Mutter an einem Dienstag unabsichtlich etwas wegwirft und es erst am Freitag bemerkt, braucht sie sich keine Sorgen zu machen; es liegt noch immer genau in dem Mülleimer, den ihr Zwölfjähriger seit Sonntag nicht ausgeleert hat.

Anders als ein Teenager verbringt ein zwölfjähriger Junge nicht fünfundvierzig Minuten unter der Dusche und braucht dabei das Heißwasser auf. Ja, wenn man es ihm nicht nahelegt, wird er *überhaupt kein* Wasser verbrauchen.

Und im Unterschied zu seinem kleinen Bruder wird ein Zwölfjähriger nicht die Hose, die Sie ihm erst letzten Dienstag gekauft haben, durchwetzen, weil er bereits am Mittwoch daraus herausgewachsen ist.

Ein Zwölfjähriger streitet nie mit seinem Bruder um den Platz im Schrank, oder wer welche Schubladen in der Kommode bekommt, weil alle seine Kleidungsstücke, Bücher und sonstigen Habseligkeiten unter seinem Bett verstaut sind.

Mutter muß sich niemals sorgen, daß ihr Zwölfjähriger nach der Schule im Drugstore herumsitzt, denn sie weiß, daß er in seinem Klassenzimmer herumsitzt und eine Aufgabe macht, die er gestern vergessen hat.

Zwölf ist ein vortreffliches Alter für einen Jungen. Er ist zu alt, um einen Babysitter zu brauchen, aber alt genug, um bei seinen jüngeren Geschwistern den Babysitter zu spielen.

Er ist alt genug, um Schnee zu schaufeln, den Rasen zu mähen und zum Lebensmittelladen zu laufen, aber zu jung, um sich Ihren Wagen, Ihren Rasierapparat oder Ihr Geld zu leihen.

Es ist ein Vergnügen, einem Zwölfjährigen Geschenke zu kaufen, denn er will, braucht und schätzt alles und jedes.

Er ist jung genug, um sich über einen Dollar zu freuen, aber alt genug, um ihn sich selbst zu verdienen.

Er ist alt genug, um sich über ein Zehngangrad zu freuen, und jung genug, um zu finden, daß es eigentlich netter ist als ein Auto.

Ein Zwölfjähriger ist zu alt, als daß man ihn warten müßte, aber zu jung, als daß man aufbleiben und auf ihn warten müßte.

Er ist zu alt, um an Mamis Kittelfalte zu hängen, und doch noch zu jung, um sie zu kritisieren.

Ein Zwölfjähriger verspürt nicht mehr den Drang, die Mädchen in seiner Klasse zu hänseln, aber auch noch nicht den Drang, sich mit ihnen zu verabreden.

Mit zwölf ist er noch jung genug, um an einer Partie Monopoly oder Scrabble Gefallen zu finden, aber alt genug, um die einzelnen Bestandteile nicht zu verlieren.

Zwölf ist ein ideales Alter, weil sich der Geist des Kindes endlich den Wundern der Welt geöffnet hat, aber die Schwierigkeiten noch nicht erfassen kann.

Dieses Alter hat nur einen Fehler: nämlich, daß es sich unweigerlich in dreizehn verwandelt, und dann ist der Junge (Gott helfe uns) in der achten Schulstufe, unfehlbar, selbstgefällig und verrückt nach Mädchen.

Armes Kind; er weiß es noch nicht, aber er wird für den Rest seines Lebens verrückt nach Mädchen sein.

Vierter Teil

… von Schuhen, Schiffen, Siegellack,
von Königen und Zibeben …
LEWIS CARROLL, „Das Walroß und der Zimmermann",
Alice hinter den Spiegeln

14

Mütter brauchen doch kein Geld

Bis ich in die High School eintrat und mein erstes Shakespeare-Stück las, dachte ich, meine Mutter sei die Erfinderin der Phrase „Hüte dich vor den Iden des März", und irgendwie assoziierte ich die „Iden" vor denen wir uns hüten sollten, mit meinem Vater. Denn — Sie erinnern sich — die Iden des März bedeuteten die Zeit der Einkommensteuererklärung, und es war die Aufgabe meiner Mutter, alle bezahlten Rechnungen zu sammeln, die Bestätigungen für mögliche Abzugsposten vorzulegen und die ganze verwirrende Bescherung meinem Vater zu erklären.

Da ich nun so viele Jahre lang gehört hatte, wie sich meine Mutter vor den Iden des März hütete, würde man meinen, ich hätte mir etwas Besseres gewußt, als gewissermaßen die Iden des April zu heiraten. Denn jetzt ist bei uns der 15. April Stichtag für die Einkommensteuererklärung (was uns nur noch einen weiteren Monat der Quälerei und Rechnerei beschert), und es ist meine Aufgabe, die Rechnungen zu sammeln und die Erklärungen für meinen Mann zu besorgen.

Als ich mir einen Mann aussuchte, traf ich meine Wahl sehr sorgfältig. In der Erkenntnis, daß Mathematik meine schwache Seite ist (eigentlich bin ich eine totale Niete), entschied ich, daß ich mich, wollte ich in dieser vom Geld beherrschten Welt überleben, auf jemand anderen verlassen müßte, der das Geld nicht nur verdiente, sondern auch verwaltete. Nach vielem Suchen und Prüfen fand ich endlich den perfekten Ehegefährten: einen Rechtsanwalt mit abgeschlossener kaufmännischer Ausbildung. Erst nach der Trauungszeremonie gestand er mir ein schreckliches Leiden ein: er war allergisch gegen Rechnungen, Bankpapiere und Budgets.

Was sollte ich tun? Nach mehreren Monaten der Mißwirtschaft trafen wir schließlich ein Abkommen: er würde das Geld verdienen, und ich würde es ausgeben. Strohdumm wie ich bin, dachte ich, das müßte wunderbar sein. Ich kannte das Gesetz des Landes nicht, das da lautet: „Er, der das Geld verdient, hat sich vor dem Finanzamt zu verantworten, und sie, die das Geld ausgibt, hat sich vor Dracula zu verantworten."

Das Verantworten ist nicht so schwierig; es ist das Erinnern, das mich fertigmacht.

Zuerst muß ich mich daran erinnern, wohin ich die bezahlten Rechnungen gelegt habe. In den Schreibtisch? Nein, dort bewahre ich die Zeugnisse, Werkzeuge für den Kindergarten und abgebrochene Bleistifte und Rechnungen auf, die ich zu zahlen beabsichtige, wenn sie an die Reihe kommen.

In der Anrichte? Unwahrscheinlich. Wir können die Anrichte nicht mehr öffenen, seit 1976 irgend jemand eine Fünfundzwanzig-Zentimeter-Schachtel in eine Zwanzig-Zentimeter-Lade gepfercht hat.

In der Nähkiste? Nein, die ist voller Fotos (Nadel und Zwirn sind in meiner Schmuckschatulle; ich meinte, ich müßte doch *irgend etwas* darin aufbewahren).

Aha, da sind sie, oben auf dem Kühlschrank, hinter dem Basketball. (Anmerkung für den Leser: Üben Sie keine Kritik, wenn Sie mir nicht sagen können, wo *Ihre* Rechnungszettel sind. Und wenn wir schon dabei sind, wo ist Ihr Basketball?)

Zweitens muß ich mich daran erinnern, wofür alle diese Rechnungen waren, wie zum Beispiel die des Arztes. Wollen mal sehen: da waren Dannys gebrochener Arm, und Tims Ohrenschmerzen, und Jims Muskelzerrung, und Annies Wunde, die genäht werden mußte, und Patricks Buffalo-Nickel...

„Ich frage dich ungern", unterbrach mein Mann, „aber was hat Patricks Buffalo-Nickel mit dem Doktor zu tun?"

„Erinnerst du dich nicht? Wir mußten Pat zum Doktor bringen, weil er ein Fünfcentstück geschluckt hatte. Ich hätte mich nie wegen eines gewöhnlichen Fünfcentstücks aufgeregt, aber ein Buffalo-Nickel ist selten..."

„Okay, okay", sagte er, „weiter. Was kommt jetzt? Ah, ich hatte keine Ahnung, daß wir so viel für die Kirche gespendet haben."

„Nun, es waren nicht eigentlich Spenden für die *Kirche*", gestand ich, „außer du kannst Schenkungen an die Pfarrschule dazuzählen."

„Welche Schenkungen?" fragte er. „Hatten wir heuer eine Sammlung?"

„Oh, ja. Ich habe Geld gesammelt für warmes Mittagessen, Turnkleidung, Bibliotheksnachgebühren, Pfadfindergebühren und eine Menge Schulartikel."

„Das nützt alles nichts. Haben wir gar nichts für die Kirche gespendet?"

„Na ja, 435 Dollar für Votivkerzen."

„Wieso, um Himmels willen, haben wir 435 Dollar für Votivkerzen ausgegeben?" brüllte er.

„Eigentlich war es nur eine Votivkerze", bekannte ich. „Patrick hat sie angezündet, dann ließ er sie fallen und setzte den Kirchenteppich in Brand. Meiner Meinung nach waren 435 Dollar ein sehr vernünftiger Betrag für all die Reparaturen, die dann notwendig waren."

„Sonst noch was?" seufzte er.

„Ja", berichtete ich. „Wir gaben dem Pater 25 Dollar für die Reparatur des Lesepults, über das Jim gestolpert war, als er versuchte, rasch aus der Kirche zu kommen, und 60 Dollar dafür, daß der Kasten für ‚Himmel und Hölle', den Peggy und Annie auf den Parkplatz gezeichnet haben, mit Sandstrahlgebläse entfernt werden mußte; dann noch 14 Dollar, um die Tombola-Lose zu ersetzen, die Timmy verloren hat, und weitere 20 Dollar, die ich meines Erachtens dem Kirchenbasar schenken mußte, als ich erfuhr, daß Danny durch Schwindeln beim Bingo ein Radio gewonnen hatte."

„Kein Wunder, daß mich der Pater komisch ansieht, wenn ich beim Gottesdienst mein Kuvert in den Korb werfe", sagte mein Mann. „Ich spende nicht für die Kirche; ich *kaufe* sie."

Die Abzüge für Arzt und Kirche sind eine einfache Sache; was schwer zu erklären ist, sind Zahlungen an Unbekannt.

Unbekannt, das sind die eigenartigen Namen auf Rechnungen, die ich bezahlt, aber auf meinen Kontrollabschnitten nicht eingetragen habe, wie diejenige, die ich am 18. Mai an John Ducklesby bezahlte.

„Wer ist John Ducklesby, und warum hast du ihm 5 Dollar bezahlt?" fragte mein Mann.

Wie soll ich mich daran erinnern, wer John Ducklesby ist? Der Müllmann? Ein Mechaniker? Ein fahrender Sänger? Dann erinnerte ich mich leider.

„Laß gut sein", sagte ich zu meinem Mann. „Die 5 Dollar sind kein Abzugsposten."

„Woher weißt du das?" fragte der Rechnungsprüfer. „Das Finanzamt gewährt alle möglichen Abzüge für scheinbar lächerliche Sachen. Wofür war es? Wer ist John Ducklesby?"

„Hmmm, ja", begann ich zögernd, „wenn du es unbedingt wissen mußt, er ist ein Buchmacher."

„Ein Buchmacher?" kreischte mein Rechtsanwalt. „Willst du mir sagen, daß meine Söhne auf Pferde gesetzt haben? Ich ziehe ihnen das Fell über die Ohren! Welcher Unglücksrabe hat das Geld verwettet?"

„Dieser da", murmelte ich. „Ich habe die Wette placiert."

„Das ist nicht dein Ernst!" schrie er. „Du hast auf ein Pferd gewettet? Bei wem?"

„Bei John Ducklesby, offenbar", gestand ich. „Eigentlich ging es über Aggie. Du kennst Agnes; wir arbeiten zusammen in der Kirche. Nun, wir schlichteten gerade Zeitschriften ins Bücherregal, und sie erzählte mir von dieser sicheren Sache in Ak-sar-Ben, und ich müßte nicht einmal hingehen, weil ihr Nachbar hinginge, und er würde gerne die Wette für mich placieren, nur war es eben doch keine so sichere Sache, und ich habe die 5 Dollar verloren."

„Du hast die Wette in der Kirche abgeschlossen?" fragte er.

„Ja. Direkt im Hauptschiff, vor Gott und allen Menschen."

„Ich frage mich, ob man das als Schenkung betrachten könnte..." grübelte Dracula.

Ich habe ihn nie gefragt, ob er es als Abzugsposten deklarierte; wenn es irgend jemanden gibt, mit dem ich nichts zu tun haben möchte, dann ist es das Finanzamt. Ich habe nur eine direkte Konfrontation mit dem Finanzamt gehabt, und die hat mir gereicht.

Es gelang mir, zwanzig Jahre glücklicher Ehe und ohne geregelte Arbeit hindurch, den direkten Kontakt mit dem Fiskus zu vermeiden, bis Jo in mein Leben trat und die Regierung hinter sich herschleppte.

Die Finanzleute würden Jo als „Haushaltshilfe" klassifizieren, aber was wissen die denn schon? Eine Frau, die mutig genug ist, einmal pro Woche in mein Haus zu kommen, um Kaugummi vom Herd zu kratzen, Spielsachen aus dem Wohnzimmer zu schaufeln und schmutzige Socken unter den Betten kleiner Jungen hervorzuzerren, kann kaum als einfache „Putzfrau" bezeichnet werden. Sie rangiert irgendwo zwischen einem Engel und einer Heiligen, und da sie ganz bestimmt von Gott selbst gesandt war (es erforderte drei Novenen und sechs Votivkerzen, um sie zu bekommen), sehe ich nicht ein, warum ich ihre Anwesenheit der Regierung der Vereinigten Staaten melden, oder dieser Regierung sogar etwas für das Privileg bezahlen sollte, Jo im Haus zu haben.

Aber natürlich bezahle ich ihr etwas, da die Alternative anscheinend Gefängnis ist. Es würde mir wirklich nichts ausmachen, Sozialversicherungsbeiträge zu berappen, wenn es nicht mehr bedeutete, als vierteljährlich einen Scheck nach Washington, D. C. zu schicken. Doch wer jemals eine Haushaltshilfe gehabt hat, der weiß, daß das nicht so einfach ist.

Erstens einmal residiert die Finanzbehörde nicht in Washington, D. C., sondern in Ogden, Utah.

Zweitens muß der Scheck von einem Formular begleitet sein, aber Sie brauchen nicht nach Ogden, Utah, zu schreiben, um das Formular zu bestellen; Sie bekommen es direkt in Ihrer Heimatstadt, indem Sie einfach das hiesige Büro der Finanzbehörde anrufen.

Versuchen Sie es nur.

Haben Sie jemals im Telefonbuch die Nummer der Finanzbehörde gesucht? Das „Internal Revenue Service" steht nicht unter „I", „R" oder „S". Es steht unter „U", für „United States Government Offices", zusammen mit neunundneunzig Millionen anderen Amtsnummern.

Damit Sie es leichter haben, gibt es eine eigene Nummer für die „Anforderung von Formularen". Aber machen Sie sich nicht die Mühe, sie anzurufen, denn alles, was Sie zu hören bekommen, ist eine Stimme auf Band, die sagt: „Wenn Sie Formulare zum Einreichen der Arbeitgeberabgaben wünschen, müssen sie ‚Abgaben' anrufen."

Okay; und wie ist die Nummer für „Abgaben"? Sie wird nicht genannt, also müssen Sie nachsehen. Nicht unter „A". Dummchen. Warum sollten Sie unter „A" nachsehen? „Abgaben" stehen unter „I". Fragen Sie mich nicht, warum. Und fragen Sie um Himmels willen nicht *die dort*, warum. Sie werden Ihnen nur sagen, daß Sie die Auskunft anrufen sollen... die unter „U" eingetragen ist.

Als ich „Abgaben" endlich ans Telefon bekam, sagte man mir dort, daß man mir gerne die nötigen Formulare schicken würde, ich brauchte nur meine Arbeitgeber-Identitätsnummer anzugeben.

Ich sagte den „Abgaben", daß ich eine Sozialversicherungsnummer hätte, eine Telefonnummer, eine Hausnummer, eine Dauerambulanznummer für die Erste-Hilfe-Station der Kinderklinik und eine Ehrenmitgliedschaftsnummer in der Geburtenabteilung von Bergans Krankenhaus, aber die genügten nicht. Ich bekam eine neue Nummer, die ich sofort auswendiglernte, damit ich sie nicht jedesmal nachsehen mußte, wenn ich die Erklärung für Jos Sozialversicherung einreichte.

Als ich endlich die nötigen Steuerformulare erhielt, zählte ich sorgfältig die Tage, an denen Jo für mich gearbeitet hatte; rechnete ihren Lohn aus; multiplizierte mit 11,7 Prozent; füllte die Formulare aus, schrieb den Scheck und schickte den ganzen Kram per Post nach Ogden, Utah.

Zwei Wochen später kam alles zurück. Ich hatte es verabsäumt, Jos Identitätsnummer in dem Formular einzutragen. Ich mußte sie anrufen und nach ihrer Sozialversicherungsnummer fragen.

Haben Sie jemals versucht, Ihre Putzfrau während der Woche anzurufen? Sie treffen sie nicht an. Es wäre leichter, den Staatssekretär zu erreichen. Sie wissen, wo sie am Montag arbeitet, aber das ist zufällig die Woche, in der sie ihre Montag- mit ihrer Dienstagbeschäftigung getauscht hat, nur ist sie nicht am Ort ihrer Dienstagbeschäftigung; die Dienstag-Arbeitgeberin hat sie an ihre Schwägerin ausgeliehen, damit sie irgendwo eine Party vorbereiten hilft; die Dienstag-Dame kann nicht so genau sagen, wo.

Endlich fand ich Jo am Donnerstag, als sie bei mir zur Türe hereinspazierte. Ich erhielt ihre Versicherungsnummer, schickte den Antrag neuerlich ab und hoffte zu Gott, daß der Scheck nicht retourniert würde.

Einen Monat später suchte ein verheerender Tornado Omaha heim, und unser Haus brauchte nicht mehr geputzt zu werden, weil es nicht mehr vorhanden war. Jo und ich nahmen tränenreich Abschied voneinander, und wir bezogen ein provisorisches Quartier, bis wir ein neues Haus gefunden hatten.

Drei Monate später schickte mir die Finanzbehörde wieder ein Formular über die vierteljährliche Abgabe für die Haushaltshilfe. Da ich keine Haushaltshilfe hatte, warf ich das Formular weg.

Zwei Wochen später bekam ich eine Mahnung. Ich warf sie weg.

In der darauffolgenden Woche erhielt ich eine „letzte Mahnung", nur — wie alle „letzten" Mahnungen — war sie das nicht. Einige Tage später wurde mir eine „allerletzte Mahnung" in Form eines Ferngesprächs zuteil, in dem man mich fragte, warum ich das Formular nicht eingereicht hätte.

Ich erklärte, daß ich das Formular für die Haushaltshilfe nicht eingereicht hätte, weil ich keine Haushaltshilfe mehr beschäftigte.

Ich erhielt die Antwort: „Oh. In diesem Fall werde ich Ihnen das Formular schicken, das Sie einreichen müssen, wenn Sie *keine* Haushaltshilfe haben."

Ich konnte es nicht glauben.

„Das ist lächerlich!" schrie ich. „Ich verständige doch nicht das Gesundheitsamt, wenn niemand die Masern hat! Ich verständige nicht das Meldeamt, wenn niemand gestorben ist! Ich weigere mich, Sie zu verständigen, wenn niemand arbeitet! Ihr seid alle Idioten dort; ihr habt nichts im Kopf als Formulare, Formulare, Formulare! Ich hoffe, ihr hängt euch alle an euren Paragraphen auf!"

Und damit war die Sache erledigt!

Zumindest für dieses Vierteljahr. Drei Monate später hatten wir ein neues Heim bezogen, Jo war wieder zur Arbeit gekommen, und mein Mann erinnerte mich, daß ich wieder die Sozialversicherungsabgaben für Jo zahlen müßte. Aber natürlich hatte ich keine Formulare, und ich wußte die Telefonnummer nicht mehr. Das bedeutete, daß ich das Telefonbuch hervorholen, die verschollene Nummer heraussuchen und mit den Paragraphen-Idioten Frieden schließen mußte.

Lieber wollte ich ins Gefängnis wandern.

Gefängnis wäre vielleicht überhaupt nicht so schlimm. Ich habe eine Freundin in New York, eine alte College-Kameradin, die sieben Kinder hat. Sie bekam vor einigen Jahren eine Strafe für fahrlässiges Verhalten im Straßenverkehr. Angeblich war sie irgendwo ahnungslos gegen die Einbahn gefahren, und irgendein ordinärer Kerl hatte sich geweigert, ihr den Weg freizugeben. Leider stellte es sich heraus, daß der ordinäre Kerl ein Patrouillenfahrer außer Dienst war, also mußte meine Freundin Jill vor Gericht erscheinen.

Zu jedermanns größter Überraschung (der meinen ausgenommen) antwortete Jill — als der Richter sagte: „Fünfzehn Dollar plus Gebühren oder zwei Tage Gefängnis" — rasch und in seliger Vorfreude:

„Oh, ich nehme die zwei Tage Gefängnis!"

Sie hat sie nicht bekommen. Zu Jills Pech hörte ihr Mann davon, zahlte die Strafe und hatte sie zu Mittag wieder in der Küche. Schade. Jill hätte diese zwei Tage im Gefängnis wirklich nötig gehabt.

Sie glauben, ich bin verrückt? Betrachten Sie die Sache doch vom Standpunkt einer Mutter. Zwei ganze Tage, achtundvierzig herrliche Stunden in einer netten, ruhigen Gefängniszelle. Sechs Mahlzeiten, jede einzelne von jemand anderem zusammengestellt, von jemand anderem gekocht und von jemand anderem serviert, wahrscheinlich sogar auf einem Tablett. Nach dem Essen würde ein dienstbarer Geist das Tablett eilends forttragen, und ein weiterer wunderbarer „Anderer" würde das Geschirr spülen.

Ich könnte den ganzen Abend lesen, ohne Unterbrechung. Ich könnte früh zu Bett gehen, und die ganze Nacht darin bleiben! Niemand würde mich bitten, aufzustehen und den Thermostat zu kontrollieren, oder den Hund hinauszulassen, oder die Teenager hereinzulassen.

Am Morgen könnte ich schlafen, so lange ich wollte. Es ist laut? Wen kümmert's? Einer Mutter ist es nie zu laut zum Schlafen; ja, es gibt nichts Beruhigenderes als zu hören, wie jemand anderer einen Boden schrubbt oder einen Staubsauger laufen läßt.

Wenn zwei Wachen sich darum zanken sollten, wer an

der Reihe wäre, Tablette zu tragen oder Geschirr zu spülen, würde ich nicht das geringste unternehmen. Meinetwegen könnten sie einander umbringen. Und wenn ihr Gebrüll das Schläfchen des Aufsehers stören sollte, so wäre das nicht mein Problem. Soll er sich doch selber herumschlagen mit seinen Kindern ... hoppla, ich meine, Wachen. Ich müßte mich nicht einmal aufregen, wenn in den Schreibtisch des Aufsehers eingebrochen und seine Wagenschlüssel geklaut würden!

Ach ja, Gefängnis. Es ist vielleicht nicht gerade wie ein Wochenende in Las Vegas, aber wer will schon nach Las Vegas? Es gibt Telefon in Las Vegas. Im Gefängnis könnten die Kinder mich nicht anrufen.

Vielleicht reiche ich dieses Abgabenformular doch nicht ein.

15

Hat irgend jemand meine Schuhe gesehen?

Als ich noch ein junges Mädchen war (ja, Kinder, ich war einmal ein junges Mädchen), lautete eine beliebte Frage im College: „Wenn du auf einer einsamen Insel gestrandet wärst, welches Buch würdest du mitnehmen, und mit welcher Person möchtest du dort sein?"

Meine Antwort hing von der Dekade ab, in der die Frage gestellt wurde. In den dreißiger Jahren hätte ich überhaupt nicht gezögert, den „Hexer von Oz" und meinen Vater mitzunehmen. In den vierziger Jahren wäre das Buch „Vom Winde verweht" gewesen, aber wer wird schon die Zeit mit Lesen verbringen, wenn man ganz allein auf einer einsamen Insel mit Frank Sinatra ist? In den fünfziger Jahren? Ein Kochbuch und mein Bräutigam.

Seit damals ist die Frage nicht mehr so leicht zu beantworten. Was das Buch betrifft, ist mir beinahe alles recht, da ich sehr gerne lese, aber wie wählt eine Dame zwischen dem Mann, den sie will, und dem Mann, den sie braucht? Ich würde meinen Mann mitnehmen wollen, aber ich müßte auch den heiligen Antonius mitnehmen, weil ich sogar auf einer einsamen Insel, wo mein ganzer Reichtum aus einem einzigen Buch bestünde, das verdammte Ding verlieren würde; und dann brauche ich eben den heiligen Antonius, damit er mir hilft, es wiederzufinden.

Ich bin eine geborene Verliererin. Ich verliere alles:

Autoschlüssel, Brillen, Taschen, Schreibgeräte, den Verstand. Ich bin sogar dafür bekannt, daß ich zuweilen ein oder zwei Kinder verliere, was für jedermann leicht verständlich ist, der sich jemals mit acht oder neun Kindern gleichzeitig irgendwohin begeben hat.

Erst gestern nahm ich Peggy, Annie, Timmy und Pat ins Kaufhaus mit, um Schuhe für die Schule zu kaufen, und in der überfüllten Schuhabteilung verlor ich Timmy. Endlich fanden wir ihn, und als wir uns den Weg durch den Parkplatz freikämpften, wurde mir klar, daß ich mich nicht daran erinnern konnte, wo ich den Wagen gelassen hatte. Zum Glück erinnerte sich Peggy, aber das nützte uns nicht viel; als wir beim Wagen angelangt waren, entdeckte ich, daß ich die Schlüssel verloren hatte.

Also riefen wir ein Taxi, fuhren den ganzen Weg nach Hause, holten das zweite Paar Schlüssel, fuhren zum Parkplatz zurück, und als ich meine Tasche öffnete, um den Taxifahrer zu bezahlen, merkte ich, daß ich meine Brieftasche verloren hatte.

Das war nur eine von den Gelegenheiten, bei denen ich den Verstand verlor.

Jeden Morgen in den vergangenen zwanzig Jahren mußte ich den heiligen Antonius anrufen, er möge mir helfen, die Turnschuhe zu finden, die Schulpullover, Hausaufgaben, Geschichtsbücher, Dannys Brille und — mehr als einmal — Danny selbst. Dieser Junge ist so zerstreut, daß er sich nicht daran erinnern kann, wo er sein soll, und wann und warum.

Während die Gegenwart des heiligen Antonius an Schulmorgen absolut notwendig ist, so sind doch die meisten unserer Suchaktionen von der jeweiligen Jahreszeit abhängig.

Im Sommer wühlen der heilige Antonius und ich in Kommodenladen und suchen nach Badeanzügen, von denen meine Kinder schwören, daß sie sie im letzten September sorgfältig hineingelegt haben. Wir finden sie immer... im Spind des Schwimmklubs, verschimmelt und unbrauchbar geworden, aber das ist nicht St. Antonius' Schuld. Er findet die Sachen nur; er wirkt keine Wunder.

Im Herbst suchen der heilige Antonius und ich nach leichten Jacken oder Pullovern, die die Kinder an den kühlen Herbsttagen tragen können, an denen es noch nicht kalt genug für Wintermäntel ist, und wenn der Winter kommt, scheint St. Antonius wirklich ein Wunder zu wirken, wenn er nicht nur die Stiefel findet, sondern auch dafür sorgt, daß sie zusammenpassen.

Doch erst im Frühling halte ich St. Antonius wirklich in Atem, denn es gibt so vieles zu suchen im Frühling: den Basketball, die Fahrräder, die Tennisschläger und Rollschuhe, das Schlagholz und die Fanghandschuhe zum Baseballspielen, und die Pullover und leichten Jacken, die wir im Herbst gefunden und während des Winters verloren haben.

Wo kommen alle diese Jacken *wirklich* hin? Dieses Jahr haben wir an sämtlichen möglichen Stellen nachgesehen: unter den Betten, hinten im Wagen, auf dem Wandregal in der Garage, hinter dem Kühlschrank, sogar auf dem Grunde des Bügelkorbs. (Vermißt jemand ein Flaggentuch?)

Eine intensive Befragung enthüllte die folgenden Fakten: Danny hatte seine Jacke in der Sakristei gelassen, und ein zerstreuter Ministrant war damit nach Hause gegangen. (Wenn es noch zerstreutere Ministranten gibt als Danny, dann ist die Kirche wirklich in Schwierigkeiten.)

Jim gab zögernd zu, daß er die seine anläßlich einer begeisterten Ovation beim letzten Footballspiel in die Luft geworfen hatte, und es erging ihr wie dem sprichwörtlichen Teil — sie „fiel zu Boden, er wußte nicht wo".

Mary glaubt, daß sich ihre Jacke im Spind in der Schule befindet, aber sie ist nicht sicher, weil sie im letzten Oktober den Schlüssel verloren hat und den Spind seither nicht öffnen kann.

Peggy hat ihre Jacke bei Kathy Sowieso vergessen, aber die Sowiesos sind zu Weihnachten nach Kalifornien verzogen, vermutlich mit Peggys Jacke.

Tim und Patrick förderten zwei Jacken zutage, die ich nicht gekauft und auch noch nie gesehen habe, die aber zweifellos Matthew und Jacob Frievald gehören, unseren Nachbarn. Da Sue Frievald neun Söhne hat und ich sieben, haben wir es schon seit langem aufgegeben, Knabenkleidung zu identifizieren, die „bei uns liegengeblieben" ist. Es ist mühsam genug, die Knaben zu identifizieren.

Annies Jacke ist „irgendwo in der Schule; wahrscheinlich in der Fundkiste", wohin ich in meiner Verzweiflung alle übrigen Kinder schicken werde, um Mäntel zu suchen, irgendwelche Mäntel, denn Pfarrschulen haben ein ungeschriebenes Gesetz: „Wenn es länger als einen Monat hier liegt und paßt, gehört es dir."

Noch schwieriger als die Jacken sind die Sportausrüstungen fürs Frühjahr zu finden.

„Wer hat meinen Basketball genommen?" fragt Tim. „Ich habe ihn letzten November genau da auf dieses Sofa gelegt." Ich kann mir nicht erklären, warum er nicht mehr da ist. Ich würde mein Leben darauf verwetten, daß nicht ein einziges meiner Kinder sich beim Anblick eines schmutzigen Basketballs auf dem Wohnzimmersofa sagen würde: „Oh, da ist ein Basketball auf dem Sofa. Ich werde ihn dort hinbringen, wohin er gehört."

Der Basketball findet sich draußen unter den Büschen, wo er im Winter vor sich hinmoderte, weil eine erzürnte Mutter ihn dorthin geworfen hatte.

Aus irgendeinem lächerlichen Grund sind die Baseballhandschuhe nicht auf dem Badezimmer-Regal. Oben auf dem Kühlschrank vielleicht? Natürlich!

Als wir den Besenschrank öffneten, um nach den Rollschuhen zu suchen, fanden wir die Tennisschläger, aber keine Rollschuhe.

Wir ignorierten den Kommentar meines Mannes — „Ihr meint, sie sind nicht auf der Treppe? Ich dachte, ihr hebt eure Rollschuhe immer auf der Treppe auf?" — und fanden die Rollschuhe — ausgerechnet — in der Spielzeugkiste.

„Also, wer hätte daran gedacht, dort zu suchen?" fragte Annie logisch.

Unglaublicherweise waren die Fahrräder genau dort, wo sie sein sollten: mit der Unterseite nach oben warteten sie im Keller, daß ihre Besitzer die Gänge kontrollierten und Bremsen reparierten, aber bis jetzt hatte das noch niemand getan, denn: „Weißt du, wir konnten nicht an die Werkzeugkiste heran, weil uns die Fahrräder im Weg waren." Wenn sie wußten, daß sie die Werkzeuge nicht erreichen konnten, weil die Fahrräder dort waren, wieso behaupteten sie dann, daß sie nicht gewußt hätten, daß die Fahrräder dort waren?

Falls St. Antonius nicht nach Wintermänteln oder Rollschuhen in Speicherschränken und Besenkammern sucht, wühlt er in meine „Allerlei"-Lade und hilft meinem Mann, seine Zange zu finden.

Jede Hausfrau hat eine Allerlei-Lade, so genannt, weil sie dort allerlei aufbewahrt: Scheren, Werkzeuge, Bleistifte, Wundpflaster, Garantiescheine für Geräte, die schon lange kaputt sind und weggeworfen wurden, ein Paket Spielkarten, das komplett sein wird, sobald wir den Kreuzbuben finden, Heiligenbilder, die heimatlos sind, seit Katholiken keine Gebetbücher mehr bei sich tragen; Tombolalose und Schuhbänder, die garantiert verschwinden, wenn sie gebraucht werden. Im Grunde ist diese Garantie bei jeglichem Inhalt dieser Allerlei-Lade gegeben, und das kommt daher, daß Allerlei-Laden keine Hinterwand haben. Sie setzen sich weiter und weiter in die Unendlichkeit fort, und alles, was länger als vierundzwanzig Stunden darinnen bleibt, neigt dazu, in das große Nichts verweht zu werden. Daher ist sogar der heilige Antonius oft gänzlich erfolglos, wenn er in der Allerlei-Lade nach etwas sucht.

Entweder ist es das, oder er weigert sich einfach, mit meinem Mann zusammenzuarbeiten, und wenn das stimmt, kann ich es ihm wirklich nicht verübeln, weil mein Mann jedenfalls nie mit ihm zusammenarbeiten will.

Sehen Sie, mein Mann glaubt nicht an Heilige. Oh ja, er glaubt an ihre Existenz; er hält nur nichts davon, sie zu belästigen. Er meint, wenn ein Bursche siebzig oder achtzig Jahre auf der Erde verbracht hat und zum Heiligen oder gar zum Märtyrer geworden ist, sollte er nicht seine Ewigkeit damit verbringen müssen, daß er mit Bittgesuchen von Sündern gequält wird. Im Grunde ist mein Mann eben ein typischer Beamter; er hält nichts davon, seine Zeit zu vergeuden, indem er mit den Untergebenen arbeitet. Wenn du willst, daß etwas ordentlich gemacht wird, geh zum Chef.

Nun habe ich großes Vertrauen zum Chef des heiligen Antonius, aber es ist mir doch sehr unangenehm, ihn mit trivialen Dingen zu belästigen, und als mein Mann sich Michaels Taschenrechner auslieh und ihn dann verlegte, rief ich die Kinder zusammen und sagte ihnen, daß wir die Novene an St. Antonius richten würden.

„Kann das nicht eine Woche oder zwei warten?" fragte Peg. „Das ist so ein Hochgenuß, daß ich es gern noch ein bißchen genießen würde."

„Was meinst du damit, ein Hochgenuß?" fragte ich sie.

„*Daddy* hat zur Abwechslung einmal etwas verloren", grinste sie. „Für gewöhnlich sind wir die Schuldigen, und Daddy explodiert und gibt uns Hausarrest oder streicht uns das Taschengeld. Aber diesmal ist es *seine* Schuld. Können wir ihn nicht ein bißchen schmoren lassen?"

„Gib dir keine Mühe", sagte Mike. „Ich habe gerade eine Bemerkung darüber gemacht, und er sagte, es wäre *meine* Schuld."

„Wie kann es deine Schuld sein?" fragte Mary. „Ich dachte, Daddy hätte den Rechner zuletzt gehabt."

„Hat er auch", antwortete Mike, „aber er sagte, er hätte ihn nicht verloren, wenn ich ihn ihm erst gar nicht geliehen hätte."

Montag Abend sagte mein Mann: „Ich dachte, ich hätte diesen Rechner vielleicht ins Büro mitgenommen, aber da ist er nicht. Du hast ihn nicht am Ende hier zu Hause gefunden, oder?"

„Nein", antwortete ich, „und wir haben überall gesucht."

„Dann ist er weg", sagte er.

„Er ist nicht weg", gab ich zurück. „Wo sollte er hin sein? Niemand hat ihn aus diesem Haus getragen, also muß er hier irgendwo sein."

„Warum kannst du ihn denn nicht finden?" fragte er.

„Du verstehst nicht", erklärte ich geduldig. „Ich finde die Sachen nicht. Ich suche die Sachen. Der heilige Antonius findet sie. Und wenn der heilige Antonius diesen Rechner finden will, wird er ihn dort hinlegen, wo ich ihn sehen kann. Wenn du ihn dringend brauchst, schlage ich vor, daß *du* mit dem heiligen Antonius sprichst."

Er tat meinen Vorschlag mit einem Achselzucken ab, doch ich wußte, daß er grübelte und sich ein wenig schuldig fühlte, weil er Mikes Taschenrechner verloren hatte. Jeden Tag kam er aus dem Büro nach Hause und fragte, ob wir den Rechner gefunden hätten, und jeden Tag widerstand ich dem dringenden Verlangen, ihn zu fragen, ob er zu St. Antonius gebetet habe (während Mike dem dringenden Verlangen widerstand zu fragen, wer den Rechner ersetzen würde).

Eines Freitags fanden wir den Rechner — zwischen Mikes Schreibtisch und der Wand eingeklemmt.

„Herrje", stöhnte Mike. „Daddy muß ihn mir doch zurückgegeben haben. Er wird mir das nie vergessen. Können wir ihn nicht einfach heimlich in seine Schreibtischlade legen, damit er ihn findet?"

„Kommt gar nicht in Frage", sagte ich zu ihm. „Daddy wäre dann nur versucht, ihn heimlich in deine Schreibtischlade zu legen, und ihr beide könntet dann den Rest des Jahres damit verbringen, einander die Schuld zuzuschieben. Ich werde ihn anrufen und ihm sagen, daß wir ihn gefunden haben."

„Rate, was passiert ist?" fragte ich meinen Mann, als er den Telefonhörer abhob.

„Ihr habt den Rechner gefunden", antwortete er selbstsicher.

„Woher weißt du das?" fragte ich. „Sag mal, hast du endlich doch zum heiligen Antonius gebetet?"

„Nein", erwiderte er. „Aber ich war in St. John's zur Mittagsmesse und habe mit Gott darüber gesprochen."

Wenn mein Geliebter Gott *so* gut kennt, werde ich ihn vielleicht doch mit auf diese einsame Insel nehmen.

16

Was bin ich?

Eines meiner liebsten Ärgernisse ist das Meldeformular, das nach dem „Beruf der Ehefrau" fragt. Da diese spezielle Ehefrau ohne sogenannte geregelte Beschäftigung ist, weiß ich nie, was ich da hinschreiben soll. Meine feministischen Freundinnen flippen aus, wenn ich zugebe, daß ich „nur Hausfrau" bin, also versuche ich mitzumachen und einen Beruf anzugeben.

Letzte Woche hatte ich es wieder mit einem „Beruf der Ehefrau" zu tun, also schrieb ich freudigen Herzens „Klempner" hin. Es war keine Lüge; letzte Woche *war* ich ein Klempner. Nachdem Patrick versucht hatte, seine Zahnbürste durch die Toilette hinunterzuspülen, begann es von der Eßzimmerdecke zu regnen, und da es nach fünf Uhr Nachmittag war (natürlich war es nach fünf Uhr Nachmittag; Abschnitt 32 der Klempner-Verordnung besagt, Installationen müssen so ausgeführt sein, daß sie niemals während der Arbeitsstunden den Geist aufgeben), reparierte ich es selbst. Es war nicht schwierig. Jede Mutter, die zwanzig Jahre lang Spielzeuglastwagen aus der Toilette fischt und die Schäden behoben hat, die die Haarwäschen der Teenager den Duschabflüssen zugefügt haben, ist für eine Installateurskonzession qualifiziert.

Das war letzte Woche. Als ich diese Woche die Mädchen zu einem Kursus über zeitgenössisches Drama anmeldete, trug ich mich als „Aufwartefrau" ein. Die Lehrerin wird zweifellos annehmen, daß ich eine Putzfrau bin, die sich ein wenig altmodisch ausdrückt, aber die Wahrheit ist, daß ich diese Woche im buchstäblichen Sinn eine Aufwartefrau gewesen bin.

Am Montag verletzte sich Timmy beim Baseballspiel am Daumen, also brachte ich ihn zum Kinderarzt, wo wir zwei Stunden darauf warteten, daß der Doktor Tims Daumen hin und her drehte und konstatierte: „Dieser Daumen ist verletzt."

„Ich weiß, daß der Daumen verletzt ist, Herr Doktor", sagte ich, „aber ist er gebrochen?"

„Das kann ich nicht sagen", meinte er. „Er muß geröntgt werden." Also mußte ich Tim ins Krankenhaus bringen, wo wir eine weitere Stunde warteten, bis die Assistentin den Daumen röntgte, und dann noch fünfundvierzig Minuten, bis der Radiologe das Röntgenbild deutete und den Befund der Assistentin diktierte, die ihn wiederum dem Kinderarzt übermittelte, welcher mir schließlich mitteilte: „Der Daumen ist nicht gebrochen."

Großartig. Wie geht man nach Hause und sagt seinem Mann, daß man gerade drei Stunden und fünfunddreißig Dollar für einen Daumen verschwendet hat, der nicht einmal den Anstand besitzt, gebrochen zu sein?

Am Dienstag holte ich Danny vom Basketballspiel ab und mußte fünfundzwanzig Minuten warten, weil das Spiel verlängert wurde. Wenn Footballspiele unentschieden enden können, warum dürfen dann Basketballspiele in alle Undendlichkeit weitergehen?

Mittwoch holte ich Peggy von der Chorprobe ab und mußte zwanzig Minuten warten, während Schwester Callista die Kinder davon überzeugte, daß „Das ist der Knüller" zwar großartig für Coca-Cola paßte, aber nicht zum Kommunionslied.

Am Donnerstag ging ich einkaufen und wartete einen halben Nachmittag darauf, daß man mich bediente, und als man mich endlich bediente, mußte ich wiederum warten, während die Verkäuferin, die mich bediente, ans Telefon ging. Wie kommt es, daß ich — wenn ich telefonisch bestelle — warten muß, falls die Verkäuferin einen Kunden hat, aber wenn ich der Kunde bin, warten muß, während sie ans Telefon geht? Vielleicht sehe ich aus wie eine Aufwartefrau.

Am Freitag gingen mein Mann und ich ins Kino, wo wir warteten, um Karten zu kaufen, warteten, um Popcorn zu kaufen, warteten, um einen Sitzplatz zu bekommen, warteten, daß der Hauptfilm begann, und dann (ungeduldig!) warteten, daß er endete. (Ich kann mich nicht überwinden, ein Kino vorzeitig zu verlassen, wenn ich vier Dollar Eintritt bezahlt habe.)

Am Samstag holte ich die Kinder vom Schwimmbad ab und wartete eine halbe Stunde, während immer wieder eines von ihnen zurücklief, um Handtücher zu suchen, Sonnenbrillen, Sonnenöl, Transistorradios und einander.

Diese Woche bin ich — wenn auch widerwillig — eine Buchmacherin. Ich nehme die Wetten nicht entgegen; ich verwahre nur das Geld. Wie jedermann weiß, sind wir Katholiken leidenschaftliche Spieler. Wir kontrollieren das Bingo-Geschäft und die Kartenrunden, aber unsere große Liebe gehört der Tombola. Wenn ein Gemeindemitglied irgend etwas spendet, vom Schokoladekuchen bis zum Cadillac, können Sie sicher sein, daß die Nonnen und Priester es in der Tombola verlosen wollen.

Diesmal hatten wir eine Rekord-Tombolawoche in unserem Haus, und mein unmathematischer Geist war noch nie so verwirrt. Die Pfarre gab Loshefte für ihre jährliche Wohltätigkeits-Tombola aus, während die Jesuiten in der Creighton-Schule gleichzeitig Loshefte für ihre jährliche BESEN-TOMBOLA ausgaben. (Ich weiß, was Sie jetzt denken, aber es bedeutet wirklich „Baut Euer Scholastisches Erbe Neu".)

Es macht mir nichts aus, die Lose zu kaufen und mein Teil zu diesen würdigen Ereignissen beizutragen. Ich wurde als Katholikin geboren und erzogen und verbrachte sechzehn Jahre in katholischen Schulen, wo ich einen unfehlbaren Grundsatz lernte: Wenn du katholische Kinder großziehst, ist es vorteilhaft, wenn du für die jährliche Tombola sparst. Nein, es ist nicht das Spenden, gegen das ich opponiere; es ist das Buchhalten.

Sieben unserer Kinder haben diese Woche Lose verkauft, da einige von ihnen an der Organisation der Pfarrtombola beteiligt waren und andere bei der BESEN-Geschichte mitarbeiteten. Gleichzeitig waren mir zwei Loshefte von der Damengilde der Pfarre zugegangen, und mein Mann hatte zwei Hefte von den BESEN-Leuten bekommen. Das bedeutete, ich mußte die Übersicht über Tombolalose im Wert von hunderteinundzwanzig Dollar behalten. Jedes Heft für die Pfarrtombola enthielt elf Lose zu einem Dollar das Los, aber wenn der Verkäufer das ganze Heft verkaufte, durfte er den elften Dollar als Provision behalten.

Unsere Kinder, die für diesen elften Dollar arbeiteten, suchten voller Begeisterung die Nachbarschaft heim und verkauften Tombolalose. Da unsere Nachbarschaft vorwiegend katholisch ist, bedeutete das, daß die Nachbarkinder zu mir kamen, um ihre Lose zu verkaufen. (In anderen Worten, wir Mütter tauschen einfach Geld.) Dieses Jahr, fürchte ich, habe ich nicht viel getauscht, da der Preis in beiden Verlosungen ein nagelneuer Sportwagen war und ich Angst hatte, daß ich einen oder gar beide gewinnen könnte. Und wenn ich etwas überhaupt nicht brauchen kann, dann ist es ein zusätzlicher Wagen. Es sind nicht nur die Benzinrechnungen, Steuern und Versicherungsgebühren, die mich beunruhigen, es ist die Tatsache, daß ich schon jetzt meine Wochenend-Nächte damit verbringe, darauf zu warten, daß der eine Sohn die Limousine zuschanden fährt und der andere den Kombiwagen, und ich habe nicht die Absicht, einen dritten und vielleicht auch noch vierten Sohn in einen Sportwagen zu setzen.

Aber wie ich schon sagte, es ist nicht das Geld, das mich stört, es ist das Rechnen. Jim und Mary haben jeder ein Heft verkauft und mir versichert, daß sie das Geld sorgfältig verwahrten. Peggy und Annie haben jede 8 Dollar abgeliefert, und Tim hat sie überflügelt, indem er neun Lose verkaufte. Danny hat 7,50 Dollar heimgebracht und kann sich (nicht ungewöhnlich bei Danny) die fünfzig Cent Differenz nicht erklären, hat aber versprochen, sie von seinem Taschengeld zu ersetzen. Der arme kleine Patrick hat nur ein Los verkauft, aber er schien glücklich darüber, also drängte ich ihn nicht, noch mehr zu verkaufen.

Da ich sowohl für das Geld als auch für die Kontrollabschnitte verantwortlich war, verbrachte ich das ganze Wochenende damit, Lose und Abschnitte zu koordinieren und das Geld wieder und wieder zu zählen. Ich hatte die richtige Anzahl von signierten Abschnitten und die richtige Anzahl unverkaufter Lose, aber das Geld stimmte nicht. Soviel ich nachrechnete — es fehlte ein Dollar.

Ich rief die Croupiers zusammen, und nach einer kurzen Konferenz war der Dollar gefunden. Es scheint, daß Patrick ihn zurückgehalten hatte.

„Patrick, warum hast du deinen Dollar nicht abgeliefert?" fragte ich.

„Weil er mir gehört", antwortete er.

„Wie kommst du darauf?" fragte ich. „Du hast nur ein Los verkauft."

„Ja", erklärte er, „ich weiß. Aber ich habe hinten im Heft angefangen und das elfte Los verkauft, und die Schwester sagt, das gehört mir."

Ich wünschte, Patrick hätte die Lose für die BESEN-Leute verkauft; nur ein Jesuit wüßte dieser Logik etwas entgegenzusetzen.

17

Der Weihnachtsmann kommt

Ich gebe es ungern zu, aber mein Mann ist ein Ketzer. Er glaubt an Gott, an die Lehren der Kirche und an die Unfehlbarkeit der irischen Kämpfer, aber er leugnet eine allgemein anerkannte Wahrheit, die zwar kein Dogma ist, doch gewiß eines sein sollte — und das ist die Existenz des Weihnachtsmannes.

Können Sie sich einen Vater von zehn Kindern vorstellen, der nicht an den Weihnachtsmann glaubt? Das ist lächerlich; das ist unrealistisch; das ist ketzerisch.

Ich sage Ihnen, es ist nicht leicht, mit einem Weihnachts-Ketzer zu leben. Sie verstehen; er ist eben ein Mensch, der darauf besteht, Tatsachen ins Auge zu sehen, und meiner Meinung nach können Weihnachten durch nichts schneller verdorben werden als dadurch, daß man Tatsachen ins Auge sieht.

Wenn er also jede Weihnachten unter unseren Baum guckt und fragt: „Woher kommen alle diese Geschenke?", antworte ich immer: „Der Weihnachtsmann hat sie gebracht!" Glauben Sie, ich werde mir meine Feiertage verderben, indem ich mich daran erinnere, daß der Weihnachtsmann nach dem 1. Januar unweigerlich die Rechnung präsentiert?

Trotz meines ketzerischen Mannes (und auch seinetwegen) verläuft unser Weihnachtsfest immer wild und zugleich wundervoll. Nun, am Weihnachtstag selbst ist die Stimmung eher mild; es ist der Abend davor, der chaotisch ist, denn während die meisten Familien die Nacht vor dem Weihnachtstag sich in ihre Betten kuscheln und von Süßigkeiten träumen, wühlen die Bloomingdales in Einpackpapier und Bändern und genießen verfrühte Weihnachten.

Solange ich zurückdenken kann, ist Santa Claus nicht am Weihnachtsmorgen, sondern am Weihnachtsabend in unser Haus gekommen. Der Grund dafür reicht bis in die Zeit meiner Kindheit zurück, da mein Vater, ein Journalist, am Weihnachtstag arbeiten mußte (damals erschienen Zeitungen siebenmal in der Woche, Feiertage inbegriffen). Damit wir also das Weihnachtsfest mit meinem Vater genießen konnten (der im Unterschied zu meinem Mann aus dem einfachen Grund kein Ketzer war, weil meine Mutter das Haushaltsbudget verwaltete und ihn nie die Entdeckung machen ließ, daß der Weihnachtsmann Geld kostet), kam Santa Claus eben am Weihnachtsabend. Und nicht, wie sonst üblich in unseren Breiten, während der Christnacht oder früh am Morgen des Christtages.

Daraus wurde eine Familientradition, die ich später meinem Mann mit dem überzeugenden Argument aufdrängte, daß er bald Kinder haben würde — und wollte er wirklich am Weihnachtsmorgen um fünf Uhr früh aufstehen und lustig sein? Offen gesagt, ich würde nicht einmal dann um fünf aufstehen, wenn ich ein Besuchskomitee bestehend aus dem Papst, dem Präsidenten und Robert Redford (na ja... Redford vielleicht) zu begrüßen hätte; und bestimmt würde ich nicht aufstehen, um den Weihnachtsmann zu begrüßen. Mein Mann fügte sich; wenn ich auf Santa Claus bestünde, könnten wir ihn ebensogut am Weihnachtsabend kommen lassen.

Also hat Santa Claus in den vergangenen dreiundzwanzig Jahren die Bloomingdales am Abend vor Weihnachten beglückt, und früher, als unsere Kinder noch ganz klein waren, gab es jedesmal ein ganz unglaubliches Chaos.

An jedem Weihnachtsabend – wenn das Geschirr vom Abendessen abgetrocknet und weggeräumt war – lud mein Mann die gläubigen Seelen zu einer Autofahrt ein, damit sie die Weihnachtsbeleuchtung und die Dekorationen sehen könnten, während die Ungläubigen zu Hause blieben, um mir bei der Begrüßung des Weihnachtsmannes zu helfen. Sobald die Wagenladung aufgeregter Kinder in angemessener Entfernung war, stürzten Santa Claus' Hilfstruppen und ich zum Vorratsschrank und mühten uns eine Stunde lang wie rasend ab, einen kleinen roten Waggon zusammenzusetzen, Spielzeugautos und Lastwagen auszuprobieren, Puppen anzuziehen, Spiele aufzustellen, verräterische Schachteln und Verpackungen wegzuwerfen und Listen durchzusehen, um sicherzugehen, daß die kleinen Jungen nicht die Puppen und die Mädchen nicht die Boxhandschuhe bekämen.

Um acht Uhr, wenn die Spielsachen an ihrem Platz waren, der Baum im Lichterglanz erstrahlte und der Ketzer ungeduldig in der Zufahrt hupte, gaben wir das Signal, daß Santa Claus gekommen und wieder gegangen war.

Und genau in diesem Augenblick stellte sich auch die Weihnachtsstimmung ein – mitgebracht von kleinen Kindern, die durch die Tür hereinstürzten, ihre Mäntel in wildem Durcheinander wegwarfen, nur einen kurzen Moment innehielten, um die prächtige Anordnung der Spielsachen zu betrachten, und dann festzustellen versuchten: „Welcher Stapel ist meiner?" Immer, immer wußten sie es. Das Spielzeugklavier gehörte natürlich Peggy, und die Rollschuhe waren für Ann; die Spielzeugautos und die Laster, einander so ähnlich in Farbe und

Modell, wurden schnell von Tim und Pat requiriert; kurz, jeder wußte instinktiv, was für ihn bestimmt war. Kein Spielzeug trug ein Namensschild; jedes Kind *wußte* einfach, welches seines war; es gab nie eine Träne; jedes hatte seinen Wunsch erfüllt bekommen. (Ein weiteres Weihnachtswunder: Mutters bemerkenswertes Gedächtnis!)

Helle Stimmen kreischten vor Entzücken, während Puppen hochgehoben und in die Arme geschlossen wurden; Lastwagen donnerten und krachten und wirbelten in alle Richtungen davon; Harmonikas und Xylophone erklangen in chaotischer Dissonanz. Es war laut, wirr und wunderbar.

Was ist vergnüglicher, als kleinen Kindern zuzusehen, die sich über Weihnachten freuen? Den großen Kindern zuzusehen, wie sie den kleinen Kindern zusehen, die sich über Weihnachten freuen. Dieser große Lümmel mit dem dummen Grinsen im Gesicht — und was denn, glitzert da eine Träne in seinem Auge? — schwelgt er in Erinnerungen an vergangene Weihnachten, als so ein kleiner roter Waggon ihm gehörte? Oder denkt er an künftige Weihnachten, wenn er einmal nicht zu Hause sein wird, um sich an diesem herrlichen Spektakel zu erfreuen?

Und so ging es weiter, bis in die Nacht und den frühen Morgen hinein. Da wurden Lieder gesungen und Spiele gespielt und heimlich an Kuchen und Zuckerwerk genascht, und endlich war dann Schlafenszeit für die Gläubigen und Zeit zum Saubermachen für die Ungläubigen.

Der Weihnachtsmorgen war weniger chaotisch. Die Aufregung über die Geschenke machte jetzt dem wirklichen Anlaß für Weihnachten Platz: der Geburt Jesu. Oft gingen wir zur Weihnachtsmesse in ein nahe gelegenes Kloster, wo die Mönche bei unserem Anblick leise lächelten und die Köpfe neigten, zweifellos in Demut und Dankbarkeit, weil sie „den besseren Teil gewählt hatten".

Der lange Tag wurde mit Spielen verbracht und damit, Spielsachen zu tauschen, Regeln und Anweisungen zu interpretieren, den Truthahn zu füllen und zu essen, das Geschirr wegzuräumen und die Küche sauberzumachen, und am Ende des Abends, wenn müde Kinder ins Bett gesteckt wurden, kam die süße und doch traurige Erkenntnis, daß es nichts *Hinreißenderes* gibt als Weihnachten.

Unsere Weihnachten gestalteten sich erschöpfend und teuer, als unsere Kinder noch klein waren, aber das war es uns wert. Ich habe dieses Fest geliebt; ich vermisse es; ich weiß, ich bin verrückt.

Nun, da die Kinder alle groß genug sind, um Ungläubige zu sein, feiern wir Weihnachten so, „wie es sein sollte". Alle Geschenke werden sorgfältig verpackt, mit Namensschildern versehen und unter den Baum gelegt; sie werden am Weihnachtsabend geöffnet, aber es gibt keine Autofahrt, keine Spannung, keinen Weihnachtsmann. Mir liegt das nicht sehr, fürchte ich.

Ich beklagte diese Tatsache meiner Mutter gegenüber, die still zuhörte, mir dann die Hand streichelte und sagte:

„Kopf hoch, Teresa. Santa Claus hat dich nicht verlassen; er ist nur auf Urlaub. Er wird wiederkommen, wenn du das Haus voller Enkelkinder hast, und dann wird Weihnachten schöner sein als je zuvor, denn es wird die gleichen Freuden, den gleichen Krach geben... mit einem zusätzlichen Feiertagsbonus: wenn das Baby zu quengeln beginnt, gehen alle nach Hause!"

„Also!" erklärte sie bestimmt, indem sie sich an ihre verheirateten Enkel wandte, „ihr habt eure Mutter gehört; sie will den Weihnachtsmann hier haben... zu Weihnachten!"

Hört ihr zu, Kinder?

Fünfter Teil

Es braucht viel Leben in einem Haus,
damit es ein Zuhause wird...
EDGAR GUEST, „Home"

18

Der schreckliche Tornado von 1975

Alles begann mit dem Basketball-Ständer. Ein Märzsturm warf ihn um, und wie jede Mutter von halbwüchsigen Jungen weiß, kommt man ohne ein Haus aus, aber ohne einen Basketball-Ständer kann man nicht überleben.

Als wir darangingen, den Basketball-Ständer an einer anderen Stelle wieder aufzurichten, beschlossen wir, ihn diesmal in einem Betonsockel einzugießen. Dies bedeutete, daß wir eine Zementmischmaschine mieten mußten, und wir kamen überein, daß wir, wenn wir schon diese Ausgabe machen müßten, auch gleich die Hintertreppe ausbessern zu lassen.

Doch der Fahrer der Zementmischmaschine überzeugte uns, daß es Zeit- und Geldverschwendung wäre, Betonstufen auszubessern; angesichts der extremen Wetterverhältnisse in Nebraska würden sie nur wieder abbröckeln, und überhaupt, ein so großes und wunderschönes Haus wie das unsere sollte nicht durch ausgebesserte Stufen verschandelt werden. Also stimmten wir zu, daß er sie wegreißen und neue anbringen sollte.

Während die Männer an den neuen Stufen arbeiteten, hingen die Kinder an der hinteren Doppeltür, schwangen sich daran vor und zurück und sahen den Arbeitern zu. Nach kurzer Zeit war die Tür so demoliert, daß wir eine neue kaufen mußten.

Die neue Tür neben der neuen Treppe sah wunderschön aus; was nicht schön aussah, war die alte hintere Veranda. Also strichen wir sie neu. Dadurch wirkte nun der Rest des Hauses ziemlich schäbig, und wir beschlossen, es ebenfalls zu streichen. Da aber das Haus so groß und hoch war, sahen wir ein, daß wir Profis brauchten, um diese Arbeit zu vollenden. Die Handwerker weigerten sich, das Haus zu streichen, bevor wir einen Zimmermann beauftragt hätten, die Holzverkleidung auszubessern, und einen Klempner, der die Dachrinnen reparierte — was wir taten. Da die Anstreicher die doppelten Verbundfenster entfernen mußten, hielten wir es für eine gute Idee, einen Glaser zu holen, um die beiden Fenster zu ersetzen, durch die irgend jemand eine Schrotkugel gepfeffert hatte, als er die Tauben schießen wollte, die auf unserem Schornstein hockten.

Als sie endlich alle fertig waren, sah unser Haus phantastisch aus... von außen. Das Innere war schrecklich im Vergleich dazu, und weil die Anstreicher noch da waren, ließen wir sie das untere Stockwerk neu streichen, und ebenso ein paar von den oberen Schlafzimmern.

Vermutlich sind Sie nun zu dem Schluß gekommen, daß ich hierauf hinging und eine ganz neue Einrichtung kaufte. Sie irren. Ich wollte ja, aber eine Woche, nachdem die Anstreicher ihr Werk beendet hatten, fegte ein Wirbelsturm über unseren Besitz hinweg. Er zerstörte alles, bis auf den Basketballständer.

Wie soll man einen Tornado beschreiben, der einem das Haus zerstört, und alles, was darin ist? Man möchte fluchen und weinen, aber welchen Sinn hat es? Es ist leichter, der Sache irgendeine lustige Seite (und wenn noch so viel Hysterie mitschwingt), oder Einsicht abzugewinnen, eine gewisse Resignation und den Willen, das Notwendige wiederaufzubauen und zu ersetzen, und den kleinen Luxus zu vergessen, der für immer dahin ist.

Der Tornado, der unser Haus zerstörte, erreichte Omaha, Nebraska, um 4.45 Uhr nachmittags, am Dienstag, den 6. Mai 1975. Es war ein wunderschöner Frühlingsmorgen, doch gegen Nachmittag verdunkelte sich der weite Himmel, und es roch ein bißchen nach Regen. Neun unserer zehn Kinder waren gehorsam direkt von der Schule nach Hause gekommen, nachdem ihnen die Lehrer gesagt hatten: „Lauft jetzt nach Hause; der Himmel sieht merkwürdig aus." Unser ältester Sohn Lee III. arbeitete noch, er hatte eine Teilzeitbeschäftigung im Büro seines Vaters.

Um vier Uhr nachmittags überredeten mich Dan, Peggy, Ann, Tim und Patrick, den Fernseher einzuschalten, was an Schultagen für gewöhnlich tabu war, damit sie „Die Musketiere" sehen könnten, die gerade ihr lange erwartetes Comeback feierten. Unsere Teenager John, Mike, Jim und Mary hielten sich in ihren Zimmern auf und lernten für Abschlußprüfungen.

Ich stand in der Küche und machte Hamburger für ein frühes Abendessen, als die Kinder aus dem Fernsehzimmer riefen:

„He, Mami, sie senden gerade eine Wirbelsturm-Beobachtung!"

Ich war nicht allzu beunruhigt. Wir Leute von Omaha geraten bei solchen Bildern nicht in Panik; sie sind so häufig wie Frühjahrsregenschauer. Doch aus irgendeinem Grund fühlte ich, daß es diesmal vielleicht anders sein könnte; der Himmel *war* seltsam, die grauen Wolken hatten einen grünlichen Stich, und als unser fünfzehnjähriger Jim fragte, ob er nur ein paar Straßen weiter zum Laden gehen dürfe, schlug ich vor, daß er noch ein bißchen warten solle, „nur um zu sehen, wie das Wetter wird."

Es wurde unglaublich und entsetzlich. Um 4.29 Uhr

begannen die Zivilschutzsirenen zu heulen, was darauf hinwies, daß aus der Wirbelsturm-„Beobachtung" eine Wirbelsturm-„Warnung" geworden war. Man hatte eine Windhose gesichtet. Sogar dann suchten wir noch nicht Schutz (heute würden wir es tun; seit diesem Tag empfinden wir tiefen Respekt gegenüber dieser Sirene), doch vier Minuten später, um 4.33 Uhr, kam eine weitere Meldung, daß eine Windhose über das südwestliche Omaha hinweggefegt sei und noch nicht feststellbaren Schaden angerichtet habe. Erst dann beorderte ich die Kinder in den Keller. Die Kleinen sausten sofort hinunter; die Teenager jedoch bestanden darauf, am südwestlichen Eßzimmerfenster zu stehen und zuzusehen, wie der Himmel schwärzer und schwärzer wurde, als der Sturm die Bäume zu peitschen begann.

Wenige Sekunden später sahen sie die Windhose, ein gewaltiges schwarzes Füllhorn aus Schutt und Trümmern, das direkt auf unser dreistöckiges Neunzehn-Zimmer-Haus zuraste. Einen schrecklichen Augenblick lang verharrten sie in starrem Entsetzen, während sie sahen, wie dieser Trichter Häuser und Autos hochhob und Hunderte von Elektrogeräten aus dem riesigen Sidles-Warenhaus durch die Luft wirbelte. Endlich rissen sich Mike und Jim von dem schrecklichen Anblick los und stürmten in den Keller, übereinanderstolpernd in dem Bemühen, sich in Sicherheit zu bringen.

„Wie sieht es dort draußen aus?" fragte ich Mike. Ich fürchtete mich nicht; ich hatte noch nie einen Tornado erlebt; nicht einmal aus der Entfernung. Ich dachte, wenn er uns erwischte, würden vielleicht ein paar Schindeln vom Dach fallen, oder sogar ein paar Fenster zerbrechen. „Was habt ihr gesehen?"

„Einen höllisch großen Trichter", sagte Mike, „und er kommt direkt auf uns zu."

Und das tat er. Als die Windhose noch einen Kilometer weit weg war, konnten wir schon den Druck auf unserer Haut fühlen, so als würden wir von einer unsichtbaren Kraft zusammengequetscht. Das Getöse war unglaublich. Ich hatte gehört, daß das Dröhnen eines Tornados mit dem eines Güterzugs vergleichbar sei; das stimmt nur insofern, als es Klack-Klack-Klack macht. Ich habe noch nie ein so schreckliches Geräusch gehört, aber ich denke, es gleicht dem Geheul der Todesfeen, die sich in gellender Kakophonie mit den Dämonen der Hölle paaren. Es klang, als flögen tausend Jets über unser Dach hinweg, und das Dröhnen war von einem Krachen und Schmettern, einem Wirbeln und Reißen begleitet.

Der Trichter – es war ein dreifacher – fegte zuerst mitten durch das Bergan Mercy Hospital, wo Nonnen und weltliche Schwestern die Patienten schnell in Sicherheit gebracht hatten und wo Dr. Joseph McCaslin, der in der Notaufnahme gerade einen Herzkranken behandelte, mutig mit der Herzmassage fortfuhr, was seinem Patienten das Leben rettete.

Dann riß der Trichter eine Schneise durch das Sidles-Warenhaus, hob das oberste Stockwerk des neugebauten, luxuriösen 7400-Plaza-Buildings ab, schwenkte hierauf nach Osten, zur 72. Straße (Omahas berühmter Vergnügungsstraße), und hierauf wieder nach Norden, wo er neuntausend Zuschauer an der Rennbahn von Ak-sar-ben in Angst und Schrecken versetzte, aber nicht verletzte. Er wirbelte die 72. Staße auf und ab, machte das riesenhafte, Millionen Dollar schwere Nebraska-Möbelhaus dem Erdboden gleich und zerfetzte den massiven Ziegelbau der Versicherungsanstalt der Bauernschaft.

Dann, als suche er noch ein ergiebiges Opfer, machte er unser großes weißes Haus auf einer Anhöhe der Siebenten Avenue aus – und schlug zu.

Das elektrische Leitungssystem explodierte, unser Keller versank in totale Finsternis, und dann wurde ich wirklich von Panik ergriffen. Ich hatte kein einziges unserer Geräte ausgeschaltet; wir hatten eine Gasheizung, Gasherd und Gas-Durchlauferhitzer. Ich wartete auf eine weitere Explosion. (Sie erfolgte nicht.) Während ich mit der Hysterie kämpfte, wurde mir plötzlich bewußt, wie unglaublich ruhig meine Kinder waren.

Der sechzehnjährige Mike, der fünfzehnjährige Jim und die vierzehnjährige Mary hatten jeder ein jüngeres Geschwisterchen gepackt und hielten die achtjährige Annie, den siebenjährigen Tim und unseren Jüngsten, Patrick, der erst fünf war, eng an sich gedrückt. Der elfjährige Danny und die zehnjährige Peggy waren einander als Geschwister immer sehr nahe gewesen, aber noch nie so nahe wie in diesem Moment, als sie sich nun aneinander klammerten. Unser Zwergpudel Mimi zitterte zu meinen Füßen und fürchtete sich genau so wie wir alle. Ich dachte kurz an unsere bejahrte Irish-Setter-Hündin Dolly, die in der vorderen Veranda geschlafen hatte. Wo war sie jetzt? Unter der Veranda — verschreckt, aber unversehrt; sie überlebte.

Die Todesfeen heulten noch lauter, als die Dämonen unser riesiges, mit spanischen Ziegeln gedecktes Dach nach hinten rollten und das ganze dritte Stockwerk in ihr giftiges Maul sogen. Türen krachten, wieder und wieder; jedes einzelne der siebenundsechzig Fenster wurde zersplittert und in die Windhose gesaugt, und zurück blieb eine Decke aus Glasscherben auf dem umgepflügten Rasen. Möbelstücke wurden von Zimmer zu Zimmer geschleudert, von Häuserblock zu Häuserblock, gefolgt von schweren Aktenschränken und Computern aus einer benachbarten Bank.

Natürlich wußten wir das alles nicht sofort. Alles, was

uns zu Bewußtsein kam, waren das Getöse und dieser schreckliche Druck in unseren Köpfen und auf unseren Körpern.

Wie lange dauerte es? Ein paar Sekunden? Minuten? Ewig? Ich weiß es wirklich nicht. *Zu* lang, das weiß ich. Dann war es vorüber — plötzlich, schockartig; und Stille war um uns, unheimlich und geisterhaft und so furchteinflößend wie das Getöse, das ihr vorangegangen war.

Ich konnte mich nicht überwinden, nach oben zu gehen. Ich ließ unseren siebzehnjährigen John, der dem Orkan in seinem ebenerdigen Schlafzimmer getrotzt hatte, als ersten gehen, und wir folgten vorsichtig. Als er die zur Küche führende Tür aufstieß, blieb er einen Moment stehen, dann sagte er leise:

„Oh, mein Gott."

Die Küche war ein Trümmerhaufen; unser großer Herd stand mitten im Raum; Schranktüren waren fortgeweht; doch... unglaublich... meine Kristallgläser standen unversehrt in den türenlosen Schränken.

Im Eßzimmer war der drei Meter lange Refektoriumstisch unter dem Gewicht einer riesigen Eiche zermalmt worden, die durch die Mauer gesegelt war und ein klaffendes Loch hinterlassen hatte. Die Möbelstücke standen und lagen in wirrem Durcheinander, als hätte ein Teufel sie mit Zauberkraft bewegt, gegen die Wand geschmettert und manche sogar in den nächsten Raum geschoben.

Jedes einzelne Möbelstück in unserem wunderschönen, zwölf Meter langen Wohnzimmer war zertrümmert. Eine schwere Schreibmaschine, die auf einem Kartentisch in einer Ecke gethront hatte, war verschwunden; wir fanden sie nie mehr wieder. Ein unbekanntes Fahrrad stand in der Mitte des Zimmers; wir hatten keine Ahnung, wem es gehörte. Eine schmutzige Schürze, nicht meine, (die einer Nachbarin, nehme ich an) hing von einem Bilderhaken, an dem sich zuvor ein Bild der Herz-Jesu-Kirche befunden hatte.

Ich sah aus den Fenstern, die nicht mehr da waren, und wollte weinen, aber ich konnte nicht. Denn im weiten Umkreis waren Häuser dem Erdboden gleichgemacht, Bäume entwurzelt, Sträucher kahlgefegt. Ich dachte an die Familie mit den sieben Kindern, die im Haus hinter dem unseren wohnte. Waren sie tot? Waren alle tot?

Nichts rührte sich. Niemand zeigte sich. Die Stille war furchterregend. Später wurde uns klar, daß diese seltsame Stille vom Tod der Natur herrührte; da waren keine Blätter mehr, die raschelten; keine Insekten, die summten; keine Vögel, die sangen. Ich habe niemals zuvor, und auch nachher nicht, dieses schreckliche „Geräusch der Stille" gehört, das wir an diesem Tag hörten.

Plötzlich durchbrach ein Donnerschlag das Schweigen, gefolgt von einem kalten, heftigen Regen, der Hagel und noch mehr Wind brachte. Da wir keine Fenster und kein Dach mehr hatten, zerstörte das schlammige Wasser die wenigen Dinge, die vielleicht zu retten gewesen wären.

Nachdem der Regen die Zerstörung vollendet hatte, folgte er rasch dem Tornado, der ihm vorausgegangen war; der Himmel klärte sich auf, und eine helle Maiensonne schien auf unsere zerschmetterte Welt.

Langsam, vorsichtig, als hätten sie Angst vor dem, was sie finden würden, begannen die Nachbarn auf den Überresten ihrer Veranden und Terrassen zu erscheinen. Einen Moment lang starrten wir einander nur an, dann riefen alle:

„Geht es euch gut? Geht es allen gut?"

„Ja. Euch auch?" Ja. Wunderbarerweise ging es uns gut. Nur drei Menschen waren in dem Wirbelsturm umgekommen, der weiter nördlich die 72. Straße hinaufgefegt war und einen Teil der Creighton-School zerstört hatte; ebenfalls zerstört wurden die Lewis and Clerk Junior High School, eine Synagoge, das Schauspielhaus von Omaha, Kirchen, Warenhäuser, Wohnhäuser und Amtsgebäude. Alles in allem verwüstete der Tornado neunhundert Häuserblocks. Dreihundert Menschen wurden verletzt, aber niemand von unserem Block.

Innerhalb von Minuten füllten sich die Straßen mit Menschen; einige kamen, um zu helfen, andere um zu gaffen und sogar zu plündern.

Als ich mir den Weg durch unser Wohnzimmer bahnte, stürzte ein junger Mann durch die Vordertür herein, starrte uns an und begann plötzlich zu weinen. Seine Tränen wichen rasch einem verlegenen Grinsen, als er sagte:

„Ich hab gesehen... ich hab gesehen, wie euer Haus weggeblasen wurde. Ich hab zugeschaut... von unserem Haus (vier Straßen weiter)... und ich hab gesehen, wie euer drittes Stockwerk einfach davonflog. Ich dachte, ihr seid tot", sagte Mike Rouse, ein Klassenkamerad unseres Sohnes John. Beinahe gleichzeitig kam aus der entgegengesetzten Richtung Mikes verheirateter Bruder Jim auf unser Haus zugelaufen und brachte eine dringend benötigte Taschenlampe mit, denn wenn auch die Dämmerung noch nicht angebrochen war, lag doch unser Keller, wo Gas und Wasser abgeschaltet werden mußten, in rabenschwarzer Finsternis.

Als ich durch das Haus zurück zum Keller ging, kletterte ein rotbärtiger Riese durch ein Fenster und schrie: „Irgend jemand verletzt hier?"

„Nein", antwortete ich. „Uns geht's gut." Worauf dieser völlig fremde Mensch seine Arme um mich schlang und mich an sich drückte, als wollte er mir dafür danken, daß ich nicht tot war. Dann empfahl er sich so rasch, wie er gekommen war, durch dieses selbe Fenster... um seine

Suche fortzusetzen nach jemandem, der Hilfe brauchte... oder eine Umarmung.

Andere waren nicht so besorgt; sie kamen, um zu schauen und nach Verwertbarem zu suchen. Sie glotzten, zeigten mit den Fingern, fotografierten, stocherten im Schutt, nahmen alles, was ihr Interesse erregte, und warfen es wieder weg und kümmerten sich dabei überhaupt nicht um unsere empörten Proteste. Es war, als wäre ich unsichtbar; sie starrten mich an und durch mich hindurch, sie wollten an meiner Aufregung teilhaben, nicht aber an meinem Kummer.

Mein Schock und Ärger verwandelten sich in Wut, als ich sah, wie diese Idioten achtlos Zigaretten über umgestürzten Autos und geborstenen Gasleitungen anzündeten. Wer wußte schon, welche explosiven Dämpfe da in der Luft waren? Doch Gott war uns gnädig: es gab keine Explosionen, keine Brände. Nur Schaulustige und Plünderer, die die Straßen derart blockierten, daß es Ehemännern und Vätern unmöglich wurde, zu ihren zerstörten Häusern zu gelangen.

Ehemann und Vater! Nun geriet ich neuerlich in Panik, als ich an meinen Mann und meinen Sohn dachte. Wo waren sie? Wie weit war der Tornado gerast, und in welche Richtung? Hatte er das Büro meines Mannes erreicht? Waren sie in Sicherheit? Warum kamen sie nicht nach Hause?

Später erfuhr ich, daß mein Mann verzweifelt versucht hatte, zu Hause anzurufen. Aber die Leitungen waren tot; er kam nicht durch. Schließlich erwischte er eine Nachbarin, die achthundert Meter weit weg wohnte, und fragte sie, ob der Wirbelsturm in unserem Gebiet gewütet hätte. Sie konnte sich nicht überwinden ihm zu sagen, daß unser Haus zerstört worden war. Sie sagte nur: „Am besten, Sie fahren nach Hause."

Mein Mann und mein Sohn brauchten beinahe zwei Stunden, um drei Kilometer zu fahren; nicht so sehr wegen der Trümmer, sondern wegen der Menschenmassen in den Straßen. Schließlich ließen sie den Wagen stehen und gingen die letzten vierhundert Meter zu Fuß.

Mittlerweile war ich völlig verängstigt, da ich nicht wußte, wo sie waren, und auch die Reaktion meines Mannes auf den entsetzlichen Anblick fürchtete. Also stellte ich alle neun Kinder in der Mitte der Straße auf, damit mein Mann — wenn er um die Ecke käme — sehen könnte, daß uns nichts geschehen war.

Endlich erblickte ich ihn und beobachtete, wie sich sein Gesicht vor Angst und Schrecken verzerrte, als er sah, daß das schöne Heim, das er uns geschaffen hatte, jetzt eine geschwärzte Masse von bröckelndem Mauerwerk und zerbrochenem Glas war. Er beschleunigte die Schritte, und mir wurde klar, daß er uns nicht gesehen hatte; er wußte nicht, wo wir waren, oder auch nur, *ob* wir waren.

Ich lief auf ihn zu, stolperte über herabgefallene elektrische Kabel und umgestürzte Bäume, kämpfte mich durch flanierende Schaulustige und bestürzte Nachbarn. Ich warf mich in seine Arme und endlich, endlich, weinte ich.

„Es geht uns gut", schluchzte ich und sprudelte diesen wunderschönen Satz hervor, wieder und immer wieder. „Alle Kinder sind hier; es geht uns gut. Aber unser Haus... ist weg. Oh, Liebling, es tut mir so leid! Unser wunderschönes Haus ist weg!"

Er drückte mich fest an sich und lächelte. „Es tut dir leid? Liebling, es ist nicht deine Schuld!" (Eine Familientradition: alles, was schiefgeht, ist Mamis Schuld.) „Komm jetzt", sagte er, „sammeln wir die Kinder ein und gehen wir nach Hause."

„Nach Hause?" fragte ich.

„Ja", sagte er ruhig und zwang sich zu einem Lächeln. „Nach Hause. Ich bin nicht so sicher, wo dieses Zuhause sein wird, aber ich verspreche dir, ich führe euch hin."

Und das tat er. Es ist ein anderes Haus, natürlich, ohne ein vertrautes Möbelstück darin. Aber mit derselben Familie — alle wohlbehalten und alle zusammen — ist es ein Zuhause.

Es dauerte Wochen, bis wir diesem Tornado eine lustige Seite abgewinnen konnten, aber da es *mein* Tornado war, wußte ich, daß er eine haben mußte. Und so war es auch.

Das erste Gelächter gab es, als mich ein Reporter interviewte und fragte:

„Was war Ihr erster Gedanke, Ihre erste Reaktion, als Sie aus dem Keller heraufkamen und den Schaden und die Zerstörung sahen?"

Es war eine so typische Reporterfrage, daß wir lachen mußten. Doch da ich aus einer Journalistenfamilie komme, schätzte ich das Motiv seiner Frage richtig ein und versuchte verzweifelt, mich an meine Reaktion zu erinnern und ihm eine berichtenswerte Antwort zu geben.

Bevor ich mit einer Schlagzeile aufwarten konnte, sprudelte Timmy los:

„Ich erinnere mich, Mama. Du hast dich kurz im Wohnzimmer umgeschaut, und dann hast du gesagt: irgend jemand sollte einen Besen holen; wir müssen diese Bescherung aufräumen, bevor euer Vater heimkommt'." Ich glaube das nicht, aber die Kinder schwören, daß es wahr ist.

Einige Tage später lachten wir wieder alle, als die Versicherungsinspektoren den Schaden an unserem Haus schätzten. Als sie das Erdgeschoß betraten, öffneten sie die Tür von Johns Schlafzimmer und riefen aus:

„Mein Gott! Das Ding ist wirklich hier durch. Was für ein Chaos!"

Das war der einzige Raum im Haus, den der Wirbelsturm nicht berührt hatte.

Wir machten Fotos von unserem zerstörten Haus und schickten sie meiner Mutter, die sie stumm betrachtete und dann sanft bemerkte:

„Gottes Wege sind unerforschlich. Endlich hat Teresa herausbekommen, wie sie den Frühjahrsputz umgehen kann."

Der Frühjahrsputz wurde in diesem Jahr durch die Frühjahrs-Haussuche ersetzt, und Gottes Wege blieben weiterhin unerforschlich, denn innerhalb von fünf Wochen hat Er uns zu einem wunderschönen neuen Haus geführt, das leer war und darauf wartete, bezogen zu werden. Wir bezogen es.

Wenn Sie übersiedeln müssen, dann ist das die ideale Übersiedlungsart. Kein Kistenpacken, keine Möbelwagen, keine Überseekoffer voller Kleider. Nichts. Nur Mutter und Vater und die Kinder, und — natürlich — der Scheck von der Versicherung. Phantastisch.

19
Die Übersiedlung

Nicht so phantastisch gestalteten sich die fünf Wochen Haussuche. Doch unser unmittelbares Problem war ja nicht: wo würden wir schließlich wohnen, sondern: wo sollten wir jetzt wohnen? Was macht eine zwölfköpfige Familie, wenn die Nacht hereinbricht und ihr Haus unbewohnbar ist?

Wir taten das einzig Vernünftige: wir zogen in ein Hotel. Die Direktion verhielt sich wunderbar, nahm uns mit offenen Armen und zu ermäßigten Preisen auf — bis zum Abend, denn da funktionierten Timmy und Pat die Fahrstühle zu Raumschiffen um, und eines dieser Raumschiffe erlitt zwischen zwei Planeten plötzlich einen Totalschaden.

Am nächsten Morgen wirkte Gott ein weiteres Wunder in der Form eines Anrufes einer alten Freundin, die darauf bestand, daß wir in ihre nur ein paar Kilometer westlich von Omaha gelegene Seehütte ziehen sollten.

„Wunderbar!" sagte ich zu meinem Mann. „Ich würde diese Kinder nie irgend jemandem in seinem Haus aufbürden, aber eine Hütte ist ideal. Wenn es nicht genug Liegen gibt, können wir Schlafsäcke ausleihen. Ich bin sicher, daß es dort einen kleinen Herd gibt, und wir können uns auch eine Kühlbox leihen, die wir als Eisschrank verwenden. Ich werde mir keine Sorgen machen müssen, daß die Kinder irgendwelchen Schaden anrichten. Wer kann schon an einer alten Hütte etwas ruinieren?"

Wir zogen rasch aus dem Hotel aus, pferchten uns in den gebrauchten Kombiwagen, den mein Mann in aller Eile am selben Morgen gekauft hatte, und steuerten auf unser temporäres Heim zu. Als wir die Landstraße über Dodge nach Westen in Richtung Seengebiet fuhren, begann ich etwas unruhig zu werden, aber ich war gewiß nicht auf das vorbereitet, was wir dann vorfanden. Das Haus glich nicht ganz den kleinen Blockhütten, die ich als Kind bei einem Besuch des Sees kennengelernt hatte. Es war ein solider Steinbau, und als ich die Tür geöffnet hatte, warf ich einen Blick hinein, schnappte nach Luft und breitete die Arme aus wie ein Schülerlotse, der Schulkinder an der Kreuzung aufhält.

„Halt!" befahl ich. „Niemand geht da hinein!"

„Was ist los?" fragte mein Mann. „Ist das Haus in Unordnung? Reg dich nicht auf, wir werden schon aufräumen. Es war zu erwarten, daß eine Sommerhütte ein bißchen muffig und verstaubt ist."

„Ein bißchen Mief und Staub wären mir schon recht", sagte ich. „Schau nur."

Er steckte den Kopf durch die Tür, seufzte und sagte: „Ich weiß, was du meinst. Wir können unsere Kinder nicht hier wohnen lassen."

Aber wir hatten keine Wahl; wo sollten wir sonst hin? Also führte ich die Kinder mit der Ermahnung, *bitte ja* vorsichtig zu sein, in die „Hütte", die — um es milde auszudrücken — *nicht* in Unordnung war. Es war auch keine Hütte, oder auch nur ein Häuschen. Es war ein phantastisches Sommerhaus — es fehlte nur noch ein Fotograf, um es für eine der feineren Haus- und Gartenzeitschriften aufzunehmen. (Vielleicht war er auch schon dortgewesen; mich würde es nicht wundern.)

Es gab einen dicken Spannteppich, in den man bis zu den Knöcheln einsank, ein Wohnzimmer, das sich über zwei Etagen erstreckte, mit einer Decke im Stil einer gotischen Kathedrale und einer Natursteinwand um einen massiven, mit Holz beheizten offenen Kamin. Die ganze Südwand bestand aus einem einzigen großen Panoramafenster, das den Blick auf einen wunderschönen See freigab und von der Decke bis zum Boden mit elektrisch zu bedienenden Vorhängen drapiert war.

An der gegenüberliegenden Wand befand sich eine Galerie, von der aus man vier große Schlafzimmer und ein luxuriöses Badezimmer erreichte. Das Elternschlafzimmer mit eigenem Bad und Ankleideraum lag am Ende eines Korridors, der vom Wohnzimmer ausging; dieses beherbergte außer Tischen, Lampen und Sesseln eine riesenhafte elektische Orgel, eine voll bestückte Hausbar, eine Stereoanlage und ein zwei Meter langes, lederbezogenes Sofa.

Ein Freizeitraum im Souterrain enthielt einen Billardtisch, eine zweite Bar, einen Mineralwasser-Automaten, eine umfangreiche Fischereiausrüstung und — Donnerwetter! — eine Waschmaschine mit eingebautem Trockner.

Zögernd öffnete ich die Garagentüre und fand — nicht das erwartete Automobil —, aber ein exquisites Motorboot neuesten Modells.

„Bist du sicher, Jim und Marge wissen, daß wir zehn Kinder haben?" fragte ich meinen Mann.

„Natürlich", sagte er, als er mich wieder hinauf in die vollautomatische Küche führte. „Warum sonst hätte Marge diesen zehn Pfund schweren Braten im Herd? Und schau, sie hat die Speisekammer mit Leckerbissen und Limonade gefüllt, und den Tiefkühlschrank mit Eiscreme."

Ich setzte mich hin und weinte, nicht so sehr aus Dankbarkeit, daß ich so wundervolle Freunde hatte, als aus Angst, wie ich diesen Freunden erklären sollte, daß jemand ein Loch in das Ledersofa gebohrt oder Limonade auf dem Teppich verschüttet, oder den Filz vom Billardtisch gerissen hatte, oder...

„Die Kinder werden brav sein", sagte mein Mann. „Sind sie das denn nicht immer in Krisen?"

Das sind sie, und sie waren es auch diesmal. Sie waren großartig, hielten ihre Zimmer in Ordnung, erfüllten verantwortungsvoll ihre Haushaltspflichten, halfen beim Kochen und Saubermachen... wenn sie nicht in den See fielen.

Das war unser einziges Problem: die Nähe und Anziehungskraft des Wassers. Als meine Mutter hörte, daß ich Angst hätte, in die Stadt zur Haussuche zu fahren, ließ sie die fünf jüngeren Kinder abholen und nahm sie alle bei sich auf. Aber meine Schwestern und mein Bruder bestanden darauf, auch einen Teil der Last zu tragen. Das ist wahre Liebe, einem ganzen Haufen Nichten und Neffen (ganz zu schweigen von den zwei Hunden) Haus und Herz zu öffnen, sie zu nähren und zu kleiden, ihre Ängste zu beschwichtigen und ihre Tränen zu trocknen und ihnen immer wieder zu versichern, daß sie bald „nach Hause" dürften. Ich werde Mutter, Mary, Helen, Art, Madeleine, Betsy und Janet immer für ihre Gastfreundschaft dankbar sein.

Während die kleinen Kinder bei Großmama wohnten und die großen am Seeufer lagen, fischten, schwammen und die Moskitos fütterten, verbrachte ich zehn Stunden am Tag mit der Haussuche.

Ich hasse das Haussuchen. Es ist schon schlimm genug, wenn man wirklich ein neues Heim braucht; es ist schrecklich, wenn man alles, was man besichtigt mit dem Haus vergleicht, das man geliebt und verloren hat. Ich stelle mir vor, es ist so ähnlich wie die Wahl eines zweiten

Ehegefährten, nachdem man jahrelang mit dem „Größten" verheiratet gewesen ist. Der Nachfolger muß da schon verdammt gut sein.

Bei meiner Suche nach einem neuen Heim sorgte ich mich nicht um die Reaktionen der kleinen Kinder. Für sie ist „zu Hause" dort, wo Mami und Papi sind. Aber bei Teenagern ist das anders, denn während sie ihre eigenen Schlafzimmer mit Plunder dekorieren, der gerade in Mode ist, erwarten sie, daß ihr übriges Zuhause nach traditionellem Luxus aussieht. Auch mein Mann ist schwer zufriedenzustellen. Wenn es nach ihm gegangen wäre, würden wir noch immer in unserem Flitterwochen-Apartment wohnen, und wir hätten alle zehn Kinder in den zweiten Raum gepfercht. Männer übersiedeln nicht gern, auf keinen Fall, unter keinen Umständen. Es geht ihnen nicht ums Geld oder um die Arbeit, die damit verbunden ist; sie haben nur etwas dagegen, ihr Gedächtnis umzuprogrammieren, weil sie in eine andere Richtung nach Hause fahren müssen.

Also begann ich widerwillig mit der Haussuche und bekam dabei ein paar gute Tips, die ich Ihnen allen weitergeben möchte, da Sie vielleicht auf Haussuche sind, weil Ihr Heim von einem Tornado weggefegt wurde. (Einen anderen Grund für einen Umzug kann ich mir nicht denken.)

Wenn Sie ein neues Haus suchen, tun Sie es allein. Lassen Sie auf keinen Fall Ihren Mann mitkommen. Er wird zuallererst nach dem Preis fragen, und wenn er zu hoch ist, werden Sie Angst haben, durch das Haus zu gehen, weil Sie befürchten, es könnte Ihnen zu sehr gefallen, und Ihr Mann würde nicht zulassen, daß Sie es kaufen; wenn der Preis aber zu niedrig ist, wird er es kaufen wollen, auch wenn Sie es scheußlich finden.

Nehmen Sie Ihre Teenager nicht mit, denn jeder wird auf einem eigenen Zimmer mit Bad bestehen, und was soll's, wenn die Küche nur mit Pumpe und Ausguß und einem Kerosinofen ausgestattet ist, schau dir doch den hübschen Freizeitraum an! Wenn Sie Ihre Teenager mitschleppen, werden Sie es auch schwierig finden, sich der Bemerkung zu enthalten:

„Dieses Haus wäre ideal, wenn es nur ein Schlafzimmer mehr hätte. Sag mal, Schatz, wann gedenkst du eigentlich von zu Hause auszuziehen?"

Nehmen Sie die kleinen Kinder nicht mit, denn ganz gleich, wie oft Sie mahnen: „Rühr nichts an!", werden sie es doch tun, und es endet vielleicht damit, daß Sie die Möbel des gegenwärtigen Eigentümers kaufen müssen, wenn nicht gar sein Haus.

Gehen Sie also allein auf Haussuche, nur mit der unumgänglichen Maklerin, die — wenn sie ein bißchen Verstand hat — ihren Mund halten und nur dann sprechen wird, wenn man zu ihr spricht. Maklerinnen sollten verstehen, daß eine Käuferin nicht unbedingt etwas Konkretes über ein Haus wissen will; sie möchte es gefühlsmäßig in sich aufnehmen. Sie möchte das Haus langsam und still durchwandern, und nach zwanzig Minuten kann sie dann sagen, ob es das richtige für ihre Familie ist. In dem richtigen Haus wird sie sich „zu Hause" fühlen. Sie wird sich ihre Familie in den verschiedenen Räumen vorstellen können, bei der Arbeit, beim Spielen, wachend oder schlafend. Sie kann im Geist den Ping-Pong-Tisch aufstellen, und das Babybettchen, und das abscheuliche Gemälde aufhängen, das reizende Geschenk des reichen Onkels Charlie. Sie wird das Haus *wollen. Dann* fragt sie vielleicht nach dem Preis und nach den Abgaben, nach Heizung und Fundament, aber es wird keinen Unterschied machen. Wenn sie dieses Haus will, wird es ihr egal sein, ob das Dach leckt oder die Öfen qualmen, hier ist Heimat.

Am 9. Juni, weniger als fünf Wochen, nachdem der Wirbelsturm uns zu Nomaden gemacht hatte, waren wir in unser neues Domizil eingezogen — ein prächtiges Haus, mit Zwischenstockwerken und genügend vielen Schlafzimmern, beinahe genügend vielen Badezimmern (sind es jemals genug?), einem Hof, der groß genug zum Footballspielen ist, einer Veranda, die sich vorzüglich für Picknicks eignet und einer Küche, die sogar ich sauberhalten kann. Mein Mann liebt es; die Kinder lieben es; ich liebe es. Aber, was noch wichtiger ist, die Putzfrau liebt es. Kann man noch mehr verlangen?

Sechster Teil

Hört mich meine Sache führen...
SHAKESPEARE, „Julius Caesar"

20

„Mit freundlichen Grüßen..."

An den Vereinigten Tonband- und Schallplattenklub: in Beantwortung Ihres Schreibens vom 25. November bezüglich meines Schreibens vom 15. Oktober betreffend Ihr Schreiben vom 7. September, worin Sie fragten, warum ich auf Ihre Zahlungsaufforderung vom 1. August hinsichtlich der am 1. Juli bestellten Stereobänder nicht geantwortet habe, lassen Sie mich noch einmal feststellen: ich habe sie nicht. Bestellt, meine ich; ich will keine Bänder; ich werde keine Bänder bezahlen; ich werde auch kein Porto bezahlen, um irgendwelche Bänder zurückzuschicken. Es ist richtig, daß ich Bänder erhalten habe, die zur Zeit auf meinem Schrankregal liegen. Sie können sie abholen, wenn es Ihnen beliebt. Eine kleine Lagergebührenrechnung liegt bei; prompte Zahlung erspart Ihnen weitere Spesen.

Mit freundlichen Grüßen

An den Exquisiten Buchklub: hiermit sende ich Ihnen das Buch zurück, das Sie in Ihrer November-Auslese angeboten haben. Als ich auf Seite zwölf angelangt war, hatte ich alles über Abtreibung, Ehebruch, Drogensucht, Vergewaltigung, Inzest, Erpressung, Mord und Selbstmord gelesen, in allen Details. Wenn Gott Lots Weib nur dafür in eine Salzsäule verwandelte, daß sie einen kurzen Blick zurück auf Gommorrha geworfen hat, dann erzittere ich bei dem Gedanken daran, was Er mir antun wird, wenn ich dieses Buch zu Ende lese.

Mit aufrichtigen Grüßen...

Liebe Mrs. Bombeck (oder darf ich Sie Erma nennen?), ich nehme nicht an, daß Sie die Zeitschrift der Elternvereinigung der Arbor Heights Junior High School beziehen, aber wenn Ihnen zufällig die Oktoberausgabe in die Hände gefallen ist, haben Sie vielleicht den Artikel gelesen, in dem ich als die „lokale Erma Bombeck" bezeichnet wurde.

Ich bin darüber sehr bestürzt, Erma, und wenn Ihnen das irgendwie hilft, haben Sie meine Erlaubnis, sich als die „nationale Teresa Bloomingdale" zu bezeichnen.

Mit innigen Grüßen...

An den Direktor des Brandeis-Warenhauses:
da die Weihnachtszeit naht, habe ich eine Bitte an Sie. Würden Sie mir einen Gefallen tun? Wenn mein Mann auftaucht, um in der Abteilung „Töpfe und Pfannen" seine Einkäufe zu tätigen, könnten Sie ihn bitte zu „Pelze und Juwelen" umleiten? Vielen herzlichen Dank.

Mit ergebenen Grüßen...

An die Öffentliche Bibliothek:
es tut mir leid, aber ich kann das überfällige Exemplar von „Football-Fanatiker" nicht finden. Ich habe im ganzen Haus nachgesehen, außer unter Dannys Bett, und wenn Sie glauben, daß ich meine Hand dort druntерstecke, sind Sie übergeschnappt. Ich weiß, es ist üblich, daß man für verlorene Bibliotheksbücher bezahlt, aber würden Sie es eventuell in Betracht ziehen, zwei Dutzend Exemplare von „Kinder, Kinder!" dafür in Tausch zu nehmen?

Mit hoffnungsvollen Grüßen...

An den Präsidenten der Bezirksbank:
würden Sie mir bitte erklären, warum die 100 Dollar, die ich am 1. Juni einlegte, meinem Konto erst am 4. Juni gutgeschrieben wurden, während der Scheck, den ich am 3. Juni um 10 Uhr vormittags ausgestellt habe, am 3. Juni um 12 Uhr mittags retourniert wurde? Und warum mein Mann um 12.30 von der Überziehung verständigt wurde?

Sie können die Überziehung mit dem beiliegenden Scheck abdecken, aber bitte lösen Sie ihn nicht vor dem 1. Juli ein (oder vor dem 5., das hängt von Ihrem verrückten Computer ab).

Mit freundlichen Grüßen...

Verehrter Herr Pfarrer,
wir haben Patrick und Tim dafür bestraft, daß sie während des Betgottesdienstes der Vereinigung Christlicher Frauen in den Hintergrund der Kirche geschlichen sind und Unfug getrieben haben. Ich glaube jedoch, daß die Damen ein wenig scharf reagierten mit ihrer Anschuldigung, daß es ein Frevel sei, Goldfische in die Weihwasserbecken zu setzen. Ich dachte, wir hätten den Ausdruck „Frevel" abgeschafft.

Übrigens bin ich — in dieser Zeit der liberalen Liturgien — glücklich zu erfahren, daß wir immer noch Weihwasser in unseren Weihwasserbecken haben. (Aber nicht annähernd so glücklich wie die Goldfische.)

Pax vobiscum!

An die Uhrenfabrik „Glückliches Erwachen":
hiermit sende ich Ihnen Ihren Wecker zurück, der angeblich Tote aufweckt. Er mag vielleicht bei einem Leichnam funktionieren, nicht aber bei einem halbwüchsigen Jungen. Hätten Sie vielleicht irgend etwas mit

einer Weckvorrichtung, die mit dem geradezu magnetischen Klang eines Telefons läutet?

Mit verzweifelten Grüßen...

Liebe Frau Nachbarin,
da Montag die Schule anfängt — wäre es Ihnen recht, wenn ich Ihren Sohn jetzt nach Hause schicke? Es war sehr lustig, ihn diesen Sommer jeden Tag zum Frühstück, Mittagessen und Abendessen hierzuhaben, aber ich dachte, Sie möchten ihm vielleicht für seine Schulkleidung Maß nehmen; er ist so gewachsen, seit Sie ihn zu uns zum Spielen geschickt haben!

Übrigens, wenn die kleine Dingsda noch bei Ihnen ist, sagen Sie ihr bitte, daß sie auf dem Schulweg zu Hause vorbeischauen soll? Wir haben es gern, wenn wir sie jedes Semester einmal kurz zu Gesicht bekommen.

Ich sehe Sie beim Elternvereinstreffen!

Mit freundlichen Grüßen...

Lieber Obmann der Elternvereins-Fahrgemeinschaft,
bitte streichen Sie meinen Namen aus dem Fahrgemeinschafts-Komitee. Meine Kinder haben den Sommer damit verbracht, Fußgänger-Unterricht zu nehmen, und ich hoffe, sie werden alle ihre Fußgänger-Scheine haben, wenn die Schule beginnt.

Mit optimistischen Grüßen...

Ehrwürdige Schwester,
bezüglich des dreitägigen, vorübergehenden Schulausschlusses, der kürzlich strafweise über meinen Sohn verhängt wurde, weil er der neuen Novizin nachgepfiffen hat (ich habe Euch Nonnen davor gewarnt, Eure langen Gewänder abzulegen!), möchte ich Sie auf folgende Umstände aufmerksam machen:

1. An jedem Morgen des Schulausschlusses schlief mein Sohn bis Mittag.

2. Jeden Nachmittag spielte er Basketball, hockte vor dem Fernseher und quälte seine Mutter.

3. Jeden Abend erinnerte er seine Brüder und Schwestern: „Ha, ha, ha, ich muß morgen nicht zur Schule!"

Wenn sich in Zukunft eines meiner Kinder schlecht benimmt, haben Sie meine Erlaubnis, sie nach der Schule dortzubehalten, sie die Klassenböden schrubben zu lassen, sie an den Daumen aufzuhängen. Aber wenn Sie noch einmal ein Kind zu einem dreitägigen Urlaub nach Hause schicken, mache ich einen Sitzstreik im Vatikan für ein zwölfmonatiges Schuljahr in den Pfarrschulen.

Friede!

An den Kongreßabgeordneten John Cavanaugh
Repräsentantenhaus
Washington, D. C.

Lieber Kongreßabgeordneter Cavanaugh,
als eine Ihrer Wählerinnen war ich überrascht über Ihre Feststellung, daß Sie eine Gehaltserhöhung für Kongreßabgeordnete mit der Begründung mißbilligten, Sie bräuchten das Extrageld nicht und wüßten auch nicht, was Sie damit tun sollen. Dieses Schreiben soll Sie darüber informieren, was Sie damit tun werden:

Im September, lieber Kongreßabgeordneter, tritt Ihr ältestes Kind in die Schule ein, und Sie werden den Großteil dieses Extrageldes für Schuhbänder benötigen, denn die erste Lektion, die jedes Kindergartenkind lernt, ist: „Ziehen wir unsere Schuhbänder heraus und werfen wir sie weg!" (Die zweite Lektion ist: „Ziehen wir unsere Schuhe aus und verstecken wir sie!", aber ich möchte Sie nicht gleich zu sehr belasten.)

„Um Himmels willen!" -- höre ich Sie sagen —, „ich kann mir doch Schuhbänder leisten!"

Das mag sein. Es mag sogar sein, daß Sie von Ihren Kongreßbezügen ein Kindergartenkind erhalten können. Aber was ist nächstes Jahr? Glauben Sie wirklich, daß Sie als Rechtsanwalt mit nur einem Gehalt es sich leisten können, ein Schulkind im ersten Jahr mit Buntstiften zu versorgen?

Gewiß erinnern Sie sich an das Buntstift-Gesetz aus der Zeit, da Sie selbst die erste Klasse besuchten. Schulanfänger legen ein heimliches Gelübde ab, jeden einzelnen Buntstift, den sie besitzen, noch vor der zweiten Woche im September zu verleihen, zu verlieren oder entzweizubrechen, und alle neuen vor dem dritten Dienstag jedes Monats danach. Bei vier kleinen Kindern, die einander im Alter so nahe sind, Herr Kongreßabgeordneter, werden Sie so viel Geld in Buntstifte investieren, daß Ihre Kritiker Sie vielleicht beschuldigen werden, die Buntstifterzeuger zu subventionieren.

Dann folgen ein Abonnement für den „Weekly Reader", die Mitgliedschaft im Buchklub „Leichtes Lesen", Milchgeld, Exkursionsgeld, Missionsspenden, Geld für originelle Halloween-Kostüme, damit Ihre Kinder noch greulichere Kobolde darstellen können als die anderen Kongreßkinder, Bibliotheksnachgebühren (eine Woche später nochmals, zusammen mit der Angabe des Kaufpreises für das eingeforderte, aber nicht gefundene Buch), zahllose Fünfcentstücke, um ausgetrocknete Kugelschreiberminen zu ersetzen (was der gute Papi aus dem Büro klaut, genügt nicht), und ein noch unbestimmter Geldbetrag, um eine neue Büste von George Washington zu kaufen, die eines der Kinder vom Sockel gestoßen hat, aber niemand will petzen, also wird Ihr Sohn zu seinem Anteil verdonnert.

Und das ist nur das erste Schuljahr. Es kommen noch viele Jahre mit Tombolalosen, Weihnachtszierstempeln, Musikinstrumenten, Jahrbüchern und Mitgliedskarten für den Sportverein... der Ruin jeder elterlichen Brieftasche. Und denken Sie daran, Herr Kongreßabgeordneter, Sie haben noch drei Kinder, die immer größer werden.

Also akzeptieren Sie Ihre Gehaltserhöhung und laufen Sie, John. Und während Sie laufen, kandidieren Sie für die Präsidentschaft, denn bevor Sie es wahrhaben, werden Ihre Kinder Autofahrer sein, und 200.000 Dollar pro Jahr werden ungefähr annähernd die Kosten dafür decken.

Viel, viel Glück, John; Gott weiß, jeder Mann, der plötzlich Vater und Kongreßabgeordneter geworden ist, kann es brauchen.

Mit freundlichen Grüßen...

Mein geliebter Captain,
es schmerzt mich, Dir das sagen zu müssen, Liebster, aber ich kann Dich nicht mehr sehen; unsere Affäre ist zu Ende. Es ist nicht so, daß ich Dich nicht mehr liebe; Du bist noch genauso schön wie vor zwanzig Jahren, als ich Dich zum erstenmal in Deiner schneidigen Marineuniform sah.

Ich erinnere mich, wie aufgeregt ich war an dem Morgen, als wir uns trafen, nachdem mein Mann zur Arbeit gegangen war und Du mir den ersten von so vielen denkwürdigen Besuchen abgestattet hast. Ich genoß jede Stunde, die ich mit Dir verbrachte, und weinte an den Tagen, an denen Du mir Nachricht sandtest, daß Du nicht kommen könntest. Ist Dir nie klar geworden, daß niemand anderer Deinen Platz einnehmen konnte?

Ich liebte so vieles an Dir: Deine sanfte, freundliche

Stimme, die nie ein hartes und liebloses Wort äußerte; Deine Liebe zu Musik und Literatur; Deine Freunde. Ach, Deine verrückten Freunde; ich habe sie beinahe so geliebt wie Dich.

Wie sehr ich Euch alle vermissen werde! Doch was sein muß, muß sein, geliebtes Herz. Wir müssen unsere lange und glückliche Beziehung beenden.

Denn, siehst Du, mein Liebster, unser Jüngstes hat heute Morgen mit der Schule begonnen; wir haben keine Babies mehr zu Hause, und ich glaube, es würde ziemlich dumm aussehen, wenn sich eine Mutter in mittleren Jahren ganz allein das Kinderprogramm im Fernsehen zu Gemüte führen wollte, nicht wahr?

Also, liebster Captain Känguruh, leb wohl.

In Liebe,
TERESA

21

„Meine Mami wird das machen!"

Was tut eine Mutter, wenn alle Ihre Kinder endlich, endlich zur Schule gehen?

Ich hatte so viele Pläne für diesen besonderen Tag; achtzehn Jahre lang hatte ich von all den Dingen geträumt, die ich tun würde, wenn sämtliche Kinder sechs Stunden am Tag in einem Klassenzimmer vergattert wären. Ich würde zum Supermarkt fahren und ganz allein einkaufen, ohne daß jemand im Einkaufswagen auf und abhopste, Pakete von den Regalen riß, durch die Gänge rannte und in der Spielzeugabteilung Angst und Schrecken verbreitete.

Oder ich würde zum Einkaufszentrum fahren und nach Herzenslust Kleider anprobieren, ohne daß ein kicherndes Kleinkind herumstünde, glotzte und sagte:

„He, Mami, warum bist du so dick?"

Oder ich würde zur Bowlingbahn fahren und mich einem Team anschließen, oder zum Golfplatz, oder zum Tennisplatz...

Fahren? Womit? Wie jede Mutter von zehn Kindern lernt, haben dann, wenn Nummer zehn mit der Schule anfängt, Nummer zwei, drei und vier schon das Auto unter sich ausgelost und lassen Mutter daheim, damit sie das Haus putzt.

Okay, also werde ich putzen. Wenigstens kann ich es in Ruhe tun. Zuerst das Frühstücksgeschirr. Warum sieht es heute so traurig aus? Vielleicht weil kein Captain

Känguruh fröhlich im Hintergrund schwatzt und keine aufgeregten Kinder da sind, um mir über die neuesten Steiche von Bugs Bunny und dem Riesenelch zu berichten?

Kein Captain Känguruh. He, das bedeutet, daß ich die „Today"-Show sehen kann.

Das kann nicht die „Today"-Show sein. Wo ist Dave Garroway?

Ich mache lieber die Betten. Komisch, Bettenmachen habe ich früher nie als Arbeit empfunden. Es war eher ein Spiel, bei dem eines oder zwei der Kleinen auf den Matratzen herumsprangen, sich wälzten, rauften und kicherten, sich in den Laken und Bettdecken verhedderten und mich anbettelten, daß ich sie kitzelte oder umarmte. Und wo ist mein lachender kleiner Helfer? Läuft seiner neuen Liebe im Kindergarten nach und hilft ihr, Zeichenpapier zu verteilen. Treuloses, treuloses Kind. Wie bald vergessen wir unsere erste Liebe!

Also, haben Sie gewußt, daß es möglich ist, eine Badewanne zu scheuern, ohne eine langgezogene Spur von Scheuerpulver auf dem Boden, dem Vorleger, der Türe, dem Flur und dem Treppenabsatz zu hinterlassen? Aber wie kann man eine Badewanne reinigen, ohne zuerst Spielzeugboote segeln zu lassen oder Gummienten einzutauchen? So kann man nicht arbeiten!

Zurück zum Wohnzimmer, die Spielsachen aufsammeln und das Durcheinander in Ordnung bringen. Welche Spielsachen? Welches Durcheinander? Das sieht hier wie ein Sprechzimmer im Kloster aus; zu ordentlich, zu sauber, zu ruhig.

Ruhe. Habe ich mich einmal nach Ruhe gesehnt? Niemand, der schreit oder streitet, quengelt oder weint. So, dachte ich, würde die Ruhe sein. Keiner sagte mir, daß *Ruhe* dann ist, wenn niemand lacht oder singt, Reime und Rätsel aufsagt, mich wegen eines Kusses oder einer Umarmung „belästigt".

Ich mag diese Art Ruhe nicht.

Und das ist gut, denn es gibt nocht etwas, das eine Mutter von zehn Kindern bald lernt. Wenn Baby in der Schule ist, ist sein großer Bruder im College. Außer man wohnt in einer Stadt, in der das College nicht weit genug von zu Hause entfernt ist. Zwei Stunden nachdem unser Baby zur Schule gegangen war, kam sein Bruder durch den Hintereingang hereingestürmt und schrie:

„He, Ma! Was gibt's zu essen? Hast du Speck und Eier da? Während du kochst, lese ich dir meinen Englischaufsatz vor!"

Immerhin ist mein Auto wieder da.

Hoppla, tut mir leid, daß ich das gesagt habe. Die Klassenvorsteherin muß mich gehört haben.

Was geschieht mit einer Mutter, wenn alle ihre Kinder zur Schule gehen? Ich werde Ihnen sagen, was mit ihr geschieht. Sie geht mit allen ihren Kindern zur Schule.

Unlängst noch — vor zehn Jahren — war meine Welt heiter und in sich gefestigt, nicht verplant und mit Verabredungen oder Verpflichtungen überladen. Mit acht Kindern unter zehn Jahren und der Aussicht auf noch mehr hatte ich überhaupt nichts zu tun, als das Baby zu schaukeln; die Familie zu füttern; Babybrei, Pullover, Fäustlinge und Geburtstagskuchen zu machen; Geschirr, Kleider, Fenster und winzige Gesichter zu reinigen; Babystühle, Laufställe, Bettchen und Schränke zu säubern; Schulbücher, Turnschuhe, Milchgeld und Dannys Brille zu suchen; Mitteilungen an Lehrer und Briefe an Großmama und Listen für den Lebensmittelhändler zu schreiben. Aber das war auch schon alles. Können Sie glauben, daß ich mich wirklich für *beschäftigt* hielt?

Nach Jahren eines so leichten Daseins war's mit dem

sorglosen Leben plötzlich aus, und ich kann Ihnen den genauen Zeitpunkt nennen, an dem das geschah. Es ereignete sich an dem Morgen, an dem Patrick, unser Jüngster, zur Schule ging, sich in seinem Klassenzimmer hinsetzte, mit dem Arm lebhaft durch die Luft fuchtelte und sagte:

„Meine Mami wird das machen!"

Gute, alte Mami. Da alle in der Schule waren — was konnte sie schon den ganzen Tag zu tun haben? Keine Babies zu füttern, keine Windeln zu falten, keinen Brei vorzubereiten, keine Kleinen aufzuspüren. Mami muß ja solche Langeweile haben, wenn sie den ganzen Tag nur zu Hause sitzt und „nichts zu tun" hat.

Nichts zu tun. In den Augen eines Kindes dreht sich alle Arbeit, die Mami tut (jedenfalls alles, was *wichtig* ist), um *es*, und wenn es in der Schule beschäftigt ist, weint sich Mami sicher zu Hause die Augen aus und wartet sehnsüchtig auf seine Rückkehr. Warum sollen wir Mami warten lassen! Bringen wir sie mit in die Schule!

Sicher wäre Mami eine begeisterte Schulhelferin (Pfadfindermutter, Lehrerbeistand, Exkursionsbegleiterin, Spielplatzmutter, Cafeteria-Helferin, Protokollführerin, Fahrgemeinschafts-Koordinatorin), und wie kann Mami denn nein sagen?

Also wird Mami im Elternverein aktiv und trifft andere Mamis, die zu Kirchenarbeit rekrutiert wurden, oder zum freiwilligen Dienst im Krankenhaus, oder zu ein bißchen Mitarbeit in einer politischen Kampagne oder bei einem Wohltätigkeitsball, und da du diesen Nachmittag schon unterwegs bist, Schatz, würdest du bitte beim Eisenwarenladen vorbeischauen, um die Baumschere abzuholen, und meinen Anzug von der Reinigung mitnehmen, und wenn du schon dabei bist — ich glaube, der Rasenmäher ist von der Reparatur abzuholen.

Was tut eine Mutter, wenn alle ihre Kinder zur Schule gehen?

Wer weiß? Niemand hat es je fertiggebracht, lange genug einer habhaft zu werden, um es zu erfahren.

22

Resolution für das neue Schuljahr

Viel Glück im Neuen Jahr!

Ich weiß, es ist nicht der 1. Januar. Was ist schon aufregend am 1. Januar? Ich feiere Neujahr einen Tag nach Labour Day, dem Tag der Arbeit am ersten Montag im September, wenn die Kinder wieder zur Schule gehen. Haben Sie denn gar kein Mitleid mit kinderlosen Ehepaaren, die keinen lausigen Sommer verbracht haben und daher nicht wissen, wie schön es ist, die Kinder wieder zur Schule zu schicken?

Da ich meine Instruktionen an die Schulvorsteherin bezüglich der „Regeln und Verordnungen für die Leitung der Schule" schon abgeschickt habe, offeriere ich nun allen Eltern „Teresas Anregungen zum Überleben der ersten Schulwoche".

Erstens: Gehen Sie an dem Abend, bevor die Schule anfängt, früh schlafen, denn Sie werden früh aufstehen müssen, um Zeit genug zu haben, alle Sachen zu finden, von denen die Kinder schwören, daß sie sie am Abend zuvor bereitgelegt haben.

Schuljacken? „Wir brauchen sie heute nicht; es ist zu heiß." Bestehen Sie unbedingt darauf, daß die Kinder sie tragen, sonst finden sie sie dann nicht, wenn es kalt wird.

Schulschuhe? Er hat sie im Park gelassen. Warum hat er sie im Park angezogen? Warum hat er nicht seine Tennisschuhe angezogen? Er konnte sie nicht finden. Ist es erlaubt, daß Kinder am ersten Tag barfuß zur Schule gehen? Tut mir leid, das wird ein Präzedenzfall; es kommen noch sechsundneunzig Schultage, an denen er weder das eine noch das andere Paar Schuhe finden kann. Also werden Sie sich Zeit nehmen müssen, um im Park nachzuschauen, oder möglicherweise im Schuhgeschäft.

Die Kinder? Ich weiß, sie sind da. Alle? Haben Sie gezählt? (Gütiger Himmel. Einer hat vergessen, aufzustehen!)

Okay, jetzt haben Sie alles und jeden gefunden.

Also lautet die zweite Anregung: Nehmen Sie eine Hypothek auf Ihr Haus auf. Warum müssen Sie eine Hypothek auf Ihr Haus aufnehmen? Weil an diesem Nachmittag Ihre Kinder die Materialliste nach Hause bringen werden, und dann brauchen Sie ein Vermögen für Ringbucheinlagen, Bleistifte, Federn, Scheren, Klebstoff, Hefter, Mitteilungshefte, Zirkeln, Radiergummi, Aufgabenhefte, Übungshefte, Bücherhüllen, Heftklammern, Gummibänder, Lip-Gloss, Wimperntusche und das neueste Barry-Manilow-Album.

Die drei letzten Artikel stehen nur auf der Liste Ihrer Tochter, die im achten Schuljahr ist, und Sie mögen zwar die Tatsache bezweifeln, daß sie „erforderlich" sind, aber, mein Wort darauf, sie sind es. Außer natürlich, Sie wollen Ihre Tochter „an äußèrster Schmach und Demütigung vor der ganzen Klasse sterben" lassen.

Ein kleiner Tip bezüglich der Ringbucheinlagen: Kaufen Sie nicht fünf Pakete Ringbucheinlagen im „Sonderangebot", weil Sie annehmen, daß Ihre Kinder sie schließlich aufbrauchen werden. Sie werden sie *nie* aufbrauchen, denn die fünf Löcher darin haben keineswegs den gleichen Abstand voneinander wie die Ringe in Heftern, die Sie gekauft haben. Auch gab die Liste „eng liniert" an, und Sie haben gerade „breit liniert" gekauft. Warum, glauben Sie, war es ein Sonderangebot?

Trotz allem, was Ihr Schulanfänger sagt, braucht er die Super-Deluxe-Jumbo-108-Kaleidoskop-Buntstifte *nicht.* Die acht Grundfarben genügen völlig. Sie können in die hundertacht Kaleidoskopstifte investieren, wenn Sie wollen, aber schon nächste Woche wird der Kleine ohnehin bei den acht Grundfarben angelangt sein, weil er all die hübschen Farben an die Kinder ausgeliehen hat, deren Mütter schlau genug waren, bloß die acht Grundfarben zu kaufen.

Hüten Sie sich vor Radiergummis, die klein genug zum Schlucken sind, Zirkeln, die spitz genug zum Stechen sind, und Gummibändern, die dick genug sind, um als Schleudern verwendet zu werden. Kaufen Sie die kleinste Flasche Klebstoff; sie läßt sich genauso schnell umleeren wie die große und ist billiger zu ersetzen.

Auf der Liste werden Sie ferner entdecken: Zaubertafeln, Tusche und Ölfarben. Lassen Sie das unberücksichtigt, außer Sie wollen die untere Etage Ihres Hauses ohnedies neu dekorieren.

Damit wäre die Materialliste ungefähr komplett, bis auf einen Artikel, den ich in meiner dritten Anregung erläutern werde:

Kaufen Sie ein Megaphon. Da sie den ganzen Sommer lang jeden Tag bis Mittag geschlafen haben, sind Ihre Kinder um sieben Uhr früh mit nichts anderem zu wecken als mit einem mächtigen Krach. Wenn sie einmal wach und auf sind, werden Sie die dröhnende Stimme weiter brauchen, um die vor dem Frühstück stattfindenden Kämpfe zu schlichten:

„Das sind meine Socken; wenn du sie nicht augenblicklich ausziehst, breche ich dir das Bein!" ... „Irgendjemand hat meine Zahnbürste genommen! Autsch!" ... „Willst du ewig im Badezimmer bleiben?" ... „Gib mir meine Haarbürste; die hab ich von meinem eigenen Geld bezahlt!" ... „Trau dich doch, mir eine runterzuhauen! Trau dich doch! Trau dich doch! Trau dich doch! Mami! Er hat mir eine runtergehauen!" ... und solche Kleinigkeiten.

Vierte Anregung: Widerstehen Sie der Versuchung, Ihre Kinder am ersten Tag durch einen besonders leckeren Lunch mit Spezial-Sandwiches, Überraschungssalat, Pudding, et cetera zu erfreuen. Es ist besser, mit Bockmist anzufangen. Sie können immer noch Hühnersalat und Schokoladekuchen auf Erdnußbutter und Kartoffelchips folgen lassen, aber Sie können Huhn und Kuchen nicht durch Käsesandwiches und rohen Sellerie ersetzen. Ja, es ist eine gute Idee, Hühnersalat und Schokoladekuchen überhaupt nicht in den Speiseplan aufzunehmen. Kinder sind schneller verdorben als Bananen. Lassen Sie sie Erdnußbutter essen.

Fünfte Anregung: Fahren Sie Ihre Kinder an diesem ersten Tag auf keinen Fall zur Schule, ganz gleich, wie begierig Sie sind, sie aus dem Haus zu haben. Denn wenn Sie am ersten Tag fahren, können Sie sicher sein, daß sie am zweiten Tag schreien werden: „Sechs Blocks laufen? Das kann doch nicht dein Ernst sein!" Und am dritten Tag werden sie zu der Überzeugung gelangt sein, daß es ihr verfassungsmäßiges Recht ist, chauffiert zu werden. Überdies, wenn Sie sie an einem schönen, warmen Spätsommermorgen zur Schule fahren — was glauben Sie, werden sie im Februar verlangen, wenn ein Meter Schnee liegt und die Wettervorhersage zwanzig Grad minus meldet? Nein, Sie müssen das Jahr richtig anfangen: schieben Sie sie zur Tür hinaus und lassen Sie sie zu Fuß gehen. Und sehen Sie ihnen nicht nach; sie werden humpeln, ihre Bücher fallen lassen, trödeln und bummeln, in der Hoffnung, daß Sie es sich anders überlegen. Machen Sie sich keine Sorgen um sie; sie werden es schaffen.

Aber natürlich werden Sie sich Sorgen machen, wie alle Mütter, besonders wenn ein kleines Kind nach einem Sommer unter Mutters schützendem Blick allein zur Schule fortgeht. Und hier wird sich die sechste und letzte Anregung als nützlich erweisen:

Verlassen Sie sich auf die Schutzengel der Kinder. Christen haben immer Schutzengeln vertraut, die „uns beschützen, damit wir unseren Fuß nicht an einen Stein stoßen", und kürzlich hat uns Billy Graham daran erinnert, daß *jedermann* (sogar Idi Amin!) seinen Engel hat. (Würden Sie es nicht grauenhaft finden, Idis Engel zu sein?)

Fühlen Sie sich nicht zu einsam ohne Ihre Kinder. Schon am nächsten Montag werden die Lehrer einen Weg gefunden haben, den Unterricht um zwölf Uhr zu beenden oder überhaupt ausfallen zu lassen, oder die Kinder mit Ihnen als Aufsichtsperson auf eine Exkursion zu schicken. Genießen Sie also Ihr Neujahrsfest; denn wie jedes andere dauert es nur vierundzwanzig Stunden.

Wie beim traditionellen Neujahrsfest fasse ich auch dann alle möglichen Entschlüsse, wenn die Kinder erst in der Schule sind. Da Ruhe und Ausgewogenheit in den Haushalt zurückgekehrt sind, tanke ich neuen Lebensmut und nehme mir vor, zumindest ein Projekt auszuführen, das zu „Besserem Leben" führen könnte.

Letztes Jahr beschloß ich, es mit dem Familien-Dinner zu versuchen. Ganz gleich, ob die Hölle los war, ob Hochwasser oder Footballtraining, die Bloomingdales sollte sich alle gemeinsam zum Abendessen setzen, als Familie, im Eßzimmer. Wir hatten das vorher nie wirklich versucht, da bei uns ja immer jemand im hohen Kinderstühlchen saß oder in dem Alter war, in dem er die Finger den Gabeln vorzog.

Doch im letzten Jahr hatten alle Kinder das „vernünftige Alter" erreicht, was meiner Meinung nach bedeutete, daß sie keinen vernünftigen Grund mehr hatten, Milch zu verschütten, Kartoffelbrei zu verschmieren, grundlose Wutanfälle zu bekommen oder zu erbrechen. Also bat ich sie alle zu einer Lektion in manierlicher Lebensführung ins Wohnzimmer. Wir wollten ein Leinentischtuch aufbreiten, zueinander passende Gläser, Tafelsilber und eine angenehme, inhaltsreiche, intelligente Konversation führen. Wir wollten über die Ereignisse des Tages sprechen, und der Abend sollte ein unterhaltsames, intellektuelles Ereignis werden, dem alle in freudiger Erwartung entgegensahen. Ich stellte mir vor, wie die Teenager vom Basketballtraining nach Haus liefen, um keine Minute von unserer köstlichen Abendstunde zu versäumen und Verabredungen oder andere abendliche Pläne gerne verschoben.

Vielleicht, dachte ich, konnten wir es sogar den Kennedys und Buckleys gleichtun und ein paar Minuten französische oder spanische Konversation pflegen, da unsere Teenager ja beide Sprachen lernten. Es würde eine wahrhaft beglückende Stunde sein.

Ich glaube, ich hatte den Verstand verloren damals.

Es stimmt, daß das erste Wort, das an diesem Abend im Eßzimmer gesprochen wurde, ein Fremdwort war. Doch leider war es weder französisch noch spanisch. Um ehrlich zu sein, es war nicht einmal ein richtiges Fremdwort. (Ich weiß, ich bin konservativ, was die moderne Einstellung zur Freiheit des Ausdrucks betrifft, aber es ist nichts Wahres an dem Gerücht, wonach ich letzte Woche eines meiner Kinder verprügelt hätte, weil es mich „Mutter" genannt hat.) Das „Fremdwort", das an diesem Abend über den Eßtisch schwebte, klang um so schlimmer, als es von unserem „Baby" Patrick geäußert wurde. Er ließ einen Löffel fallen, versuchte ihn aufzufangen, stieß die Milch um und murmelte: „Oh, Sch..."

„Patrick!" rief ich. „Wo hast du dieses ordinäre Wort gehört?"

„In einem Film", antwortete er unschuldig.

„In welchem Film?" fragte ich, da ich wußte, daß der einzige Film, den Patrick in letzter Zeit gesehen hatte, ein „Peanuts-Special" war, und irgendwie konnte ich mir nicht vorstellen, daß Charlie Brown oder gar Lucy solche Ausdrücke gebrauchten.

„Es war nicht in dem Snoopy-Film", sagte Patrick. „Es war die Vorankündigung für einen Film, der nächste Woche kommt."

„Wir wollen vergessen, was Patrick gesagt hat", verkündete ich mit fester Stimme. „Hat sonst irgend jemand etwas zu sagen?"

„Ja", äußerte Annie. „Sag Danny, er soll damit aufhören!"

„Was macht er?" fragte ich.

„Er schluckt!" klagte sie.

„Natürlich schluckt er", seufzte ich. „Er ißt sein Abendessen."

„Ja, aber muß er so ekel aufstoßen?"

„Das heißt ‚eklig' ", verbesserte ihre Schwester Mary. „Das ist ein Adverb."

„Oh, Fräulein Perfekt!" spottete Annie. „Ich nehme an, du hast noch nie einen Fehler gemacht."

„Einen schon", antwortete Mary. „Ich bin als deine Schwester auf die Welt gekommen."

„Schluß jetzt!" sagte ich. „So stelle ich mir eine intellektuelle Konversation nicht vor. Laßt uns das Thema wechseln."

„Ich habe etwas zu sagen", ließ sich Timmy vernehmen, der selten etwas zu sagen hat.

„Was denn, Tim?" fragte ich interessiert.

„Wieso darf Patrick die ganze Milch in einem Zug austrinken? Ich darf *meine* Milch nie auf einen Zug austrinken."

Das überzeugte mich einigermaßen, daß das Familien-Dinner mit den Kleinen am Tisch nicht funktionieren würde, also wollte ich es in diesem Jahr mit einer neuen Methode versuchen. An drei Abenden der Woche sollte es ein formelles Dinner geben, bei dem nur die Älteren ab sechzehn im Speisezimmer essen dürften. Sie würden sich zum Dinner „ankleiden", und ich wollte es noch einmal mit der Fremdsprache versuchen.

Am ersten Abend kam John in seiner besten Hose zum Dinner, und mit einem T-Shirt, auf dem das Emblem THE ROLLING STONES prangte.

„Das betrachte ich nicht als ‚Dinner-Kleidung' ", sagte ich zu ihm.

„Geh, zieh ein anderes Hemd an." Er tat es und kam wenige Minuten später in einem durchsichtigen Netzhemd ohne etwas darunter zurück.

„Versuch's nochmal", sagte ich ein wenig ironisch, während das Roastbeef auf dem Servierteller kalt wurde.

Er kam im Smoking wieder. Irgendwie hatte ich mich mit den Rolling Stones wohler gefühlt.

Als wir uns endlich zu dem Dinner setzten, das inzwischen kalt geworden war, wartete ich auf die ausdrücklich angeordnete geistvolle Konversation.

„He, Dad", sagte Mike, „kann ich heute den Wagen haben?"

„Moment mal", sagte ich. „Hast du vergessen, daß wir über hochgeistige Themen diskutieren wollen? Und denk dran ... die Sprache, die Sprache!"

Mike lernte das vierte Jahr französisch; es sollte doch einfach für ihn sein!

Mike zögerte einen Moment, dachte darüber nach und sagte dann:

„Du, Vater, darf ich bitte heute den Wagen haben?"

Bevor ich der Konversation eine andere Richtung geben konnte, nahm Jim sie auf: „Hör zu, du Idiot, du hast gestern abend den Wagen gehabt. Ich muß ihn heute abend für das Konzert haben." (Gott verzeih ihnen, daß sie einen solchen Krach „Konzert" nennen.)

„Wenn wir schon beim Thema Musik sind", sagte Danny, „wer hat das Album von Simon und Garfunkel aus meinem Zimmer gestohlen?"

„Bist zu wahnsinnig?" fragte Mary. „Kein normaler Mensch würde in dein Zimmer gehen. Dort erstickt man ja!"

„Woher weißt du, wie es in meinem Zimmer ist?" schrie Dan. „Zum Teufel nochmal, ich will nicht, daß irgend jemand in mein Zimmer geht. Hat man denn hier überhaupt keine Privatsphäre?"

„Hört mal, wer sich hier über Privatsphäre beklagt", sagte Mary. „Du hast dein eigenes Zimmer; wenigstens mußt du es nicht mit zwei Schwestern teilen. Und übrigens, Jungs, ich nehme den Wagen heute abend; ich habe Schauspielunterricht."

„Niemand nimmt den Wagen heute abend", erklärte Vater schließlich, „außer er ist bereit, ein bißchen Kleingeld für Benzin herauszurücken."

„Ich glaube, das ist ungefähr das Äußerste, was wir heute erreichen werden", sagte ich ruhig.

„Was ist das Äußerste, was wir erreichen werden? Was wollen wir erreichen?" fragte mein Mann.

„Den Gebrauch einer Fremdsprache", sagte ich. „Wenn es irgendeinen Satz gibt, der dieser Familie fremd ist, dann ist es der Satz ‚ein bißchen Kleingeld herausrücken'."

23

Ich höre zu

„Wie bringst du deine Kinder dazu, daß sie mit dir reden?" fragte mich meine Freundin Sue gestern. „Meine Kinder sagen nie etwas anderes zu mir, als ‚Was gibt's zum Abendessen?' und ‚Kannst du mir Geld leihen?' "

„Ich werde dir ein Geheimnis verraten", sagte ich zu Sue, „eines, das ich erst im Lauf der Jahre ergründet habe. Meine Kinder reden mit mir, weil ich ihnen zuhöre."

„Ich höre meinen Kindern zu", erwiderte Sue, „meistens wenigstens."

„Oder hin und wieder?" fragte ich. „Oder nur sehr hin und wieder?"

Gibt es noch irgend jemanden, der zuhört? Zuhören ist eine verloren gegangene Kunst, wie Ihnen jeder Menschenbeobachter sagen wird. Sehen Sie sich ein Podiumsgespräch im Fernsehen an, oder eine Talkshow mit wenigen Gästen. Niemand scheint zuzuhören; alle sind viel zu beschäftigt damit zu unterbrechen. Meist ist es ein Höllenspektakel; alle reden ununterbrochen gleichzeitig. Der Talkmaster hört nicht zu; die Gesprächsteilnehmer hören nicht zu; das Publikum *versucht* zuzuhören, aber es herrscht ein solcher Tumult, daß es nicht möglich ist.

Oder betrachten Sie die Gäste bei einer Cocktailparty. Ich sage betrachten, weil Sie ihnen bestimmt nicht zuhören können; Sie würden den Verstand verlieren. Alle reden auf einmal. Man könnte meinen, sie wären in einer Fernseh-Talkshow.

Irgendwann im Lauf der Jahre, in denen ich diesen Talkshows zugesehen und Cocktail- und Dinnerparties besucht habe, bin ich zu der Erkenntnis gekommen, daß es viel vergnüglicher ist — und sicher auch viel einfacher —, schlicht den Mund zu halten und zuzuhören.

Da ich selten zu Cocktailparties gehe und wenig fernsehe, habe ich bald angefangen, meinen Kindern zuzuhören. Und ich mußte von neuem lernen, nicht zu unterbrechen.

Eltern sind schlimmere Unterbrecher als die Gesprächspartner in den Round-table-Diskussionen im Fernsehen. Da kommen unsere Kinder von der Schule nach Hause gelaufen und rufen:

„He, Mami, du wirst staunen, wenn du hörst, was heute in der Schule los war!", und wir unterbrechen, um zu sagen: „Häng erst einmal deinen Mantel auf!" Was geschieht also? Das Kind geht hin, um seinen Mantel aufzuhängen, und ihr denkt beide nicht mehr an das Erlebnis in der Schule.

Oder wir unterbrechen, um die Grammatik der Sprößlinge zu korrigieren. Meine Kinder sind Vorzugsschüler in Englisch (bitte fragen Sie mich nicht nach Naturwissenschaften und Mathematik), und doch gebrauchen sie beharrlich die doppelte Verneinung. Ich sprach einmal mit einem Englischlehrer der Creighton School.

„Mr. Spethman", fragte ich den Gentleman, der unseren Sohn Michael unterrichtete, „wie können Sie es Michael gestatten, Ihren Spezialkursus in Englisch zu besuchen, wenn er immer wieder die doppelte Verneinung gebraucht?"

Mr. Spethman dachte einen Augenblick nach und antwortete dann: „Mrs. Bloomingdale, ich fürchte, ich habe keine Antwort nicht darauf." Er scherzte natürlich. (Er sagte mir später, daß er in einem Semester nicht ungeschehen machen kann, was das Fernsehen in einem Jahrzehnt angerichtet hat.)

Mein Mann behauptet, daß unser Sohn John seit vier Jahren nicht mehr mit ihm gesprochen hat. Ich fragte John diesbezüglich, und er antwortete: „Ich würde ja mit ihm reden, Mami, aber jedesmal, wenn ich etwas sagen will, fragt er mich, ob ich das Öl in seinem Wagen nachgesehen habe."

„Ja, und *hast* du das Öl nachgesehen?" fragte ich.

„Ich werde mich drum kümmern", murmelte er, während er durch die Hintertür verschwand.

Ich weiß nicht, warum er es so eilig hatte; ich war bereit, seine Entschuldigungen anzuhören, daß er das Öl *nicht* nachgesehen hatte.

Wenn Sie wollen, daß Ihre Kinder mit Ihnen sprechen, lassen Sie sie sprechen. Unterbrechen Sie sie nicht, um sie zu korrigieren, zu kritisieren oder ihnen Aufgaben zuzuteilen. Hören Sie einfach zu.

Sicher, das kann manchmal ziemlich langweilig sein, besonders, wenn Ihr Fünfjähriger Ihnen im Detail von seiner morgendlichen Sitzung mit Captain Känguruh erzählen will. Oder wenn Ihnen Ihre Tochter das siebenunddreißigstrophige Gedicht vorlesen will, das sie für den Poesie-Wettbewerb verfaßt hat. Keats und Shelley könnte ich immerzu hören, aber nicht Annie. Unsere Tochter Annie sieht sich selbst als eine zweite Emily Dickinson. Ich wollte, sie wäre es. Emily, entsinne ich mich, verbarg ihre Dichtung in der Schreibtischlade. Nicht unsere Annie. Bevor sie noch den letzten Punkt hinter die letzte Strophe gesetzt hat, ist sie schon willens und bereit, ihr neuestes Werk jedem laut vorzulesen, der es hören will. „Jedem" bin ich. Und ich höre zu und versuche, nicht gelangweilt dreinzusehen, oder entsetzt, oder belustigt, ganz gleich, wie seltsam oder albern das Opus klingen mag. In Annies Ohren klingt es schön, sonst würde sie mich nicht daran teilhaben lassen. Das Gedicht ist nicht wichtig; das Teilhaben schon.

Kinder zögern, ein Gespräch mit ihren Eltern zu beginnen, weil diese ihrer Ansicht nach stets zu beschäftigt sind, um zu reden.

„Dad hat seine Nase immer in einem Buch stecken, und Mami ist immer am Telefon", lautet die chronische Beschwerde, was natürlich eine Lüge ist. Ich telefoniere selten, aber wenn ich es tue, dann ist das der Moment, in dem meine Lieblinge mit mir sprechen *müssen.* Wenn Sie Ihr Kind in ein Gespräch verwickeln wollen, dann führen Sie ein Ferngespräch mit irgend jemandem. In der Sekunde, in der Sie Ihren Teilnehmer endlich erreicht haben, wird auch Ihr Kind Sie erreicht haben und verzweifelt signalisieren, daß es Ihre Aufmerksamkeit wünscht.

Wenn Sie telefonieren und Ihr Kind diesen seinen Wunsch nach Ihrer Aufmerksamkeit signalisiert, legen Sie um Gottes willen sofort ein und hören Sie zu. Versuchen Sie nicht — ich wiederhole, versuchen Sie *nicht* —, zu telefonieren und sich gleichzeitig mit Ihrem Teenager zu verständigen. Ein leises Fingerschnalzen oder das Zucken einer Augenbraue wird als „Ja, Liebling" interpretiert, und wenn Sie mit dem Telefonieren fertig sind, entdecken Sie vielleicht — zu spät —, daß Sie Ihrem Sohn gerade die Erlaubnis gegeben haben, Ihr Auto und sein Mädchen zum Wochenende nach Las Vegas zu fahren.

Kinder sollten lernen, nicht zu unterbrechen, aber sie sollten ebenso lernen, wann sie unterbrechen *sollen.*

Der Grundsatz, „wann man unterbrechen soll", wurde höchst effektvoll von Schwester Jeanette Kimball (damals Mutter Kimball) erklärt, als sie in meinen Internatsjahren Präfektin im Duchesne-College war. Stets pflegte Mutter Kimball das Schuljahr damit einzuleiten, daß sie den Internatsschülerinnen Regeln vorlas, die von wohlerzogenen Pensionärinnen befolgt werden sollten. Diese Regeln enthielten einen Kommentar darüber, „wie unhöflich es ist zu unterbrechen". Vielleicht, um unsere Aufmerksamkeit zu fesseln, oder vielleicht, um uns einzuschärfen, daß jede Regel eine Ausnahme hat, erzählte Mutter Kimball dann die folgende Geschichte:

„Natürlich gibt es Ausnahmen. Zum Beispiel trat eines Tages eine Schülerin im Korridor vor der Kapelle an mich heran, als ich in ein Gespräch mit einer der weltlichen Lehrerinnen vertieft war. Ich wußte, daß das Mädchen versuchte, mich auf sich aufmerksam zu machen, also ließ ich sie absichtlich warten, um ihr einzuprägen, daß sie nicht unterbrechen durfte. Als ich das Gespräch mit der Lehrerin schließlich beendet hatte, wandte ich mich an das Kind und sagte: ‚Ja, Liebes, nun sag mir, was ist?', und sie antwortete höflich: ‚Es tut mir leid, Sie zu stören, Ehrwürdige Mutter, aber die Sakristei brennt.' "

Hören Sie Ihren Kindern zu. Ihr Badezimmer steht vielleicht unter Wasser.

Wenn Sie wirklich mit Ihren Kindern ein Gespräch führen wollen, versuchen Sie nicht, vor Papa mit ihnen zu sprechen, vor den anderen Kindern, vor Großpapa oder vor dem Hund. Wollen Sie ein wirklich freundschaftliches Gesräch mit Ihrem Kind, dann versuchen Sie es, wenn der Sohn oder die Tochter allein in seinem oder ihrem Schlafzimmer ist.

Wie kommen Sie an einen Teenager in seinem Schlafzimmer heran? Und ich meine tatsächlich, *wie?* Steigen Sie über die Bücher, die Stiefel, die Schallplatten, die Gitarre? Ja, genau das tun Sie, und so schwer es auch sein mag, Sie verlieren kein Wort über das Durcheinander. Nicht, wenn Sie ein Gespräch führen wollen. Wenn Sie schon etwas zu der Unordnung bemerken müssen, tun

Sie es mit Humor. Spähen Sie über die Berge von Wirrwarr hinweg und fragen Sie:

„Sind wir allein? Bist du sicher? Wie kannst du das feststellen?" Sie ernten ein Lachen, und Sie werden vielleicht sogar verstanden. Überdies lassen Sie Ihr Kind dadurch wissen, daß Sie guter Laune sind; Sie sind nicht hier, um zu schelten.

Ich habe eine Theorie, was unordentliche Schlafzimmer von Teenagern betrifft, und die ist: Ignorieren Sie sie. Als meine erwachsenen Söhne Teenager waren, lebten sie wie Tiere. Ich tobte und raste, schrie und brüllte, und erreichte nichts. Ihre Schlafzimmer blieben Katastrophengebiete. Zu meinem größten Erstaunen wurden sie als Erwachsene so ordentlich wie ihre Mutter.

Also ignoriere ich jetzt die Schlafzimmer ihrer jüngeren Geschwister. Bis auf einen gelegentlichen Spähversuch, um mich zu vergewissern, daß die Bewohner noch lebend und gesund sind, halte ich mich aus ihrer privaten Domäne heraus. Ich greife weder ein, noch mache ich irgendwelche Bemerkungen. Folglich sprechen meine Kinder und ich über wichtigere Dinge als Limonadebüchsen und Kaugummipapiere, und wir haben grenzenlose Freude aneinander.

Siebenter Teil

Das Leben wäre nicht lebenswert,
wenn wir uns nicht unsere Feinde bewahrten...
FINLEY PETER DUNNE, „Mr. Dooley in Peace and in War"

... und das schließt unsere Kinder mit ein.
MRS. BLOOMINGDALE in Krieg und Frieden

24

Meine liebsten Feinde

Armer alter Präsident Nixon. Ich glaube, es werden hundert Jahre vergehen, bevor man ihn für all das Gute schätzen wird, das er getan hat. Ich persönlich werde ihm stets für eine besondere administrative Errungenschaft dankbar sein: für die Erstellung seiner Feindesliste. Nicht von den Feinden war ich fasziniert, sondern von der Liste. Welch eine herrliche Idee! Jedermann sollte eine Feindesliste haben. Sie könnten sie in der Küche aufhängen, und jedesmal, wenn Sie auf Ihre bessere Hälfte oder Ihre Kinder wütend sind, werfen Sie einfach einen Blick auf die Liste und laden den ganzen Haß auf Ihren „Feind des Tages" ab.

Offen gesagt, ich habe schon seit Jahren eine Feindesliste, und obwohl ich sie ständig revidiere, scheint es, als stünde der gleiche alte Übeltäter immer noch an der obersten Stelle.

Mein liebster, bester Feind ist ohne Frage die Schuldirektorin. Ich habe in meiner Laufbahn als „Mutter des Schülers" zehn Direktorinnen überlebt, und ich bin überzeugt, daß jede Direktorin nur aus dem einen Grund ins Gras gebissen hat: wegen des Halbtagsunterrichts.

Nichts bringt eine Mutter mehr aus der Fassung, als die Kinderstunde (7 bis 8 Uhr früh) damit zu verbringen, die Kinder aus den Betten zu zerren, ihre Kleider zu suchen, ihre Zahnbürsten zu befühlen, ihr Frühstück zu richten, ihre Mitteilungen zu schreiben und ihre Kämpfe zu schlichten — und dann schieben Sie sie endlich zur Tür hinaus, nur um sie schreien zu hören:

„Vergiß nicht, heute haben wir um zwölf aus!"

Es muß einen Extraplatz im Fegefeuer für Halbtags-Direktorinnen geben!

Feind Nummer zwei auf meiner Liste ist der Klempner, der verspricht, am Dienstag zu kommen, aber zu erwähnen vergißt, daß er den letzten Dienstag im Dezember gemeint hat. Seinen Ehrentitel teilt er sich mit dem Tapezierer, der eine halbe Wand bearbeitet und eine viertägige Frühstückspause macht, sowie mit dem Tischler, der Kleinkindern zeigt, wie man Reißzwecke zwischen den Zähnen hält.

Andere liebe Feinde sind:

Die Empfangsdame des Arztes, die mir und zwölf anderen Patienten einen Termin für ein Uhr gibt, obwohl sie doch weiß, daß der Doktor erst um zwei kommt. Wir dürfen den Arzt nicht warten lassen, nicht wahr? Nein? Warum nicht? Es wäre interessant zu erfahren, was mit einem Arzt passiert, den man warten läßt. Begeht er Selbstmord? Beantwortet er seine Anrufe? Füllt er seine Versicherungsformulare aus? Mir scheint, die Welt wäre eine bessere, wenn die Empfangsdame des Arztes die Termine für drei ansetzte, wenn sie weiß, daß der liebe Herr Doktor um zwei kommt.

Krankenhausangestellte, die meinen Namen wissen wollen, meine Adresse, meine Sozialversicherungsnummer, meinen Versicherungsagenten, meinen Kontostand und die Bingo-Gewinne von gestern abend, bevor sie jemanden rufen, der die Blutung stoppt.

Leute, die mich zwei-, drei- oder sogar viermal meinen Namen buchstabieren lassen und dann sagen: „Danke, Mrs. Bloomington."

Es sind nicht nur *Menschen,* die auf meiner Feindesliste stehen; es sind auch Dinge und Theorien.

Obenan unter den Dingen, die ich am meisten hasse, rangieren Computer, ganz besonders der Computer, der, zwei Wochen nachdem ich die Rechnung bezahlt habe, eine dringende Zahlungsaufforderung schickt. Es würde mich nicht so sehr stören, wenn mir der Computer eine simple Rechnung mit der simplen Feststellung schicken wollte: „Bezahlen Sie jetzt", gezeichnet: „Ein Computer". Aber das tut er nicht. Er beleidigt meine Intelligenz, indem er mir einen „persönlichen" Brief schickt, vorgedruckt natürlich, mit offenkundig eingefügten vertraulichen Hinweisen für „Mrs. Bloomingda." Dieser Computer hat nur eine halbe Million Dollar gekostet, müssen Sie wissen; Sie können von so einem billigen Ding nicht erwarten, daß es genug Spatien für einen Namen mit zwölf Buchstaben hat. Dann treibt er die Beleidigung noch weiter und zeichnet mit einer blumigen, immer weiblichen Unterschrift, wie „Sue Slater". Da ich keine Feministin bin, würde ich wahrscheinlich gehorsam einem „Sam Slater" antworten, aber von so einem kleinen Mädchen lasse ich mich doch nicht einschüchtern! Sue Slater kann sich an ihren Transistoren aufhängen.

Letztes Jahr wurde uns plötzlich aus irgendeinem unerklärlichen Grund eine Zeitschrift zugesandt, von der wir nie gehört, die wir nicht bestellt hatten und die wir auch nicht lesen wollten. Brave, ehrliche Leute, die wir sind, schickten wir sie zurück und legten einen Brief bei, in dem wir erklärten, daß da ein Irrtum vorliegen müsse; wir hätten diese Zeitschrift nicht bestellt, aber dankeschön jedenfalls. Wir erhielten keine weiteren Exemplare der Zeitschrift, aber in den nächsten zwölf Monaten bekamen wir ständig Rechnungen zugeschickt, dann folgten gestrenge Briefe von Inkasso-Büros, und schließlich erreichte uns auf teurem Briefpapier ein formelles Schreiben einer New Yorker Rechtsanwaltskanzlei, die uns mitteilte, daß sie damit beauftragt sei, dem Gericht das Klagebegehren vorzulegen.

„Abzulegen!" schrie ich meinen Papierkorb an, als ich den Brief hineinfallen ließ.

Während ich mich schon darauf freute, zur Verhandlung nach New York beordert zu werden (würde ich Zeit für ein paar Broadway-Shows haben?), sagte mir mein Mann, ich solle mich nicht darauf verlassen, und er hatte wie immer recht. Es gab keine Vorladung. Doch es kamen noch vier Briefe des Anwaltsbüros, einer drohender als der andere, aber der letzte Brief war der Knüller. Der Rechtsexperte „teilte bedauernd mit", er müßte die Gesellschaft davon verständigen, daß wir ihre Rechnung ignorierten. Irgendwie war diese Information nicht dazu angetan, den Abonnementpreis aus mir herauszuschütteln.

Ich war neugierig zu erfahren, wie angesehen diese Anwaltskanzlei war, doch als ich in einem einschlägigen Handbuch darüber nachlesen wollte, konnte ich sie nicht finden. Mein juristisch gebildeter Mann erklärte mir das. Anscheinend sind Computer, so legal sie auch sein mögen, selten zur Anwaltskammer zugelassen.

Unter den von mir am meisten gehaßten Dingen befinden sich auch Filme, in denen der bereits mittelalterliche Held mit einer zwanzigjährigen Heldin ins Bett fällt. Dabei stört mich weniger der Sex, als der Altersunterschied. Denken Sie doch einmal darüber nach. Sehen Sie jemals James Garner, Paul Newman, Jack Lemmon, Burt Lancaster, James Coburn oder Charlton Heston als Partner von Doris Day, Joan Fontaine, Rosemary Clooney, Jeanne Crain, June Haver oder Ann Blythe? Nein, natürlich nicht. Paul Newman buhlt um Kathryn Ross, während Charlton Heston „backe, backe Kuchen" mit Karen Black spielt, und Burt Lancaster lüsterne Blicke (durch bifokale Kontaktlinsen, zweifellos) auf Jacqueline Bisset wirft. Und wo sind unterdessen Doris, Joan, Rosie, Jeanne, June und Ann? Sie haben sich in mittleren Jahren mit den Erinnerungen an *ihre* Filmliebhaber zurückgezogen: James Stewart, Cary Grant, Bing Crosby, Dana Andrews, Fred Astaire und Joseph Cotten. Ehrlich gesagt, ich möchte einen Film sehen, der eine feurige Liebesszene zwischen Bette Davis und John Travolta zeigt. Das würde nicht nur die Tatsache erhärten, daß eine Romanze zwischen Mai und Dezember genau so lächerlich ist wie eine zwischen Dezember und Mai, aber es wäre so amüsant zu hören, was Bette Davis über Kinohelden und -heldinnen zu sagen hat, die ... unverheiratet! miteinander ins Bett gehen.

Weiters hasse ich die Werbespots im Fernsehen. Nicht die leicht durchschaubaren, die den menschlichen Körper in lebhaften Farben und verschiedenen Stadien von Übelkeit, Verstopfung, Blutandrang oder bei der Kopfwäsche unter der Dusche zeigen (die verachte ich!), sondern diejenigen, die meine Kinder dazu bewegen, in die Küche zu stürzen und zu schreien: „Gib mir, hol mir, bring mir, kauf mir!"

Diese Werbesendungen laufen in der weihnachtlichen Einkaufssaison (die jetzt etwa um den 4. Juli beginnt) alle zehn Minuten. Sie wissen, welche Werbesendungen ich meine:

„Hallo, ihr Kleinen! Es ist schon fast Weihnachten! Bittet den Weihnachtsmann, euch den Fixgleiter-Schlitten zu bringen, und sagt ihm, er soll auch allen euren Brüdern und Schwestern Schlitten bringen! Ihr könnt so viel Spaß auf euren Fixgleiter-Schlitten haben.

Nur neunundneunzig Dollar plus Mehrwertsteuer. In den Staaten, in denen es schneit, ein bißchen mehr."

Oder: „Bittet Mami, euch eine ‚Fleißiges Lieschen'-Puppe zu kaufen. Das ‚Fleißige Lieschen' geht, spricht, ißt, trinkt, singt, flucht und wird älter — vor euren Augen." (Das tut Mami schon; wer braucht Lieschen?) „Das ‚Fleißige Lieschen' kostet nur 9 Dollar 95... Angekleidet 79 Dollar 50."

Oder: „Sagt eurem Papi, ihr müßt das super-kolossale, maßgefertigte Zehngang-Rad mit Rennsattel, psychedelischen Scheinwerfern, CB-Funk, Nachtsicht-Spiegeln und abnehmbaren Übungsrädern haben. Nur 495 Dollar, nicht zusammengesetzt."

Zu den von mir bestgehaßten Theorien gehört Darwins Evolutionstheorie, und die von einem Astronomen des Technologischen Instituts von Kalifornien aufgestellte These, daß die Erde sechzehn Billionen Jahre alt sei. (Er hat sich für einen früheren Irrtum entschuldigt; 1961 hatte er behauptet, die Erde sei nur zehn Billionen Jahre alt.)

Darwin glaubte — wie jedermann weiß —, daß wir alle von den Affen abstammen. Ist das nicht albern? Ich weiß nicht, wo er diese Theorie her hat, außer er kannte vielleicht den Onkel Harry meiner Freundin Gloria. Ich will ja zugeben, daß es in *physischer* Hinsicht eine entfernte Ähnlichkeit zwischen Mensch und Affe geben kann, aber wenn Sie einen Vergleich in geistiger Hinsicht ziehen, ist die Theorie keinen Schuß Pulver wert. Haben Sie je einen Affen gesehen, der blöd genug ist, den ganzen Samstagnachmittag damit zu verbringen, nach einem kleinen Ball zu schlagen und ihm über einen heißen, feuchten, hügeligen Golfplatz zu folgen? Oder einfältig genug, um vier Stunden lang still und stumm vor der Glotze zu sitzen? Oder verdorben genug, um bei den

„Sex Pistols" vor Begeisterung in Ohnmacht zu fallen? Ich finde, Darwin sollte sich bei den Affen entschuldigen.

Was den Burschen betrifft, der denkt, daß die Welt sechzehn Billionen Jahre alt ist (oder auch nur zehn Billionen — was sind schon sechs Billionen mehr oder weniger? Niemand ist vollkommen), so muß der arme Kerl total übergeschnappt sein, weil jedermann weiß, daß die Erde erst sechstausend Jahre alt ist. Woher ich das habe? Von der Ehrwürdigen Mutter Heydel. Ich war damals in der ersten Klasse. Sie erklärte uns, Christus sei vor zweitausend Jahren geboren worden, und die Welt habe viertausend Jahre auf Sein kommen gewartet, und jeder Idiot weiß, das macht zusammen sechstausend.

Natürlich ist mir klar, daß Gott das Universum hätte schaffen und dann eine Weile zuwarten können, bevor er den Menschen schuf; doch ich habe das Gefühl, daß Er, hätte er zuerst das Universum geschaffen und dann 15,999,994.000 Jahre damit verbracht, über die Erschaffung des Menschen nachzusinnen, es sich vielleicht anders überlegt hätte. Bestimmt hat Er sich in den vergangenen sechzehn Billionen oder sechstausend Jahren gefragt, ob es überhaupt eine sehr gute Idee war.

Ein Lieblingsgegenstand meines Hasses ist die Theorie, wonach Gesundheit, Glück und vielleicht sogar die ewige Seligkeit nur durch körperliches Training erreicht werden können — besonders dadurch, daß man in einem muffigen Trainingsanzug um sechs Uhr früh zwölfmal um den Häuserblock joggt. Ich habe nichts gegen Jogger, wenn sie einfach *joggen* und danach den Mund halten. Aber sie müssen immer damit prahlen, prahlen, prahlen. Wie meine Freundin Freda. Bei jeder Gelegenheit erzählt mir Freda, wie wunderbar sie sich fühlt, weil sie um 5.30 Uhr aufgestanden ist, hundert Liegestütze gemacht und eineinhalb Kilometer gejoggt ist, bevor sie das Frühstück gerichtet, die Lunchpakete gepackt und die Kinder zur Schule geschickt hat. Toll. Das kann jeder. Die wirkliche Leistung besteht darin, daß man aufsteht – zwanzig Minuten nachdem der Wecker geläutet hat –, Frühstück macht, die Imbisse packt, die Kinder zur Schule schickt und wieder zu Bett geht, ohne auch nur das zweite Auge zu öffnen. Versuchen Sie das, wenn Sie sich wundervoll fühlen wollen.

Die Fitness-Sucht wird die Welt zugrunde richten; die moderne Generation wird zu Idioten heranwachsen. Es werden vielleicht gesunde Idioten sein, aber nichtsdestoweniger Idioten. In der guten alten Zeit verbrachten Schulkinder fünfeinhalb Stunden des Tages im Klassenzimmer, und eine halbe Stunde hatten sie Pause, während der sie sich hinter die Turnhalle schlichen und Camel-Zigaretten rauchten – eben gute, normale, amerikanische Kinder. Jetzt verbringen sie eine halbe Stunde im Klassenzimmer und fünfeinhalb Stunden damit, Liegestütze zu machen, Gewichte zu heben und einander auf der Aschenbahn rund um den Sportplatz zu jagen. Fühlen sie sich deshalb wundervoll? Oh nein. Sie sind dann bloß zu erschöpft, um die Mülleimer auszuleeren, wenn sie von der Schule nach Hause kommen.

Ich bin nicht gegen Sport, Sie verstehen. Ich bin nur gegen Sport als Selbstzweck. Leibesübungen für einen bestimmten Zweck unterstütze ich voll und ganz. Warum läßt man einen Zweitklasser wertvolle Schulzeit mit Kniebeugen verbringen, wenn es zweimal so zuträglich wäre, ihn nach Hause zu schicken, damit er sein Pensum Holz hackt? Tennis und Volleyball entwickeln vielleicht die Schultermuskeln, aber das tut auch Fensterreinigen. Einer meiner Söhne verbringt neunzig Minuten am Tag mit Gewichtheben. Ich warte schon eine Woche darauf, daß er mir das Sofa hochhebt, damit ich darunter staubsaugen kann. Ein anderer Sohn muß jeden Tag zur Schule gefahren werden, damit er genug Energie für den Geländelauf hat. Und würde mir bitte jemand erklären, warum ein Mädchen, das eine Stunde pro Tag ohne Schaden in einem mit Chlor versetzten, chemisch verseuchten Swimmingpool verbringen kann, einen Nesselausschlag bekommt, wenn sie ihre Hände in Spülwasser taucht?

Derzeit führend auf meiner Haßliste ist der Schwachsinnige, der die Viertagewoche in den Schulen der Vereinigten Staaten einführen will. Wenn sich die Viertagewoche durchsetzt, setze ich mich ab. Können Sie sich vorstellen, was es bedeuten würde, die lieben Kinderchen jede Woche gleich *drei* lange Tage zu Hause zu haben? Eine nationale Katastrophe. Ich weigere mich absolut, entschieden und hundertprozentig, auch nur daran zu denken, geschweige denn, mich damit abzufinden.

Aber meine Kinder sagen mir, ich muß, denn obwohl die Regierung diesen Vorschlag noch nicht zum Gesetz erhoben hat, wünscht die Schuldirektorin, daß wir uns jetzt schon seelisch darauf vorbereiten.

Nun raten Sie, wer wieder ganz oben auf meiner Feindesliste steht?

25

Wie man mit Jugendlichen fertig wird

Die Theologen sind schon wieder an der Arbeit.

Erinnern Sie sich an die gute alte Zeit, als „Theologen" Kirchenlehrer waren — weise, fromme Männer, die ihre Zeit mit Beten und Lehren verbrachten, und damit, uns Gottes Verhältnis zur Welt zu erklären?

Die modernen Theologen dürften sehr wenig Zeit zum Beten und zum Lehren haben, weil sie so viel Zeit aufs Streiten verwenden. Ich nehme an, auch die Theologen von gestern haben gestritten, aber sie hatten genug Verstand, in thomistischen Floskeln zu streiten, die niemand verstand, also brauchten wir uns nicht um sie zu kümmern. Die heutigen Theologen streiten in der Alltagssprache, die auch der gewöhnliche Mann versteht, was natürlich bedeutet, daß sich der gewöhnliche Mann in den Streit einmischt, und das wiederum regt die gewöhnliche Frau auf. Nämlich mich.

Ich habe das ganze letzte Jahr über zugehört, wie mein gelehrter Sohn fernmündliche Diskussionen mit Theologen führte, die sich anscheinend weniger Gedanken um Gott und Sein Verhältnis zur Welt machen, als um Probleme wie: War Jesus ein Einzelkind? Also wirklich, ich wäre gern ein Theologe. Es muß wunderbar sein, Zeit zu haben, um herumzusitzen und sich über die mögliche Existenz eines Bruders oder einer Schwester Jesu den Kopf zu zerbrechen.

Tatsächlich — ich könnte diesen Theologen eine Menge Zeit ersparen, wenn sie nur auf meine Theorie hören wollten, die da lautet: Jesus hatte keine Brüder und Schwestern, und der Beweis dafür liegt in der Tatsache, daß Er für die Prägung des Ausdrucks „brüderliche Liebe" verantwortlich ist. Jeder, der in einer großen Familie aufgewachsen ist, weiß, daß hier eine Unvereinbarkeit der Begriffe vorliegt. „Vetterliche Liebe" ... „nachbarliche Liebe" ... vielleicht sogar „schwesterliche Liebe" ... aber „brüderliche Liebe"? Das kaufe ich einfach niemandem ab.

Als Mutter von sieben Söhnen habe ich in den letzten zwei Jahrzehnten „brüderliche Liebe" beobachtet, und wenn das Liebe sein soll, dann verschont uns bitte damit.

Erst letzte Woche wurde mir der Ausdruck „brüderliche Liebe" vor Augen geführt, als Mike sich Johns neue Jacke lieh und im College vergaß. Es wurden zwar keine liebevollen Schläge ausgetauscht, wohl aber viele liebevolle Ausdrücke.

In welchem Alter beginnen Brüder, einander zu hassen? Bestimmt nicht von Geburt an. Als unsere zwei Ältesten, Lee und John, noch klein waren, schienen sie unzertrennlich. Sie aßen gemeinsam ihre Mahlzeiten, zerbrachen gemeinsam ihre Spielsachen, stahlen gemeinsam Kekse, trieben Mutter gemeinsam zum Wahnsinn. Sie schliefen sogar gemeinsam; getrennte Schlafzimmer kamen für die beiden nicht in Frage. Sie wollten sich *gemeinsam* vor der Dunkelheit fürchten.

Als Lee mit der Vorschule anfing, heulte John aus Verzweiflung und wartete ungeduldig darauf, daß Lee nach Hause käme, um von seinen neuesten Kindergartenstreichen zu erzählen.

In der ersten Klasse lernte Lee lesen, nahm stolz seine Abc-Fibel und las seinem entzückten kleinen Bruder vor, der jedes Wort verschlang (und der vor noch nicht allzu langer Zeit, als man ihn fragte, ob er den Film „Dick und Jane" mit George Segal und Jane Fonda sehen wolle, antwortete: „Nein, ich hab das Buch gelesen.").

Als die beiden sieben und acht Jahre alt waren, bettelten sie darum, derselben Pfadfindergruppe beitreten zu dürfen, wurden Mitglieder desselben Baseballteams und waren bei jedem Spiel einer des anderen größter Fan.

Während ihrer Grundschuljahre teilten sie sich Comics-Hefte und Kleidungsstücke, und sogar die Sorgen. Wenn John einen ekelhaften Lehrer hatte, fühlte Lee mit ihm; er hatte im vergangenen Jahr denselben Lehrer gehabt. Wenn Lee dafür bestraft wurde, daß er sein Fahrrad die ganze Nacht draußengelassen hatte, fühlte John mit ihm. (Es war seine Schuld gewesen.) Sie teilten sich die Abneigung gegen Arithmetik, Waschen und Haushaltspflichten, und die Liebe zu Tieren, Radtouren und Basketball. Sie schafften es sogar, mit einem einzigen Basketball auszukommen!

Es war eine wunderschöne Beziehung. Und eine vorübergehende.

Das Unvermeidliche geschah. Lee wurde dreizehn, und plötzlich war sein zwölfjähriger Bruder ein Quälgeist, eine Pest, ein kleines Kind! Warum mußte er die ganze Zeit hinter ihm herrennen? Konnte man denn nie ein bißchen ungestört sein?

Als sie vierzehn und fünfzehn waren, haßte John Lee, weil er älter und größer und Oberschüler im 2. Jahr war (wer will schon ein blutiger Anfänger sein?), und Lee haßte John, weil er nicht so viele Hausaufgaben hatte und man nicht von ihm erwartete, daß er eine Teilzeitarbeit annähme — und um Himmels willen, warum beklagt er sich überhaupt, er hat nicht einmal Akne!

Im folgenden Jahr, mit fünfzehn und sechzehn, haßte

John Lee, weil er jetzt Auto fahren durfte; und vierzehn Monate später haßte Lee John, weil *er* jetzt fahren durfte und sie sich den Wagen teilen mußten.

Sie führten ständig Krieg um die Benützung des Telefons, des Fernsehers, der Stereoanlage, des Basketballs und des Golfschlägers ihres Vaters. Sie höhnten einander wegen des Krächzens ihrer mutierenden Stimmen, der Geschwindigkeit (oder des Mangels an derselben), mit der ihr Bart wuchs, der Schönheit (oder des Mangels daran) ihrer jeweiligen Freundinnen, und ihrer (jedenfalls mangelnden) Begabung im Chauffieren meines Wagens.

In dem erfolglosen Bemühen, die andauernden Konflikte zu vermeiden, schickten wir sie auf verschiedene High Schools. John besuchte eine Privatschule, Lee eine Klosterschule. Die traditionelle Rivalität zwischen den beiden Schulen tobte durch unseren ganzen Alltag; die Jesuiten waren seit dem sechzehnten Jahrhundert gewiß nicht mehr einer solchen Verfolgung ausgesetzt! Erstaunlicherweise hat die Kirche überlebt; und, was noch erstaunlicher ist, auch unsere Jungen.

Als Lee die High School beendete, hörte das Schreien und Brüllen auf. Beschäftigt mit den Vorlesungen am College, Teilzeitarbeit und einer neuen Liebe, war Lee zu sehr in Anspruch genommen, um John zu quälen, der von der plötzlichen Ruhe geradezu überwältigt war. Sie saßen am selben Eßtisch und im selben Wagen, doch ihre ganze Konversation bestand aus:

„Wie geht's" und „Ganz gut."

Dann beendete John die High School, und zu meinem Erstaunen fand danach ein richtiges Gespräch zwischen den beiden Brüdern statt.

„Was hältst du von der Universität von Nebraska in Omaha?" fragte John Lee, der gerade sein erstes Jahr dort beendet hatte.

„Ist in Ordnung", antwortete Lee, „aber die Vorlesungen sind ziemlich schwierig, und die Professoren auch."

Worauf John sich an der Universität von Nebraska in Lincoln einschreiben ließ.

Und dann waren sie plötzlich, im Handumdrehen, erwachsen. Jetzt, da sie in den Zwanzigern sind, haben sie irgendwie wieder an die guten Beziehungen von früher angeknüpft. Sie tauschen Ideen aus, leihen einander Geld, fragen einander um Rat. Wenn sie — selten genug — zusammenkommen, reden sie stundenlang miteinander. Wenigstens glaube ich, daß sie reden; ich weiß es nicht genau, weil ich kaum Zeit habe, zuzuhören. Ich bin zu sehr beschäftigt, die Ausbrüche brüderlicher Liebe unter ihren acht jüngeren Geschwistern zu schlichten.

Gott sei Dank habe ich diese jüngeren Geschwister noch bei mir; sie bieten mir die großartige Gelegenheit, alle Theorien anzuwenden, die ich durch die Fehler an meinen ersten beiden gelernt habe. Euch Feiglingen, die bei zwei Kindern stehengeblieben sind, verrate ich hiemit, wie man mit Jugendlichen fertig wird:

1. Kaufen Sie Ihrem Teenager einen Wecker. Was er am meisten an Ihnen haßt, ist, daß Sie ihn morgens aufwecken.

2. Wenn Ihr halbwüchsiger Sprößling abends ausgeht, führen Sie einen exakten Zapfenstreich ein. „Komm früh nach Hause" wird als „früh am Morgen" interpretiert. Etwa vier Uhr früh.

3. Kritisieren Sie niemals die Freunde Ihrer Kinder. Der Freund oder die Freundin ist vielleicht ein ausgesprochener Blindgänger, aber Ihre feindselige Haltung wird die Beziehung nur festigen. Enthalten Sie sich jedes Kommentars, und Ihr Kind wird seinen Kumpel schließ-

lich fallenlassen ... der später meist zu einem klugen, reichen, wundervollen Menschen heranwächst.

4. Lesen Sie nie Briefe, Notizen oder Tagebücher Ihres Kindes. Sie sind vielleicht modern genug, um die sexuellen Phantasien zu akzeptieren, aber Sie werden nie imstande sein, die Grammatik, die Rechtschreibung und die Interpunktion zu verdauen.

5. Wenn sie schon überredet werden, eine eigene Telefonleitung für Ihre Teenager installieren zu lassen, dann ja nicht ins Schlafzimmer des Jugendlichen! (Sie werden ihn/sie nie mehr herausbekommen), oder in der Küche (Sie werden ihn/sie nie mehr hinausbekommen). Lassen Sie die Leitung in die Waschküche legen. Das wird die Telefonate auf zehn Minuten beschränken, da kein Teenager länger den Anblick eines Bügelbretts ertragen kann.

6. Wenn er/sie Ihren Wagen fährt, setzen Sie den Benzinanzeiger außer Betrieb. Die Kinder werden nie wissen, wieviel noch im Tank ist, und jedesmal gezwungen sein, zu tanken, wenn sie Ihren Wagen nehmen. (Sorgen Sie sich nicht darum, daß Ihnen das Benzin ausgeht, wenn *Sie* den Wagen nehmen; wenn Sie Teenager mit Führerschein haben, werden Sie den Wagen nie *haben.*)

7. Wenn Sie das Mädchen nicht ausstehen können, mit dem er sich trifft, sagen Sie ihm, wie süß sie ist; wenn Ihnen der Junge zuwider ist, in den sie sich verknallt hat, laden Sie ihn zum Abendessen ein... zusammen mit der ganzen Familie.

8. Wenn Sie wollen, daß Ihre Teenager ein spezielles Buch oder einen Zeitungsartikel lesen, verstecken Sie diese Lektüre in der — „ganz privat, streng vertraulich, geht mir da hinein, und ich reiße euch den Kopf ab" — Schreibtischlade des Vaters. Wenn Sie etwas haben, das die Kinder nicht sehen oder lesen sollen, legen Sie es in den Bügelkorb.

9. Um Ihres Teenagers Seelenfriedens willen — gehen Sie niemals ohne Erlaubnis in sein oder ihr Schlafzimmer. Um Ihres eigenen Seelenfriedens willen — gehen Sie niemals hinein, Punkt.

10. Wenn Ihr Teenager droht, von zu Hause auszuziehen, sagen Sie nicht: „Fein, ich helfe dir packen." Ihr Sprößling wird sie nicht nur beim Wort nehmen, er/sie wird sich auch Ihren besten Koffer ausleihen wollen. Sagen Sie lieber: „Okay, deine kleine Schwester wartet ohnehin schon mit Sehnsucht darauf, daß sie dein Zimmer bekommt." (Vorsicht: Ihr Teenager zieht dann vielleicht *nie mehr* aus.)

Teenager haben einen Kardinalfehler; sie werden eines Tages zwanzig, und dann macht es keinen Spaß mehr mit ihnen. Sie werden fleißig und ernsthaft, motiviert und reif, und schrecklich intolerant gegenüber ihren kleinen Geschwistern.

Eines unserer jüngeren Kinder sagte kürzlich von seinem gerade erst zwanzig gewordenen Bruder:

„Wenn ich irgend jemand nicht ausstehen kann, dann ist es ein geheilter Jugendlicher."

26

Ich freue mich ebenfalls, Sie wiederzusehen, Euer Ehren

„Sieh dir doch den süßen kleinen Jungen an", sagte meine Freundin Sue, als wir einer jungen Mutter zusahen, die ihren Säugling im Wartezimmer des Kinderarztes an sich drückte.

„Wie kommst du darauf, daß dieses Baby ein Junge ist?" fragte ich Sue. „Dieses Kind steckt vom Hals bis zu den Zehen in einem blütenweißen Strampelanzug. Nichts Blaues, nichts Genaues. Es könnte ein Mädchen sein, weißt du."

„Nichts da", antwortete Sue überzeugt. „Es ist ein Junge. Beobachte seine rechte Hand. Siehst du, wie sie nach den Autoschlüsseln greift? Und der rechte Fuß; er streckt sich bereits nach einem Gaspedal aus. Dieses Kind ist noch keine drei Monate alt, und schon will er fahren. Es ist natürlich ein Junge."

„Sei nicht komisch, Sue", sagte ich lachend, „dieses süße Baby dort drüben in dem rosa Hemdchen ballt die Faust und stößt mit den Füßen. Wie erklärst du dir das?"

„Da gibt es zwei mögliche Erklärungen", antwortete Sue, deren neun Söhne zwei Schwestern haben, „das ist der erste Junge nach neun Mädchen, und seine Mutter will für einen einzigen Sohn keinen blauen Anzug kaufen, oder es *ist* ein Mädchen, das sich im Fäusteschütteln nach männlichen Fahrern übt — oder noch wahrscheinlicher, es übt sich darin, auf imaginäre Bremsen zu treten, als Vorbereitung für den Tag, an dem ihre eigenen Söhne fahren werden."

Da ich fünf Söhne im Autofahrer-Alter habe, möchte ich die Tatsache bezeugen, daß alle Jungen bereits als Autofahrer geboren werden. Ich entdeckte das an dem Tag, an dem ich unseren erstgeborenen Sohn zu seiner ersten Fahrstunde ans Steuer ließ. Es war mir irgendwie gelungen, diese schreckliche „Lernerlaubnis" zu umgehen, als er fünfzehn war, und ich hatte die Fahrstunden tatsächlich bis zu seinem sechzehnten Geburtstag hinausgezögert. An diesem Tag führte ich ihn widerstrebend zum Wagen hinaus, händigte ihm die Schlüssel aus, und bevor ich noch meinen Gurt befestigen konnte, war er schon mit mir aus der Zufahrt hinaus und die Straße hinunter geschwirrt. Als wir zur ersten Kreuzung kamen, hatte er mich bereits überredet, ihn zur Fahrprüfungskommission zu begleiten, „nur um zu sehen, ob ich die Prüfung bestehen kann". Natürlich bestand er mit Auszeichnung und versetzte mir dadurch einen solchen Schock, daß ich mich von ihm zu Hause absetzen ließ – „Ich fahre zu den Jungs und zeige ihnen, daß ich endlich meinen Führerschein habe; ich komme zeitgerecht zum Abendessen nach Hause." (Er kam zeitgerecht fürs College am nächsten Morgen nach Hause.)

Als ich ins Haus kam, fragte ich meinen Mann: „Was glaubst du, wo und wann dieser Junge fahren gelernt hat?" Mein Mann, der, entgegen der Meinung seiner Kinder, auch einmal sechzehn war, sah auf und sagte: „Müssen Kinder fahren lernen? Ich dachte, sie könnten es."

Nein, jedes kann nicht fahren – das stellte ich fest, als ich unsere älteste Tochter zu ihrer ersten Fahrstunde mitnahm – vier Jahre und vier ältere Brüder danach.

Als Mary sich hinter das Lenkrad setzte, legte sie vorsichtig die Hände darauf und fragte:

„Was ist das?"

„Das ist das Lenkrad, natürlich", sagte ich ihr. „Du weißt doch sicher, was ein Lenkrad ist."

„Woher soll ich das wissen? Ich bin noch nie vorn gesessen."

„Also gut", seufzte ich, als wir die Gurten befestigten, „starte."

„Wie?"

„Mit dem Schlüssel!"

„Oh" – ihr Gesicht erhellte sich –, „braucht man einen Schlüssel?"

Ich weiß nie, wann Mary mir etwas vorspielt, aber ich hatte den Verdacht, daß ihre Begriffsstutzigkeit in diesem Fall echt war. Also versuchte ich geduldig, die einzelnen Handgriffe beim Lenken eines Autos zu erläutern ... und entdeckte, daß sie ihre Begriffsstutzigkeit von ihrer Mutter geerbt haben mußte. Ich konnte es nicht, und wenn Sie mir nicht glauben, stellen Sie sich vor, Sie sitzen auf dem Fahrersitz. Was ist der erste Schritt, der zweite, der dritte? Ha! Sie wissen es nicht, oder? Natürlich nicht; wir Autofahrer wissen nicht, was wir tun, wir *fahren* nur, um Himmels willen.

Aber ich versuchte es. „Steck den Schlüssel ins Zündschloß ... das Zündschloß ist dieser Schlitz da ... und dreh ihn um."

„Okay", antwortete sie und schickte sich an, den Starter zu Brei zu zermalmen.

„STOP!" schrie ich. „Versuch's nochmal, sachte."

„Was jetzt?" fragte sie, als der Motor summte.

„Leg den Rückwärtsgang ein und fahr rückwärts aus der Zufahrt... und *schau in den Spiegel!*"

„Ich *schaue* doch in den Spiegel!" sagte sie, als sie wuchtig auf die Bremsen trat. „Ich kann so nicht fahren!"

„Warum nicht?"

„Ich habe vergessen, Lip-Gloss aufzutragen. Du erwartest doch nicht von mir, daß ich mich ohne Lip-Gloss in der Öffentlichkeit zeige, oder?"

„Vergiß die Lippen und fahr! Fahr doch!"

Sie fuhr. Rückwärts auf die Straße hinaus und geradewegs auf den Rasen des Nachbarn.

„Stop!" schrie ich nochmals, bevor wir in die Veranda krachten. „Stell den Gang auf *Fahren* und fahr langsam auf die Straße zurück." Das tat sie, und da ich ihr nicht gesagt hatte, sie sollte *wenden*, glitten wir direkt in unsere Zufahrt zurück, wo ich ankündigte, daß die erste (und letzte) Stunde beendet sei.

Schließlich lernte Mary doch fahren, und zwar in einer ausgezeichneten Fahrschule, was vielleicht erklärt, warum sie die einzige unter unseren Teenagern ist, die noch nie vor dem Verkehrsrichter erscheinen mußte.

Ach ja. Ich habe so viel Zeit vor diesem Gericht zugebracht, daß mich der Richter nun schon beim Vornamen nennt. Die Vergehen lagen — das brauche ich wohl nicht zu erwähnen — keineswegs auf meiner Seite, außer man kann dafür bestraft werden, daß man zuviele Jugendliche zur gleichen Zeit — oder auch nur im selben Jahrzehnt — autofahren läßt. Die Klagen richteten sich gegen den einen oder anderen meiner Söhne, und weil damals noch alle minderjährig waren, mußten sie in Begleitung eines Elternteils oder beider Eltern erscheinen.

Mein rechtsgelehrter Mann überzeugte mich irgendwie davon, daß es unziemlich für ihn wäre, unseren jeweiligen Straftäter zu begleiten, denn er hatte während seiner Tätigkeit als Professor der Rechte den Staatsanwalt unterrichtet, alle seine Stellvertreter und möglicherweise sogar den Richter — je nachdem, welcher Richter an diesem Tag gerade Dienst hatte. Mein Mann meinte, sie könnten dann vielleicht zu seinen Gunsten voreingenommen sein, was ich wiederum großartig gefunden hätte, aber Sie wissen, wie Männer sind. Ich frage mich, welche Entschuldigung Väter gebrauchen, die nicht Rechtsgelehrte sind?

Jedenfalls erschien ich vier Jahre hindurch alljährlich vor dem Verkehrsgericht — eine höchst interessante Erfahrung, deren interessantester Aspekt der Umstand war, daß ich nie, aber auch nie jemanden sah, den ich kannte. Das schien ungewöhnlich, da die Strafanzeigen, die meine Teenager erhalten hatten, alle an einer Radarfalle ausgestellt waren, die in periodischen Zeitabständen in der Umgebung der High School errichtet wurde. Jedesmal, wenn die Falle aufgestellt war, wurden zwanzig oder dreißig Jungen erwischt und angezeigt, doch vor Gericht tauchte niemand auf außer den Bloomingdales. Ich erfuhr bald, daß die anderen Eltern einfach die Strafe bezahlten und ihre Sprößlinge auf ihre eigene Art bestraften, wenn überhaupt. Ich ziehe es vor, die Kinder die Sache vor Gericht ausbaden zu lassen. Vor einem schwarzgekleideten Richter zu stehen, Klageschriften zu hören, die von einem strengen Staatsanwalt verlesen werden, kann ein eindrucksvolles Lernerlebnis für einen jugendlichen Fahrer sein (und erst für seine Mutter). Außerdem wird der Elternteil, der in dem muffigen Gerichtssaal steht, dann achtzehn Dollar für die Strafe auslegen und die nächsten drei Abende damit verbringen muß, den Verbrecher zur Fahrschule zu chauffieren, den Vorfall nicht mit einem „Sieh zu, daß es nicht wieder vorkommt" abtun. Viel eher wird ein solcher Elternteil gedrängt sein zu sagen: „Wenn es wieder vorkommt, wirst du etwas erleben, daß dir Hören und Sehen vergeht." Oder schlimmer: „Ich nehme dir die Autoschlüssel weg."

Natürlich wäre es der ideale Zustand, die Kinder so

lange mit dem Fahrrad fahren zu lassen, bis sie alt genug sind, um sich selbst einen Wagen zu kaufen, selbst ihre Versicherung zu bezahlen und selbst den Weg zum Verkehrsgericht zu finden. Aber jedes Kind lernt fahren, und jedes Kind beginnt unweigerlich, seine Eltern zu drängen, ihm ein Auto zu kaufen.

Unser erstgeborener Sohn hatte an seinem sechzehnten Geburtstag noch nicht die Sonne untergehen gesehen, als er uns schon wegen eines Autos zu löchern begann. Er argumentierte, er *müsse* einen Wagen haben, da eine Teilzeitbeschäftigung nach der Schule jeden Nachmittag eine Fahrt von drei Kilometern nötig mache; „keinen Deluxe; nur irgendein altes Ding. Ich kann's mir selber herrichten."

Der Umstand, daß unser einziger Familienwagen selbst ein „altes Ding" war, das herzurichten er sich nie die Mühe gemacht hatte — und wäre er auch nur so weit gegangen, die Aschenbecher auszuleeren —, bedeutete keineswegs, daß er nicht aufrichtig war. Ich wußte, daß er Autos liebte und ein geschickter Mechaniker war. Seit seinem zwölften Lebensjahr hatte er freiwillig an dem Auto seines Großvaters gebastelt, an dem Auto seines Lehrers, an der alten Kiste seines Freundes, an dem Kombiwagen des Nachbarn und an jedem Auto, das er auf der Landstraße gestrandet fand. Aber er war immer zu beschäftigt gewesen, um sich mit der Limousine seines Vaters zu beschäftigen.

Dennoch hatte ich Verständnis für sein Ansinnen und sagte ihm das auch. Aber wir konnten uns einfach keinen zweiten Wagen leisten... und wenn, dann hätte ich gewiß nicht ein sechzehnjähriges Kind damit verwöhnt.

„Er weiß, wie ich über Kinder denke, die ein eigenes Auto besitzen", sagte ich zu meinem Mann, nachdem die Auto-Diskussion drei Tage lang getobt hatte. „Wie kommt er darauf, daß wir eine solche Idee auch nur in Erwägung ziehen könnten?"

„Ich werde dir sagen, warum er überzeugt ist, daß wir wegen des Wagens nachgeben werden", sagte mein Mann. „Als er sechs Monate als war, haben wir ihm ein kleines Plastikdreirad gekauft; mit achtzehn Monaten hatte er ein Baby-Dreirad und mit drei ein großes Dreirad. Als er fünf war, hast du ihm einen Roller geschenkt, und an seinem sechsten Geburtstag bekam er Rollschuhe. Ein Jahr später schenkte ihm sein Großvater ein Kinderfahrrad, und wenn er nicht damit fuhr, stand er auf seinem Skateboard. An seinem elften Geburtstag schenkten wir ihm ein Sportfahrrad, und als er vierzehn war, hat er seinem Großvater ein Zehngangrad herausgelockt. Dieses Kind hat sein ganzes Leben auf Rädern verbracht. Ich bin überrascht, daß er jemals gehen gelernt hat."

Ich möchte hier schriftlich festhalten: Wir haben dem jungen Lee kein Auto gekauft. Sein Großvater hat es getan.

Wenn Ihr Teenager einmal mit dem Autofahren anfängt, ziehen Sie den Telefonstecker heraus. Sonst werden Sie an den Wochenenden der nächsten fünf oder sechs Jahre nächtelang darauf warten, daß das Telefon klingelt und eine ängstliche Stimme sagt:

„Wir sind in Council Bluffs, und ich habe kein Benzin mehr." Oder: „Ich bin rückwärts in ein Auto hineingefahren, und der Polizist sagte, ich sollte dich lieber anrufen, weil du sonst vielleicht ausflippen würdest, wenn er es täte, und würdest du ihm bitte sagen, daß ich wirklich einen Führerschein habe? Ich habe ihn nur vergessen." Oder: „Ich hab der Krankenschwester gesagt, sie soll mir erlauben, dich anzurufen, weil du sonst glauben würdest, daß ich tot bin, und dabei hab ich mir nur ein Bein gebrochen." Oder: „Hi, Mami. Ich habe das Recht, die

Aussage zu verweigern, aber ich dachte, ich rede lieber und rufe dich an; weißt du, wie man zum Gefängnis kommt?"

Nicht viele Mütter werden ins Krankenhaus oder ins Gefängnis oder gar nach Council Bluffs gerufen, aber das schließt nicht aus, daß sie einen solchen Anruf *erwarten,* wann immer ihre Nachkommen den Wagen haben. Von dem Moment an, in dem einer von ihnen die Zufahrt verläßt, spürt sie einen Kloß im Hals, so lange, bis er fünf oder sechs Stunden später wieder in die Zufahrt einbiegt.

Väter leiden da nicht so. Sie lehnen es völlig ab, wach zu bleiben und sich um die theoretische Möglichkeit Gedanken zu machen, daß er (Vater) dem Kind, falls es anrufen sollte, zu Hilfe eilen und eventuell auf ein paar Stunden Schlaf verzichten müßte; daher schnarcht er lieber, solange er kann. Mein Mann vertritt auch die irrige Auffassung, daß ein Autofahrer nicht deshalb heil nach Hause kommt, weil man nervös auf und ab schreitet und sich Sorgen macht — was einfach lächerlich ist. Ich schreite und sorge mich schon seit Jahren, und ich kann Ihnen gar nicht sagen, wie oft unsere Kinder schon heil nach Hause gekommen sind.

Seltsamerweise schreite und sorge ich mich nie in den Stunden vor Mitternacht, in denen sich eigentlich die meisten Unfälle ereignen. Erst nach Mitternacht beginne ich mich aufzuregen, und wenn der Ein-Uhr-Zapfenstreich naht, zähle ich mir die verschiedenen Katastrophen auf, die eintreten könnten. So steigere ich mich in eine Panik hinein und verharre in diesem Zustand, bis der Sünder nach Hause gekommen ist, den Kopf durch die Schlafzimmertür gesteckt und geflüstert hat: „Ich bin zu Hause, Mami. 'Nacht."

Wenn er zwei Minuten nach eins nicht zu Hause ist,

gerate ich noch nicht in Panik, aber ich ärgere mich. Wo ist dieser Junge? Er weiß, ich will, daß er pünktlich ist. Warum konnte er nicht ein bißchen früher nach Hause aufbrechen? Hat es jemals einen Teenager gegeben, der heimkam, bevor er mußte?

1 Uhr 08. Aus dem Ärger wird Wut. Ich nehme an, das Benzin ist ihm ausgegangen. Verdammt nochmal, ich habe ihm gesagt, er soll volltanken. Wenigstens glaube ich, daß ich es ihm gesagt habe. Aber er hat doch sicher die Benzinanzeige kontrolliert. Oder nicht? Wie konnte er nur so blöd sein?

1 Uhr 15. Das Benzin ist ihm nicht ausgegangen. Da hätte er mich jetzt schon angerufen. Er hat einen verbeulten Kotflügel. Wenn dieser Kerl wieder in irgendein Auto hineingefahren ist, bringe ich ihn um. Warum kann er nicht besser aufpassen?

1 Uhr 25. Warum ruft er nicht an? Wenn er im Gefängnis wäre, würden sie ihn sicher anrufen lassen! Warum denke ich an solche Sachen? Er war noch nie im Gefängnis. Ich weiß, warum ich an solche Sachen denke. Weil ich lieber möchte, daß er im Gefängnis ist als im Krankenhaus. Da ist er, jawohl, im Krankenhaus! Es war kein verbeulter Kotflügel; es war ein schrecklicher Unfall, und er liegt verletzt und blutend in irgendeiner Erste-Hilfe-Station! Ist das eine Sirene, die ich da höre? Das ist der Rettungswagen! Sollte ich ihm folgen? Sollte ich anfangen, in den Krankenhäusern anzurufen? Nein. Ich darf die Leitung nicht blockieren. Man versucht vielleicht, mich zu erreichen.

1 Uhr 37. Ich habe nie gewußt, daß wir in einer so belebten Gegend wohnen. Dreizehn Autos sind seit ein Uhr unsere Straße heruntergekommen. Es ist blöd, daß ich hier am Fenster stehe und Autos zähle. Ich werde mich ins Bett legen und warten. Ich höre ja, wenn der

Wagen in die Zufahrt einbiegt; ich werde das Scheinwerferlicht sehen. Ich habe nie gewußt, daß ich ein so feines Gehör besitze; ich kann Autos aus einer Entfernung von einem Kilometer hören. Wo fahren die alle hin um diese Zeit? Warum fahren sie nicht nach Hause und gehen zu Bett? Warum kommt *er* nicht nach Hause und geht zu Bett?

1 Uhr 42. Scheinwerferlicht, endlich! Aber warte... nein, es ist nur jemand, der in unserer Zufahrt wendet. Wie kann er es wagen? Es müßte ein Gesetz dagegen geben, daß jemand in der Zufahrt einer Mutter wendet, deren halbwüchsiges Kind noch mit ihrem Wagen draußen ist.

1 Uhr 45. So spät ist er noch nie gekommen. Das Telefon. Es wird klingeln. Ich weiß, es wird klingeln. Und es wird die Polizei sein, die mir sagt, daß ich kommen und die Leiche identifizieren soll. Bitte, Gott, laß das Telefon nicht klingeln. Vielleicht, wenn ich es andauernd ansehe, bleibt es stumm.

1 Uhr 50. Ich halte das nicht aus. Ich muß herausfinden, wo er ist. Mit wem ist er ausgegangen? Sally. Ich werde bei Sally anrufen und fragen, ob sie schon zu Hause ist. Aber was, wenn Sally *noch nicht* zu Hause ist und Sallys Mutter wartet und aufs Telefon starrt, damit es nicht klingelt? Das kann ich einer anderen Mutter nicht antun.

1 Uhr 57. Oh, lieber Gott, bitte laß ihn nach Hause kommen. Bitte mach, daß ihm nichts zugestoßen ist. Es tut mir leid, daß ich gesagt habe, ich bringe ihn um. Da habe ich etwas Schreckliches gesagt! Und es tut mir leid, daß ich gesagt habe, er ist blöd. Er ist nicht blöd. Er ist ein guter Junge. Es geht mir nicht um das Auto, Gott. Du kannst das Auto haben. Es stört mich nicht, daß es ein Schrotthaufen ist, wenn Du nur machst, daß es ihm

geht. Wenn Du ihn gesund nach Hause kommen läßt, werde ich nie mehr mit ihm schreien...

2 Uhr. „Ich bin zu Hause, Mami. 'Nacht."

„WO IN GOTTES NAMEN BIST DU GEWESEN?" (Ich weiß, lieber Gott, aber was hast Du erwartet?)

„He, Ma, hast du vergessen? Sommerzeit! Heute war der letzte Sonntag im Oktober", sagte er fröhlich. „Wir müssen die Uhren zurückstellen, also habe ich diese zusätzliche Stunde ausgenützt!"

„Ich weiß Bescheid über die Sommerzeit", grollte ich, „und am letzten Sonntag im Oktober stellen wir die Uhren vor!"

Oder zurück? Wie lautet der alte Spruch: „Im Frühling lauf vorwärts, im Herbst schau zurück"... oder heißt es: „Lauf vorwärts im Herbst, schau im Frühling zurück"?

Ist jetzt Frühling oder Herbst?

Ich muß unbedingt mehr schlafen.

Achter Teil

Großmutter hat mir alles gesagt,
so, daß ich nicht zu zweifeln gewagt...

Wie sie doch gelogen hat!
MARY MAPES DODGE, „The Minuet"
aus *101 Famous Poems,* zusammengetragen von Roy Cock

27

Verwirrende Parabeln

Ich weiß nicht, wer der Bursche ist, der für die Übersetzung der Bibel in die heutige Sprache verantwortlich zeichnet, doch wer immer es ist — ich hoffe, er verbringt hundertmal vierzig Tage im Fegefeuer, wo er versuchen muß, die neue, „leicht verständliche" Version einem Haufen Kinder zu erklären.

Als ich noch ein Kind war, lasen wir täglich in der Bibel (der Legende zum Trotz, daß Katholiken nie die Heilige Schrift lesen), allerdings wurde uns von „eigenen Interpretationen" abgeraten. Es gab einen Grund dafür, und der war nicht die mittelalterliche (oder vormittelalterliche) Sprache der Heiligen Schrift; es war der Umstand, daß es gewisse Kapitel in der Bibel gibt, die *niemand* verstehen kann.

Ich wußte überhaupt nicht, wie verwirrend die Bibel sein kann, bis sie in der neuen Übersetzung erschien, die — wie behauptet wird — „jedes Kind versteht".

Vielleicht liegt das Problem darin, daß ich kein Kind mehr bin, aber mir erscheint die neue Übersetzung komplizierter als die alte. Zum Beispiel konnte ich durchaus verstehen, daß eine Hausfrau ihr ganzes Haus nach einer verlorenen Drachme absuchte; ich meine, wer weiß schon, was eine Drachme war? Könnte ein Diamantring gewesen sein; oder eine Münze im Wert von hundert Dollar.

Doch wie uns die Übersetzer erklärten, war die Drachme kein Edelstein und auch keine Münze von großem Wert; sie war so etwas wie ein Zehn-Cent-Stück. Und wer kann dann glauben, daß eine Frau einen ganzen Tag lang nach einem lumpigen Zehn-Cent-Stück sucht?

Ein Gleichnis, das ich immer geliebt habe, ist die Geschichte vom verlorenen Sohn. Jetzt ist mir klar, daß diese Parabel heute große Bedeutung hat, da überall verlorene Söhne aus- und wieder einziehen, doch die „leicht verständlichen" Übersetzungen werfen einige Fragen auf. Zum Beispiel: Was geschah mit dem verlorenen Sohn — sagen wir — am nächsten Tag? Ich meine, nach dem festlichen Essen und Trinken und Küssen und Kosen, war da das Kind nicht rettungslos verdorben? Mußte seine Mutter ihn nicht puffen und knuffen, um ihn am folgenden Morgen aus dem Bett zu bekommen, damit er seine Arbeit tat? Offen gesagt, ich wäre überrascht, wenn der verlorene Sohn den nächsten Morgen überhaupt *wach* erlebt hätte; wäre ich eines seiner Geschwister gewesen, ich glaube, ich hätte diesen Jungen umgebracht. Schließlich sind die Brüder und Schwestern so viele Jahre zu Hause geblieben, haben Geschirr abgespült und den Müll ausgeleert, und raten Sie, wer das gemästete Kalb bekommt? Das schwarze Schaf. Ja, ich glaube, dieses Gleichnis hat mir besser gefallen, als ich es noch nicht interpretieren durfte.

Ein anderes Gleichnis, das mich verwirrt, ist das von den Arbeitern im Weingarten. Sie kennen es: die Arbeiter, die zur sechsten Stunde anfangen, willigen ein, um einen Denar zu arbeiten, dann streiken und protestieren sie am Ende des Tages, als sie entdecken, daß die Burschen, die zur elften Stunde zur Arbeit kamen, auch einen Denar bezahlt bekommen. Nun, als eine Mutter, die so manchen Streit um Taschengeld geschlichtet hat, habe ich viel Verständnis für den Hausherrn, der sagt: „Hört zu Jungs, ich bin der Boß hier, und was ich sage, gilt!" (Ich weiß, daß das eine sehr freie Übersetzung ist). Was ich schwer verstehen kann, ist: Wenn die Letzten die Ersten sein werden und die Ersten die Letzten, wie ist es dem Hausherrn je wieder gelungen, irgend jemanden dazu zu bringen, als erster zur Arbeit zu kommen?

Ein Kapitel in der Bibel, das mich überhaupt nicht verwirrt, aber doch meine Neugier anstachelt, ist die Geschichte vom zwölfjährigen Jesus im Tempel. Als eine Mutter, die einmal ihren Fünfjährigen auf dem Parkplatz vor der Kirche stehenließ, während sie mit seinen neun Brüdern und Schwestern davonfuhr, habe ich tiefes Mitgefühl für die Gnadenmutter (wenn man auch meinen möchte, da sie doch nur ein einziges Kind hatte...), aber ich habe mich oft gefragt, wie sie die ganze Sache ihrer eigenen Mutter erklärt hat. Nun bin ich sicher, daß die heilige Anna eine ideale Schwiegermutter war, aber können Sie sich vorstellen, was sie wohl zum heiligen Josef gesagt hat, als sie entdeckte, daß er ihren Lieblingsenkel in Jerusalem zurückgelassen hatte? Doch wie ich den heiligen Josef kenne, ist er, denke ich mir, dem Ganzen ausgewichen, indem er bei der Heimkehr zu Maria und Jesus sagte: „Wir wollen Großmama nichts davon erzählen, okay?"

Ich will nicht leichtfertig mit den Heiligen Schriften umgehen; es ist nur so, daß die neuen, locker-leichten Übersetzungen zu derlei zwanglosen Kommentaren einladen. Ich habe wirklich nichts dagegen, daß die Bibel „leichter verständlich" gemacht wird (solange man mir eine ästhetische alte Version läßt, die ich lesen und genießen kann), aber ich wünsche mir wirklich, die Herausgeber würden an einigen unserer häuslichen Bibelstudien teilnehmen, um zu sehen, womit wir moderne Eltern fertigwerden müssen.

Zum Beispiel fragte Patrick eines Abends, als wir die Genesis lasen: „Wie wurde Kain dafür bestraft, daß er Abel getötet hat?"

Bevor ich die schriftgemäße Antwort geben konnte, brüllte Pats Bruder Tim:

„Er hat ein schlimmeres Schicksal erlitten als den Tod; er mußte seine Schwester heiraten!"

Die Antwort rief allgemeine Heiterkeit hervor (aber keine Debatten), und als sich die Kinder beruhigt hatten, erklärte ich geduldig, die Schriften sagten eindeutig aus, daß Kain nach dem Mord an seinem Bruder sein Zuhause verlassen und für immer ruhelos auf der Erde wandern mußte.

Worauf unser Sohn Jim, dessen Lebensziel es ist, sein Zuhause zu verlassen und auf der Erde herumzuwandern, erstaunt fragte:

„Im Ernst? Mann! Eine tolle Strafe!"

Ich glaube, die Chance ist gering, daß diese schwer arbeitenden, wohlmeinenden Bibelübersetzer jemals im Fegefeuer schmachten – trotz allem, was sie meiner Bibel angetan haben –, aber ich möchte wirklich gerne im Himmel sein, wenn sie zum erstenmal mit Martin Luther zusammentreffen.

28

Das Maß meiner Leiden ist voll

Wenn ich in den Ruhestand trete, übersiedle ich nach Albuquerque. Ich bin zwar noch nie in Albuquerque gewesen, aber ich weiß einfach, daß das eine Stadt nach meinem Geschmack ist. Warum? Weil man dort loyal gegenüber Verlierern ist, und wenn es jemals einen Verlierer gegeben hat, dann bin ich es.

Da gab es zum Beispiel das Footballspiel zwischen Albuquerque und Las Vegas: Albuquerque verlor 100:0. Das ist kein Witz; es war ein richtiges Fiasko. Ein Fiasko ganz in meiner Art: es war total. Als Las Vegas 61:0 führte, kamen beide Trainer überein, die Spielviertel auf zehn Minuten zu verkürzen, um die Tortur zu mildern, aber es half nichts. Las Vegas erzielte noch neununddreißig Punkte. Insgesamt gelaufene Distanz: Las Vegas: 565 Meter; Albuquerque: minus elf. Das hat mich begeistert. Wenn ich dort gewesen wäre, hätte ich jeden Spieler des Albuquerque-Teams geküßt. Ich weiß genau, wie ihnen zumute war; ich bin schon seit Jahren eine negative Größe.

Es geht mir wie dem Footballteam von Albuquerque: ich bemühe mich. Wirklich. Aber ich kann einen ganzen Sommertag aufwenden, um das Haus sauberzumachen — die Betten frisch zu beziehen, Spielsachen, Bücher, Kleider und so weiter einzusammeln, das Wohnzimmer, im Eßzimmer, Schlafzimmer, im Freizeitraum staubzusaugen —, und wenn ich ins Wohnzimmer zurückkomme, merkt man überhaupt nicht, daß ich jemals dortgewesen bin.

Ich kann nicht gewinnen. Bei nichts. Letzten Monat habe ich einen halben Tag lang den Kühlschrank gereinigt und schließlich festgestellt, daß es nicht schimmeliger Speck und eingetrocknete Speisereste waren, die ihn in seiner Funktion beeinträchtigten, sondern der Motor. Er war kaputt. Ich tauschte den saubersten Kühlschrank der Welt gegen einen neuen ein.

In der Woche davor war ich zur Karosseriewerkstätte gelaufen, um meinen Wagen abzuholen, den eines der Kinder demoliert hatte. Ich bezahlte die Reparaturrechnung über 235 Dollar (immer, immer ist sie „gerade noch unter" dem Absetzbetrag), fuhr auf die Straße hinaus und wurde von einem Lastwagen gerammt, der natürlich Vorrang hatte. Schadenssumme: 248 Dollar. (Woher wissen die Leute nur, daß ich einen Absetzbetrag von 250 Dollar habe?)

Letzten Winter ging ich zum Flohmarkt und war begeistert, als ich einen fast neuen, sehr teuren Baseballhandschuh fand. Ein Gelegenheitskauf! Es würde ein großartiges Geburtstagsgeschenk für unseren Tim abgeben, der im Schulteam Baseball spielte.

Als Tim seine Geburtstagsgeschenke auspackte, dankte er mir für den Handschuh und wartete rücksichtsvoll bis zum Ende des Tages, um mir mitzuteilen: „Das ist zwar ein großartiger Handschuh, und er gefällt mir wirklich sehr gut und alles, aber ich kann ihn nicht brauchen."

„Warum nicht?" fragte ich. „Ich weiß, er ist ein bißchen groß, aber du wirst dich daran gewöhnen, und du wirst in ihn hineinwachsen."

„Ich werde in den da nicht hineinwachsen, Mami", antwortete er bekümmert. „Mein Daumen ist an der falschen Stelle." Es war ein Handschuh für Linkshänder.

„Was wirst du jetzt tun, Mami?" fragte Tim.

„Ich werde ihn dem Sportklub der Schule schenken

und dir einen rechten Handschuh kaufen", versicherte ich ihm. Armes Kind. Da er wußte, wie knapp an Geld ich war, dachte der arme Liebling zweifellos, ich könnte in Erwägung ziehen, ihn als Linksschläger nach St. Cecilia zu transferieren.

Das war auch der Winter, in dem ich mühevoll eine Jacke für Patrick strickte, und dieser gedankenlose Junge die Kühnheit hatte, um drei Größen zu wachsen, bevor ich fertig war. Er hatte das gute Stück ohnehin nicht getragen; ich machte die Knopflöcher auf der falschen Seite.

Ich bin eine Verliererin, und ich habe mich schon seit langem mit dieser Tatsache abgefunden. Ich bin nicht nur eine Verliererin, ich bin auch Expertin darin, mir immer wieder Verlierer auszusuchen. Die Behauptung, sie würden zu Verlierern, nur weil ich sie mir ausgesucht habe, ist unwahr.

Meinen ersten Verlierer suchte ich mir 1937 aus, als ich mein winziges Ohr ans Radio preßte und Jimmy Braddock zur Niederlage anfeuerte. Hat Joe Louis meine Hilfe zu würdigen gewußt? Wahrscheinlich nicht.

1947 – nachdem ich drei meiner High-School-Jahre damit verbracht hatte, dem konstant verlierenden Footballverein Christlicher Schulbrüder zuzujubeln – wandte ich mich im vierten Jahr (als ich mit einem Jungen aus der Central High auszugehen begann) den „Central-Indians" zu, die daraufhin prompt den Staatsmeistertitel wieder verloren.

Das war auch das Jahr, in dem ich mein erstes „Notre Dame"-Footballspiel sah. Ach, war das aufregend! Die berühmten irischen Kämpfer! Sie hatte Football-Geschichte gemacht; ob groß die Chance, ob klein sie war, Old Notre Dame siegt' immerdar... bis ich auf der Tribüne saß. Ich ruinierte sie mit einem einzigen loyalen Jubelruf, und sie brauchten zwanzig Jahre, um sich davon zu erholen.

1963 schrieb ich einen Fan-Brief an Bud Wilkinson und beendete damit Oklahomas brillante Gewinnsträhne.

1968 sah ich — wie viele andere Footballfans — einen hervorragenden Burschen namens Bert Starr für die „Green Bay Packers" spielen, damals das erste Profi-Footballteam im Land. Sie wurden sofort das letzte Team im Land, und ich zweifle nicht daran, daß ich dafür verantwortlich war.

Danach verlegte ich mich auf Basketball und erwählte die wunderbaren „Boston Celtics" als „mein Team". Ich war sicher, daß Bill Russell genug Format hätte, um meinem unheilbringenden Einfluß zu trotzen, aber er machte nicht einmal den Versuch. Er sah mich offenbar vom anderen Ende der TV-Röhre aus und trat aus Protest zurück. Nachdem die Celtics dreizehn Meisterschaftstitel hintereinander gewonnen hatten, waren sie nun das Schlußlicht, und ich bin sicher, daß das mehr meiner Anhängerschaft zuzuschreiben ist als Russells Abgang.

Meine spektakulärste „Leistung" vollbrachte ich anläßlich der Olympischen Spiele von 1972. Im Wissen um meine Gabe, ein sportliches Ereignis unweigerlich zum Scheitern zu führen, wollten mich meine Kinder nicht beim Basketball-Meisterschaftsspiel zwischen den USA und der UdSSR zusehen lassen. Doch als ich in den letzten paar Sekunden des Spiels ein leichtes Getöse hörte, überwältigte mich die Neugier, und ich tat etwas Furchtbares, ich warf einen verstohlenen Blick auf das Fernsehgerät. Man weiß ja inzwischen, was passiert ist. Ich brachte die Uhr der Olympischen Arena aus dem Gleichgewicht, die Russen erhielten drei zusätzliche Spielsekunden und gewannen die Partie um lausige zwei Punkte. Ich rechnete fast damit, daß mich die CIA verhaften lassen würde.

Mein Ruf als Sporthexe wird nur noch von meiner Reputation als politischer Unglücksrabe übertroffen. 1960 stimmte ich für den „sicheren Gewinner" Richard Nixon. 1964 kämpfte ich für Barry Goldwater, und 1968 rettete ich das Land vor einer Katastrophe, indem ich die Grippe bekam. Ich war zu krank, um zu wählen. Doch bereinigte ich diese Situation 1972, als ich für Sie-wissen-schon-wen stimmte und das ganze Watergate-Debakel heraufbeschwor.

In der Lokalpolitik war ich als negative Größe sogar noch erfolgreicher. Bei der Bürgermeisterwahl 1977 kämpfte ich für einen Freund und Nachbarn, einen ausgezeichneten jungen jüdischen Gentleman, der einer unserer besonders fähigen Verwaltungsbeamten war. Er lag Kopf an Kopf mit einem gleichermaßen qualifizierten Kandidaten, einer Dame, die sich im Stadtrat ihre Sporen verdient hatte. Sie werden erstaunt sein zu erfahren, daß die Dame geschlagen wurde, doch leider nicht von meinem Kandidaten. Zwei Wochen vor der Wahl bewarb sich ein Gemischtwarenhändler aus dem Süden Omahas als Überraschungskandidat und gewann. Als frommer Katholik behauptete er, es sei ein Wunder. Unsinn. Ich wirke keine Wunder. Ich lasse nur Wahlen scheitern.

Ich kann nicht einmal auf Gemeindeebene gewinnen. Als meine Kinder mit der Schule anfingen, verpflichtete ich mich als Schulhilfskraft und war willens, meine Talente überall dort zur Verfügung zu stellen, wo sie gebraucht würden, sei es im Klassenzimmer oder im außerschulischen Bereich.

Wo wurde ich eingesetzt? In die Cafeteria. Als Köchin, Zuckerbäckerin, Speisezettel-Verfasserin, Aufsichtsperson? Nein. Ich bekam ein Geschirrtuch in die Hand gedrückt und wurde dem Reinigungskomitee zugeteilt.

Beim Bankett der Pfadfinder wurde ich vom Tischdienst abgezogen und zum Geschirrspülen befördert.

Beim Bankett der Basketballmannschaft wurde ich neuerlich befördert. Zur Präsidentin des Bodenpersonals. Das bedeutete, daß ich die Böden fegen mußte.

Als mich daher die Kirchenvereinigung bat, als Vorsitzende in ihrer ordentlichen Sitzung zu fungieren, wußte ich, was mich erwartete, und ich hatte recht. Mir wurde die ehrenvolle Aufgabe zuteil, die Stühle aufzustellen.

Bei der Talente-Show der Schule — während die talentierte Mrs. Lemmers die Schauspieler dirigierte und die talentierte Mrs. McLeay die Musiker dirigierte, dirigierte die talentierte Mrs. Bloomingdale die Leute zu den Toiletten.

Es überrascht mich nicht, daß die Direktorin und das Lehrpersonal meine Fähigkeit und Intelligenz bezweifeln. Meine Kinder behandeln mich, als wäre ich nicht ganz „da", und benehmen sich, als wünschten sie, ich wäre es tatsächlich nicht. Bei Schulfesten stellen sie mich als „Murmel-murmel" vor, dann ignorieren sie mich für den Rest des Abends. Das wäre nicht so schlimm, würden nicht auch alle anderen mich ignorieren. Ich muß ein Gesicht haben, das man leicht vergißt. Niemand scheint je zu wissen, wer ich bin. Ich schicke schon seit Jahren Kinder in die Pfarrschule, aber die Direktorin, auf deren Teppich ich schon so oft zerknirscht gestanden bin, daß meine Fußabdrücke darauf kenntlich sein sollten, sagt immer noch Mrs. Morningside zu mir.

Ich weiß nicht, warum ich erwarte, daß sich die Leute an mich erinnern. Meine eigenen Kinder sind sich nicht allzu sicher, wer ich bin. Letztes Jahr schrieben drei meiner Kinder auf den Anmeldeformularen „Theresa" in die Spalte, in der nach dem Vornamen der Mutter gefragt wurde, und zwei von ihnen buchstabierten meinen Mädchennamen falsch, was mich nicht so sehr störte wie der Sohn, der mein Alter nicht wußte und „zirka fünfzig" hinschrieb. Also, das mag vielleicht komisch sein, wenn Sie in den Dreißigern sind, und schmeichelhaft, wenn Sie in den Sechzigern sind, aber es ist ausgesprochen trostlos, wenn Sie sich auf der falschen Seite von fünfundvierzig befinden und „zirka fünfzig" Ihnen ins Gesicht starren.

Nachdem ich jahrelang das namenlose, gesichtslose, alternde Wesen in der Küche dargestellt hatte, war ich letzte Woche überrascht und erfreut, als die Vorsitzende des Elternvereins anrief und mich bat, bei der Frühjahrsmodenschau mitzumachen.

„Also, ich würde liebend gern in der Modenschau auftreten, Stephanie", sagte ich. „Ich habe mir schon immer gewünscht, dazu eingeladen zu werden. Ich weiß, es gibt nicht viele kleine, pummelige Modelle, aber wenigstens bringe ich Abwechslung ins Programm."

„Nun, eigentlich, Teresa", sagte Stephanie langsam, „brauchen wir keine Modelle mehr. Aber das Komitee hat eine Menge Hilfe nötig, und wir sind der Meinung, daß du ideal wärst, um die Kleinen zu beaufsichtigen, während ihre Mütter vorführen."

Das ist wenigstens besser als das Reinigungskomitee. Hoffe ich.

Man sollte meinen, daß jemand, der so oft verloren hat wie ich, aufgibt, nicht wahr? Auf einem Gebiet habe ich auch aufgegeben, und das ist die Gastlichkeit. Wenn Perle Mesta die Gastgeberin mit dem größten Chic ist, dann bin ich zweifellos die Gastgeberin mit dem größten Ungeschick. Ich gerate in Panik, wenn ich daran denke, eine Dinner-Party zu geben. Warum versetzt mich ein Kerzenlicht-Dinner für zwölf Personen in einen Zustand des Schreckens? Schließlich koche ich dreimal täglich für zwölf, und das jeden Tag. Offenbar ist es nicht die Quantität, sondern die Qualität, an der ich scheitere. Könnte ich meinen schwarzbeschlipsten und langgekleideten Gästen Hot Dogs oder Chili auf dem Küchentisch servieren, würde ich das bedenkenlos schaffen. Doch Cordon Bleu oder Chateaubriand — ich kann die Namen nicht einmal aussprechen, geschweige denn kochen und servieren.

Ich könnte sogar die Sache mit dem Leinentischtuch bewerkstelligen, mit dem Porzellan, Kristall und Silber, wenn die Gäste versprechen wollten, im Eßzimmer zu bleiben und nicht durchs ganze Haus zu wandern.

Das ist das Problem. Wenn ich eine Party geben müßte, würde ich durch das ganze Haus wandern, und alles, was ich sähe, wären Schmutzstellen auf dem Sofa und Flecken an der Decke, und wie um alles in der Welt, sind die Schokoladesplitter in die Hängelampe gekommen?

Ich brauche keinen Analytiker, der mir sagt, wann und wo ich meine Party-Phobie entwickelt habe. Es geschah, als wir das erste Jahr verheiratet waren. Mein Mann, der damals Professor der Rechte war, bat mich, den Dekan und die Kollegen von der juridischen Fakultät zu einem Abendessen einzuladen. Fein. Es waren nur sechs oder sieben Kollegen; ich konnte ein Buffet für maximal vierzehn Personen in unserer Wohnung bewältigen. Wir hatten damals keine Babies; ich hatte meine Stellung aufgegeben; es würde angenehm wie ein Mailüftchen sein.

Tatsächlich wurde das Mailüftchen dann eher zu einem unheilvollen Sturm. Ich plante ein einfaches Menü mit gratinierten Kartoffeln. Nun hatte mir nie jemand gesagt, daß gratinierte Kartoffeln vor dem Backen halbgar gekocht werden müssen. Wissen Sie, wie lange es dauert, gratinierte Kartoffeln zu machen, die zuvor nicht halbgar gekocht worden sind? *Ewig,* so lange dauert das. Und es dauert doppelt so lange, wenn Ihre Gäste geduldig Martinis und Manhattans schlürfen.

Wurden die Gäste blau von dem vielen Schnaps? Nein. Und aus einem sehr guten Grund. Denn obwohl sich unsere Cocktailstunde über zweieinhalb Stunden hinzog, blieben alle nüchtern, weil mich dieselbe Person, die mir nicht gesagt hat, daß ich die gratinierten Kartoffeln halbgar kochen muß, auch nicht darüber informiert hat, daß Martinis und Manhattans vorgekühlt werden sollten. *Niemand* trinkt zu viele warme Martinis.

Keiner der Gäste dieses Abends war allzu erstaunt über mein Unvermögen. Ich war vor unserer Hochzeit — als mein zukünftiger Mann noch Jura studierte — Sekretärin des Dekans gewesen. Meine Fähigkeit, mich bei den Zensuren zu verrechnen, mich bei den Prüfungsaufgaben zu vertippen, mich bei den Studenten zu verzählen und auf meinem Schreibtisch alles zu verlegen, war allgemein bekannt. Ja, die ganze Fakultät zeigte sich äußerst überrascht, als einer ihrer vielversprechendsten Studenten mir den Hof machte und mich heiratete.

Nach dieser verunglückten Party ging es mit meinen Talenten als Gastgeberin völlig bergab. Wir gaben noch andere Parties, aber jedesmal war ich dann ein Wrack. Schon wochenlang vor der Party hatte ich Alpträume: Da kamen die Gäste an die Tür, und der Griff fiel herunter. Also mußten sie um das Haus herum nach hinten gehen, wo unsere Veranda mit Trümmern, Dreirädern und Spielsachen übersät war. In einer Nacht vor einer Party träumte ich, daß der Chef meines Mannes über einen Rollschuh stürzte und sich das Bein brach. Dann träumte ich, daß wir uns an den sorgfältig gedeckten Tisch setzten, und vor dem Ehrengast prangte ein riesiger Marmeladefleck.

Meine Alpträume wurden schlimmer und schlimmer. Obwohl ich mir immer vornahm, die Kinder in ihren Zimmern einzusperren, während wir Gäste hatten, kam mir stets die unvermeidliche Vision, wie sie uns bei einem gemütlichen Drink nach dem Abendessen mit abscheulichem Gezänk störten und einander in der Unterwäsche durchs Haus jagten.

Natürlich passierte so etwas nie, aber ich hatte nicht vor, das Schicksal allzusehr herauszufordern. Wir hörten auf, Gäste zu Hause zu bewirten. Wenn wir jetzt Gäste zum Abendessen haben, führen wir sie in ein Restaurant oder ins Theater.

Gestern abend waren mein Mann und ich im Haus von Freunden zum Cocktail-Dinner eingeladen. Auch dort gibt es eine große Familie, aber keines der Kinder war in seinem Zimmer eingesperrt. Sie hatten alle ihren Sonntagsstaat an; die Jungen nahmen den Gästen die Mäntel ab und reichten dann die Cocktails. Die Mädchen servierten ruhig und perfekt das Abendessen, dann räumten sie genauso ruhig das Speisezimmer auf und erledigten den Abwasch.

Da waren keine Schmutzstellen auf dem Sofa oder Flecken an der Decke, keine Sportsocken lugten aus den Wohnzimmersesseln hervor, keine Spielsachen lagen in der Veranda herum. Das Essen war deliziös und genauso perfekt zubereitet wie die Cocktails, die ihm vorangingen.

Es war keine Überraschung für mich, daß die Gastgeberin — als das Dinner vorüber war und die Gäste im Wohnzimmer plauderten — verkündete, daß sie und ihr Mann das Haus verkaufen und nach Las Vegas übersiedeln wollten.

Das erklärt alles.

29

Spielt hier jemand Schach?

Es gibt für jeden Menschen einen Platz auf dieser Welt, sogar für Verlierer, und ich bin zu dem Schluß gekommen, daß ich — wenn ich schon eine Verliererin sein soll — wenigstens Expertin im Verlieren sein möchte. Das kann an Selbstverleugnung grenzen bei einer Mutter — nämlich zu lernen, wie man ständig verliert —, besonders wenn sie die ersten zwanzig Jahre ihres Lebens damit verbringt, Onkel Wiggly, Junior Scrabble, Dame und Monopoly mit kleinen Kindern zu spielen, die gerne gewinnen.

In ihrem hervorragenden Buch „Bis nach Haus ich wieder komm" schrieb Jean Kerr, daß es für eine Mutter praktisch unmöglich ist, eine Partie Onkel Wiggly gegen einen Sechsjährigen zu verlieren. Jean kennt mich nicht. Ich kann bei allem verlieren, gegen jedes Kind.

Ich bin nicht nur Expertin darin, bei Kinderspielen zu verlieren, sondern ich halte auch den Punkterekord des Golfklubs von Omaha (99... für sechs Löcher), und Omar Sharif denkt ernstlich daran, eine Kolumne über meine Blätter beim Bridge zu schreiben. (Vierundvierzig Donnerstagnachmittage hintereinander Strohmann!)

Bis letzten Monat hatte ich jedes Spiel probiert und in jedem verloren — nur Schach hatte ich bis dahin gemieden. Jahrelang habe ich mich mit der Begründung gegen das Schachspiel gewehrt, daß es für einen Erwachsenen viel zu kompliziert ist. Wenn man Schachspielen lernen will, sollte man im Alter von drei oder vier Jahren damit beginnen, bevor man lesen und schreiben lernt, denn nur ein völlig unverbildeter Geist kann das komplizierte Verhältnis von Dame-Turm zu Dame-Läufer verstehen, oder wie dieser Unsinn heißt.

Mein Mann ist ein begeisterter Schachspieler, und als er kurz nach unserer Hochzeit feststellte, daß seine Frau keine Absicht hatte, das Spiel zu erlernen, produzierte er rasch eine Familie von Schachspielern. Alle unsere Kinder können Schach spielen, nachdem sie es im Alter von fünf gelernt haben, und nun sind sie Experten. Aber keiner will mit seinem Vater spielen — aus dem einfachen Grund, weil er immer gewinnt, und wie wir alle wissen, können es Kinder (jeden Alters) nicht vertragen, zu verlieren.

Also machte ich mich letzten Monat — in einem schwachen Moment eheweiblicher Gutmütigkeit — erbötig, noch einen Versuch zu unternehmen, das Königliche Spiel zu erlernen. Es war lächerlich.

Können Sie sich ein Spiel vorstellen, in dem sich keine der Figuren in die gleiche Richtung bewegt? Manche ziehen vorwärts, aber nicht rückwärts, manche tun beides, manche können sich diagonal bewegen, aber nicht geradeaus, manche nur geradeaus, aber nicht diagonal, und dann gibt es vier Pferde, die ganz verdrehte Sprünge machen.

„Das ist kein Pferd, Liebling, das ist ein Springer", erklärte mein Mann geduldig, aber für mich sieht das Ding aus wie ein Pferd. Da gibt es Figuren, die Gefechtsständen gleichen und Türme genannt werden, aber manche Leute nennen sie Roche, also muß man sich beide Namen merken.

Dann gibt es einen Läufer, von dem man meinen möchte, daß er ziemlich mächtig ist, weil er wie ein Bischof aussieht, aber offenbar ist er Anglikaner, denn er muß sich vor der Königin, der Dame, verneigen und verfügt nicht einmal über den Einfluß eines Springers.

Ich weiß nicht, woher die Bauern ihren Namen haben, aber ich nenne sie „Kinder", weil es so viele von ihnen gibt und sie immer zur falschen Zeit an der falschen Stelle auftauchen.

Ich sollte gegen das Spiel protestieren, weil es feministisch ist: die mächtigste Figur auf dem Brett ist die Dame, die hingehen kann, wohin es ihr beliebt, und Gott helfe einem jeden, der ihr in die Quere kommt, während der arme alte König stets nur einen Schritt machen darf und oft nicht einmal dazu kommt.

Spielen sie nie Schach, wenn Sie von winzigen Schachmeistern umgeben sind. Es kann einen sehr aus der Fassung bringen, wenn man sorgfältig einen Zug überlegt, langsam nach der Figur greift und triumphierend einem König Schach bietet, und dann murmelt ein Zehnjähriger: „Schade, Mami. Jetzt hast du's vermurkst."

„Du mußt strategisch vorgehen, Mutter", riet meine Tochter Peggy. „Plane deine Züge im voraus; du mußt Papi geistig um fünf oder sechs Züge voraus sein."

Ich habe ein Vierteljahrhundert in dem Bemühen verbracht, mit ihm Schritt zu halten; jetzt muß ich ihm vorauseilen? Unmöglich. Schließlich bin ich nicht nur eine Ehefrau und Spielerin, ich bin auch eine Mutter, und als solche habe ich schon lange gelernt, niemals irgend etwas im voraus zu planen. Alles, was ich tun kann, ist, danach zu trachten, mit dem *Jetzt* klarzukommen.

„Du wirst nie beim Schach gewinnen, Teresa", sagte meine Schwester Betsy neulich zu mir. „Willst du wissen, warum?"

„Nicht unbedingt", antwortete ich, „aber ich nehme an, du wirst es mir trotzdem sagen."

„Ehefrauen schlagen ihre Männer nie im Schach", erklärte Betsy, „denn während der Mann eine Ewigkeit braucht, um seine nächsten fünf Züge zu überlegen, versucht seine Frau herauszufinden, was sie heute abend kochen soll."

Sie hat natürlich recht. Ich werde immer eine Verliererin sein. Aber da ich eine solche Expertin auf diesem Gebiet bin und ständig mit Freuden verliere, wollen alle meine Kinder mit mir spielen, und mein Mann sagt, daß ich ihm die allerliebste Gegnerin bin.

Was mich — wenn ich es so recht überlege — nun doch ein bißchen zur Gewinnerin macht.

30

Ein Geschenk für Vater

Ich zerbreche mir immer den Kopf darüber, was ich meinem Mann zum Vatertag schenken soll. Ich weiß, ich sollte ihm nichts zum Vatertag schenken, weil er nicht mein Vater ist, aber als wir das erste Jahr verheiratet waren, schenkte er mir etwas zum Muttertag (in Verheißung der Dinge, die da kommen sollten; Junge, sind die gekommen). Also mußte ich ihm etwas zum Vatertag schenken, und so begann eine ungebrochene Tradition.

In jenen ersten Jahren war das Einkaufen für den Vatertag leicht; er hatte nichts und brauchte alles. Doch im Lauf der Jahre sammelten sich bei ihm sämtliche Socken, Krawatten und Werkzeuge an, die er jemals brauchen oder wünschen konnte, und die Auswahl eines passenden Geschenks wurde eine richtige Herausforderung, die heutzutage noch durch den Umstand kompliziert wird, daß er jedes Jahr — nachdem ich sein Geschenk sorgfältig ausgewählt, gekauft und eingepackt habe — am Samstag vor dem Vatertag hingeht und genau das gleiche kauft.

Daher weiß ich nicht, was ich ihm schenken soll. Nicht, daß ich nicht wüßte, was er braucht. Er braucht einen neuen Wagen, drei Wochen Urlaub in einem Mönchskloster und eine Kreditkarte, die sich sofort auflöst, wenn sie von Teenagern berührt wird. Was er wahrscheinlich bekommen wird, ist eine neue Zange.

Dieses Jahr fragte ich die Kinder, was sie ihrem Vater zum Vatertag schenken wollten, und Mike sagte:

„Nichts."

„Was meinst du mit nichts?" fragte ich. „Warum nichts?"

„Weil er gesagt hat, daß er nichts will", antwortete Mike heiter, „und jeder Vater sollte zum Vatertag das bekommen, was er will."

„Genau", versetzte ich, „und das bedeutet, daß du ihm lieber etwas besorgen solltest."

„Aber er hat gesagt, er will nichts!" wandte Mike ein. „Wenn er etwas will, warum sagt er dann ‚nichts'?"

„Weil er ein Vater ist", gab ich geduldig zurück. „Es ist so Brauch. Wann immer du einen Vater fragst, was er als Geschenk haben will, sagt er: ‚nichts', aber er meint es nicht so. Verlaß dich drauf; er will etwas."

„Ja, aber was?" murrte Mike. „Ich hab nicht viel Geld."

„Warum schenkst du ihm denn keine Dienstleistungen?" schlug ich vor. „Biete ihm an, seinen Wagen zu waschen und zu polieren."

„Daran habe ich schon gedacht", sagte Mike, „und als ich es anregte, lachte er nur und sagte ‚Nein, danke'. Als ich ihm das zum Geburtstag schenkte, habe er, so behauptet er, hinterher die Rechnung von Wally's Wisch-Wasch bekommen."

„Das hat ihn nicht gestört", erinnerte ich mich. „Was ihn geschafft hat, war, daß Wally's Wisch-Wasch in Lincoln ist und du erst um drei Uhr früh nach Hause gekommen bist."

„Was ist mit dir, Peg?" fragte ich, als Peggy in die Küche kam. „Was schenkst du Daddy zum Vatertag?"

„Ich führe mich selbst aus, ins Kino", antwortete Peggy.

„Das mußt du mir erst erklären", sagte ich.

„Ich habe Dad gefragt, was er zum Vatertag will, und

er sagte ‚Ruhe und Frieden', was mir in *diesem* Haushalt eine lächerliche Forderung zu sein scheint, aber ich will meinen Teil dazu beitragen. Ich entferne mich an diesem Nachmittag."

„Frag mich nicht, was ich Dad zum Vatertag schenken werde", knurrte unser Wildfang Annie. „Ich bin böse auf ihn."

„Warum bist du böse auf ihn?" erkundigte ich mich.

„Na, als ich ihn fragte, was er wollte, sagte er, er wollte nur, daß ich ein braves Mädchen bin."

„Und du magst nicht brav sein, ist es das?" fragte ich.

„Nein", erwiderte sie. „Ich mag kein Mädchen sein!"

„Ich weiß, was ich Dad schenken werde", sagte Dan.

„Was?" fragte ich.

„Ich werde den ganzen Sommer den Rasen mähen und den ganzen Winter Schnee schaufeln", antwortete er.

„Auch schon was!" versetzte Mary. „Das mußt du sowieso tun!"

„Wenigstens arbeite ich", brüllte Dan. „Ich verbringe nicht den ganzen Tag vor dem Spiegel und male mir die Augen an!"

„Ich male mir nicht die Augen an!" schrie Mary. „Und ich verbringe den Großteil des Tages damit, deine Hemden zu bügeln!"

Während das typische Gezänk meiner Halbwüchsigen durch die Küche schallte, entfloh ich — inspiriert — in den Freizeitraum. Ich hatte eine Idee für das ideale Vatertagsgeschenk!

Ich holte unseren Recorder hervor und zwei leere Kassetten. Mein Plan wird vielleicht etwas Vorbereitungszeit brauchen, aber die Ergebnisse sollten eigentlich spektakulär sein. Ich wollte zwei Kassetten aufnehmen; eine, die mein Mann jetzt spielen soll, während die Kinder noch zu Hause sind, um ihn daran zu erinnern, daß sie nicht immer schreckliche Halbwüchsige sind; manchmal sind sie liebenswerte Kinder. Die zweite sollte er spielen, wenn er alt ist und die Kinder erwachsen und aus dem Haus sind und er Sehnsucht nach ihnen hat.

Die erste Kassette, die Daddy daran erinnern sollte, daß die Kinder nicht immer zankende Taugenichtse sind, brauchte zwei Wochen bis zu ihrer Fertigstellung. Die zweite etwa eine Stunde. Auf der ersten hörte man:

... Eine Diskussion zwischen Lee und John über die Vorteile eines College-Studiums als Vorbereitung auf die berufliche Laufbahn.

... Mike und Mary, wie sie am Küchentisch sprechen und lachen, während sie gemeinsam ihre Hausaufgaben machen.

... Jim und Dan in einer ihrer endlosen und enthusiastischen Diskussionen über das Footballteam der „Nebraska Cornhuskers".

... Peggy, die eines von Vaters Lieblingsliedern singt.

... Annie, eines ihrer originellen Gedichte rezitierend.

... Timmy, wie er eine Liste aller Haushaltsarbeiten vorliest, die er in dieser Woche erledigt hat. (Timmy ist ja so ein gefälliges Kind.)

... Patrick, der einen seiner weitschweifigen, unglaublichen, hysterischen, lächerlichen Gründe anführt, warum er unmöglich an der Reihe sein kann, das Geschirr zu spülen.

Die zweite Kassette, die dazu dienen soll, Daddys Einsamkeit im Alter zu lindern, war eindeutig leichter herzustellen. Darauf sind einige unserer Kinder zu verschiedenen Zeiten zu hören, wie sie sagen:

„Hör mal, Dad, kannst du mir fünf Dollar leihen?"

„Wieso schreist du mit mir, aber nie mit ihm?"

„Du hast sie lieber als mich"

„Du bist nicht fair, Dad!"

„Alle anderen Väter lassen ihre Kinder mit dem Wagen zur Schule fahren!"

„Würdest du bitte aufhören, mich wie ein Kind zu behandeln? Du vergißt, ich bin fast dreizehn Jahre alt!"

„Daddy, die dritte Klasse geht am Samstag in den Zoo, und ich hab der Lehrerin gesagt, du würdest uns hinfahren."

„Stell dir vor, Dad! Unsere Pfadfindergruppe hat dich gerade zum Anführer gewählt!"

„Aber Daddy, wenn du nicht erlaubst, daß ich in der Schule Wimperntusche trage, wird die ganze Klasse über mich lachen!"

„Daddy, als du ein kleiner Junge warst, hast du da jemals Präsident Lincoln kennengelernt?"

„Ehrlich, Dad, als ich dich gebeten habe, unsere Tanzparty zu beaufsichtigen, wußte ich nicht, daß sie die ‚Heulenden Derwische' engagieren würden."

„Ich weiß nicht, warum du mich nicht mit den Jungs zelten lassen willst; alle anderen Mädchen dürfen!"

„Hm, Dad... hm, du hast nicht zufällig irgendwelche Verbindungen zum Verkehrsrichter, oder?"

„Daddy, kann ich allein mit dir sprechen? Aber zuerst sag mir, bist du gut aufgelegt?"

Dann machte ich — nur so zum Spaß — eine dritte Kassette für mich selbst, ein Muttertagsgeschenk an mich. Auch sie hat unsere Kinder zum Inhalt — oder besser, das Geräusch, das sie von sich geben, spätnachts, wenn sie schlafen.

Eine Wonne.

31

Wer braucht einen Biolator?

„Warum hast du mich nicht gebeten, daß ich das mache?" fragte ich meinen Mann eines Abends, als ich ihn dabei antraf, wie er in unserem Schlafzimmer staubsaugte.

„Weil du mir das letztemal, als ich dich bat, etwas für mich zu tun" — er fuhr mit dem Staubsauger unters Bett, wobei ich hoffte, daß er dort nicht meine Hausschuhe mitsaugen würde — „fast den Kopf abgerissen und behauptet hast, daß ich ein unfähiger, rücksichtsloser Chauvinist wäre."

„Das war nicht letztesmal", gab ich ruhig zurück, während ich meine Hausschuhe, ein Bibliotheksbuch, ein halbfertiges Puzzlespiel und einen Schal auflas, nach dem ich seit Weihnachten gesucht hatte. „Letztesmal war ich wirklich ein Engel. Den Kopf abgerissen habe ich dir im Dezember 1967, als ich neuneinhalb Monate schwanger war, die Schulen wegen eines Blizzards drei Tage geschlossen waren, meine Schwester mich gerade angerufen hatte, um mir mitzuteilen, daß ihr Mann sie zu einer Kreuzfahrt in die Karibik mitnimmt, und du mir sagtest, ich solle mich nicht darauf verlassen, daß wir zu der Silvesterparty in den Club gehen würden, weil du das Footballspiel sehen wolltest. Und auch dann wäre mir kein böses Wort über die Lippen gekommen, wenn du mich nicht ersucht hättest, aufzustehen und einen anderen Sender einzuschalten."

„Ich werde dir einen Biolator kaufen", sagte er, „damit du weißt, wann du gut oder wann du schlecht gelaunt bist, und jeden im voraus warnen kannst."

Ein Biolator, wie Sie alle wissen (und wenn nicht, dann gratuliere ich Ihnen), ist ein batteriebetriebenes Rechengerät, das unsere Biorhythmen mißt, die angeblich unsere Stimmung maßgeblich beeinflussen. Einfach dadurch, daß Sie das heutige Datum eintippen und ihr Geburtsdatum (nicht schwindeln; das hilft nicht), können Sie die Ergebnisse mit einer albernen Tabelle vergleichen und erfahren, ob das Heute oder Morgen herrlich, lausig, bedeutend, unbedeutend, kreativ, katastrophal, glücklich oder traurig sein wird, oder besser verschlafen werden sollte.

Wenn es etwas gab, das ich weder wünschte noch brauchte, dann war es eine verrückte Rechenmaschine, die mir sagte, daß ich mich zusammenreißen oder damit aufhören oder anfangen sollte, weil mein Biorhythmus es mir nahelegte. Also bekam ich den Biolator nicht. Mein Sohn Danny aber schon. Und jetzt läuft er mir überall nach, stellt Fragen, drückt Tasten und sagt meine Stimmungen voraus, oder noch schlimmer, er bestreitet sie.

Wie an dem Tag, an dem ich fröhlich in der Küche werkte und einen Geburtstagskuchen für Patrick rührte, der am Tisch saß, laut aus einem Geschichtenbuch vorlas und sich auf den Moment freute, in dem er die Schüssel mit der Zuckerglasur auslecken konnte. Wir hatten Spaß aneinander und an einem dieser seltenen Momente der Gemeinsamkeit von Mutter und Kind – als unser kleines Rechengenie plötzlich in die Küche stürzte und mit unheilschwangerer Stimme verkündete:

„Herrje, gib lieber acht, Mami. Heute wird ein ganz lausiger Tag!"

Oder an dem Tag, als ich etwas mitmachte, das alle Mütter als „einen von diesen Tagen" kennen. Ich war die ganze Nacht aufgewesen, denn eines der Kinder war krank, und als ich am Morgen herunterkam, war der Küchenausguß verstopft, und im Briefkasten lag eine Überziehungsbenachrichtigung nebst vier vergessenen Rechnungen. Danach fuhr ich den Wagen aus der Garage und in einen Telefonmast, und dann war ich wieder ins Haus gegangen, um mich so richtig schön auszuweinen, als Danny herunterkam und sagte:

„Genieße den Tag, Mami. Das wird heute dein bester Tag im ganzen Monat."

Ich habe dieses Kind nicht umgebracht, aber ich ziehe es natürlich in Erwägung.

Allen denjenigen unter euch, die daran denken, einen Biolator zu kaufen, um die Stimmungen eurer Mutter zu interpretieren, sei gesagt: macht euch nicht die Mühe. Alles, was ihr tun müßt, ist, die Umstände abzuschätzen.

Zum Beispiel könnt ihr euch darauf verlassen, daß Mami ein richtiger Miesepeter ist, wenn:

1. Jemand eine Mitteilung des Lehrers nach Hause bringt, die besagt, daß die Schule für den Rest der Woche um zwölf Uhr aus sein wird.
2. Die TV-Sprecherin unterbricht, um anzukündigen, daß das Frank-Sinatra-Special dem Montagabend-Baseballspiel weichen muß.
3. Der neue Mantel, für den Mami gerade 79 Dollar bezahlt hat, in der heutigen Abendzeitung um 39 Dollar 95 angepriesen wird.
4. Das Jüngste der Familie gerade für den Kindergarten angemeldet wurde und der Gynäkologe anruft und sagt: „Donnerwetter, Sie haben recht!"
5. Mami das Benzin ausgeht — genau vierundzwanzig

Stunden, nachdem sie vollgetankt hat, und zwölf Stunden, nachdem eines der Kinder sich den Wagen geliehen hat, „um nur rasch zur Bibliothek zu fahren".

6. Daddy mit Mami zu einem ruhigen, erholsamen Wochenende wegfährt, ohne Kinder, in das nächste Hotel — und dort findet ein Treffen der Orchestermusiker der Junior High School statt.

7. Es der Morgen jenes Tages ist, an dem Mami nachmittags zwölf Pfadfinder bewirten muß, oder der Nachmittag des Tages, an dem sie abends zwölf Dinner-Gäste hat, oder der Abend, an dem sie früh zu Bett gehen wollte, aber jemand um 11 Uhr 30 von einem Basketballspiel abgeholt werden muß. (Natürlich wird Daddy diesen Jemand abholen, aber wer wird auf Daddy warten?)

8. Die Zahnarztassistentin anruft, um an einen Vier-Uhr-Termin zu erinnern, und es ist Mamis Termin.

9. Die High School eine Nachricht schickt, die besagt: „Die oberste Klasse plant eine Exkursion in die Berge, und alles, was Ihr Kind braucht, sind fünfundsiebzig Dollar für die Ausrüstung."

10. Mami Geburtstag hat und keiner daran denkt; außer, natürlich, es ist der vierzigste Geburtstag, an den sich jeder erinnert.

Andererseits könnt ihr darauf wetten, daß eure Mutter nicht aus noch ein wissen wird vor Entzücken, wenn:

1. Ihr Achtjähriger heulend nach Hause kommt, weil „wir haben heute Klassenhelferinnen gewählt, und du bist es nicht geworden!"

2. Der vierjährige Nachbar Mami fragt: „Bist du mit meiner Mami zur Schule gegangen?" (... und seine Mami ist erst fünfundzwanzig.)

3. Die Rechnung von Master Charge kommt, und darauf steht: „Saldo ausgeglichen."

4. Mami ihren Zahnarzttermin einhält und feststellt, daß sich der Dentist beide Arme gebrochen hat.

5. Das Fernsehgerät an dem Tag den Geist aufgibt, an dem das Rock-Around-the-Clock-Marathon auf dem Programm steht.

6. Gestern abend Elternvereinsversammlung war und Mami vergessen hat, hinzugehen.

7. Die Schule eine Gebühr von zwanzig Dollar fürs Abschlußexamen festsetzt und die Tochter sagt: „Das hab ich schon von meinem Babysittergeld bezahlt."

8. Einer der Söhne aus der High School nach Hause kommt und sich beschwert, daß er aus dem Footballteam geflogen ist.

9. Die Grundschule ankündigt, daß das Weihnachtsprogramm ein farbenfrohes historisches Schauspiel sein wird, an dem die ganze Schule mitwirkt, wobei die Schule auch die Kostüme zur Verfügung stellen wird.

10. Es ein Ferienwochenende ist, und der Kühlschrank kühlt, der Herd heizt, der Ausguß zieht, die Klimaanlage kühlt und das Wetter sonnig, kühl und klar ist. (Ich weiß, ich weiß. Aber macht es nicht Spaß, zu träumen?)

Jede Familie möchte wohl gern, daß ihre Mutter immer gut gelaunt ist, aber das ist natürlich unrealistisch; niemand ist immer gut aufgelegt; aber wenn ihr euch um eine Mami bemühen wollt, die jederzeit hundertprozentig guter Laune ist, befolgt drei einfache Ratschläge:

Seid lieb.
Seid still.
Seid da.

32

Nur eine „durchschnittliche" Mutter?

Die Humoristin Erma Bombeck bemerkte einmal, sie würde von der Angst verfolgt, daß sie eines Morgens aufwachen und feststellen könnte, sie wäre „gerade durchschnittlich".

Ich wollte, ich würde eines Morgens aufwachen und feststellen, daß ich durchschnittlich bin; ich versuche schon seit Jahren, diesen beneidenswerten Status zu erreichen.

Früher dachte ich, daß ich durchschnittlich wäre; wirklich. Ich ging zur Schule, hatte Rendezvous, verliebte mich, heiratete und bekam Babies (ich weiß, es scheint unglaublich, Kinder, aber damals war es für Verliebte durchaus üblich, zu heiraten und Kinder zu bekommen), ich wechselte Windeln, sammelte Spielzeug auf, trat dem Elternverein bei, bemutterte kleine Pfadfinder und -finderinnen und startete sogar eine bescheidene Karriere. Ich war eine durchschnittliche, normale Ehefrau und Mutter. Richtig?

Falsch.

Wieso ich das weiß? Weil meine Kinder, die *alles wissen,* mir das immer wieder sagen.

Nicht meine kleinen Kinder. Meine kleinen Kinder sind wunderbar, und abgesehen davon, daß sie ständig ihre Schuhe verlieren und nur ihre Handflächen waschen, sind sie vollkommen, wenn auch aus keinem anderen Grund als dem, daß sie mich für vollkommen halten. Nein, es sind meine Teenager, die an mir verzweifeln.

In den Augen meiner halbwüchsigen Töchter bin ich nicht nur unterdurchschnittlich und unter der Norm, ich bin auch komisch, unfein und unmöglich. Warum kann ich nicht sein wie Julies Mutter?

Sie kennen Julies Mutter. Jawohl, Sie kennen sie. Das ist die, die in ihrem Mercedes zu den Elternvereinsversammlungen fährt (weil Julies Vater den Cadillac hat), gekleidet in irgend etwas von Dior, mit ihrem immer noch blonden, naturgewellten Haar, das seidig und sexy aussieht und außerdem überflüssig ist, denn — bei ihrer Figur, wer sieht da aufs Haar? Julies Mutter läßt (laut Auskunft meiner Tochter) Julie ihr eigenes Zimmer haben, ihr eigenes Telefon und ihren eigenen Willen, und sie erlaubt der fünfzehnjährigen Julie, sieben Abende in der Woche auszugehen, mit einem Mitternachts-Zapfenstreich an Schulabenden und einem Montagmorgen-Zapfenstreich an Wochenenden.

Wenn es nach meiner Tochter ginge, würde ich nicht nur aussehen wie Julies Mutter, ich würde auch kochen wie Julia Child, Taschengelder verteilen wie Rose Kennedy, nähen wie Edith Head, schreiben wie Jean Kerr und natürlich jederzeit in der Küche zur Verfügung stehen, um eine Pizza zu machen oder eine Lage Kekse zu backen.

In einer Hinsicht wenigstens enttäusche ich sie nicht. Ich bin immer in der Küche verfügbar, und wenn ich nicht koche oder backe, räume ich hinter jemandem auf, der das getan hat.

Meine Söhne stellen keine solchen Ansprüche an mich. Da sie allesamt Machos sind, scheren sie sich keinen Deut um meine Karriere; alles, was sie fordern, ist, daß ich die Aufgaben der durchschnittlichen Mutter erfülle, wie zum Beispiel, daß ich ihrem kleinen Bruder beibringe, wie man das Schuhband knüpft.

Ich gestehe, ich war ein wenig verlegen, als Patrick in Slippern in den Kindergarten ging, weil er die Kunst, Schuhbänder zu knüpfen, noch nicht beherrschte, und ich übernehme die volle Verantwortung dafür. Ich hatte es ihm nie gezeigt.

Warum?

Erstens ist Patrick Linkshänder, und es ist sehr schwierig für eine rechtshändige Mutter, einem linkshändigen Kind beizubringen, wie man seine Schuhe zubindet. Zweitens ist Patrick unser zehntes Kind und offen gesagt, ich hatte es bis obenhin satt, Kindern beizubringen, wie man Schuhe schnürt.

Das gleiche gilt für die Zeitansage. Unsere Söhne im College-Alter stellten vor einigen Wochen mit Entsetzen fest, daß ihre drei jüngsten Geschwister nicht sagen konnten, wie spät es war. Auch hiefür gibt es einen guten Grund; und trotz allem, was Sie denken, ist es nicht so, daß ihre Mutter es satt hat, Kinder über große und kleine Zeiger und halbe Stunden und Viertelstunden zu belehren — wenn es auch tatsächlich so ist. In Wahrheit können unsere drei jüngsten Kinder deshalb keine konventionelle Uhr ablesen, weil wir keine konventionellen Uhren haben.

Nachdem der Tornado 1975 unser Haus und alles, was darin war, zerstört hatte, mußten wir uns komplett neu einrichten, angefangen von den Betten bis zu Besen, Handtüchern und Teelöffeln, und das schloß natürlich auch Uhren mit ein.

In der guten alten Zeit, als unsere älteren Kinder noch klein waren, hatten Uhren zwei Zeiger, zwölf Ziffern, und kleine Teilstriche zwischen den Ziffern. Lehrer unterrichteten Kindergartenkinder über den „kleinen Zeiger" und den „großen Zeiger"; Spielzeughersteller produzierten Spielsachen, die tick-tack machten und angaben, warum sie das taten; Kinderbücher unterrichteten die Kleinen über Stunden, Minuten und Sekunden, und sie zeigten ihnen auch, wie man einen Wecker so stellt, daß Mama um Mitternacht aufwacht.

Um 1975 waren konventionelle Uhren passé, und obwohl uns das damals gar nicht bewußt wurde, waren alle neuen Uhren, die wir kauften, entweder digital, abstrakt oder ästhetisch. Was die Digitaluhr betrifft, so müssen Sie die Zeit nicht bestimmen; sie bestimmt sie für Sie. Unsere abstrakte Uhr hat zwei Zeiger und vier Punkte. Versuchen Sie das einem kleinen Kind zu erklären. Und unser ästhetisches Chronometer ist ein Bild von London, auf dem historische Wahrzeichen die Vormittags- oder Nachmittagsstunden anzeigen. Sogar ich kann nicht feststellen, wie spät es ist, wenn der Säbel auf den Buckingham-Palast zielt und das Schwert auf die Themse gerichtet ist.

Also beschweren sich meine Söhne, daß ich die Kleinen nicht das Schuhezubinden oder die Uhr lehren will, aber sie würden mir das verzeihen, wenn ich nur „die Mädchen anständig erziehen" wollte. Nun ziehe ich meine Töchter wohl anständig an, aber ihre Brüder beklagen sich, daß „sie daherkommen wie in den fünfziger Jahren."

Der Grund, warum sich meine Töchter in der Mode der fünfziger Jahre kleiden, ist der, daß die Kleider, die sie tragen, in den fünfziger Jahren gekauft wurden. Wie die meisten Töchter, die bei Erwachsenengrößen angelangt sind, „leihen" sie sich die Kleider ihrer Mutter und merken nicht, daß die meisten meiner Kleider — um es milde auszudrücken — ein wenig veraltet sind. Gut, aber veraltet. Früher wurden Kleider so gemacht, daß sie lange hielten, und das taten sie wirklich — zweifellos aufgrund der Tatsache, daß sie zwölf dieser zwanzig Jahre im Schrank verstaut waren, da ihre Besitzerin ständig in Umstandskitteln steckte.

Wie alle vielfachen Mütter kann ich es mir nicht leisten, modebewußt zu sein. Das Kleiderbudget der Familie deckt kaum die Blue Jeans und Sweatshirts, die Schuhe der kleinen Jungen und die Jacken der großen Mädchen. Mama muß tragen, was da ist, und wenn meine Töchter nichts dagegen haben, veraltet auszusehen, dürfen sie sich gerne meine karierten Röcke, Mokassins und altmodischen Strickjacken ausleihen.

Also gestehe ich, daß ich weder normal noch durchschnittlich bin, aber nicht, weil ich anders bin als die übrigen Mütter, sondern einfach deshalb, weil ich alt werde — ein schreckliches Unglück, das jede Mutter eines Tags trifft... außer natürlich die von Julie. Da wir altern, verändern wir uns, nicht nur im Aussehen, sondern auch in unseren Standpunkten und Meinungen.

Diese Tatsache wurde mir neulich vor Augen geführt, als unsere erwachsenen Kinder zu einem Feiertagswochenende heimkamen und vor ihren jüngeren Brüdern und Schwestern in Erinnerungen schwelgten, „wie schwer wir's hatten, als wir klein waren" und hinzufügten, „wie leicht ihr Jungs es heute habt". Unsere mittleren Kinder widerlegten diese Theorie sofort und führten als Argument ihre Version davon an, wie Mutter auf eine Situation reagiert, wenn es sich (a) um das älteste Kind, (b) das mittlere Kind, und (c) das jüngste Kind handelt.

SITUATION: Der Sohn kommt von der Schule nach Hause und beklagt sich, daß die Lehrerin ihn für etwas bestraft hat, das er nicht getan hat, mit ihm geschrien, ihn zum Direktor geschickt und ihm befohlen hat, zwei Seiten des Lexikons abzuschreiben.

Mutters Reaktion zu (a): „Wie kann diese Lehrerin es wagen, dich so zu behandeln! Ich werde die Angelegenheit der Schulbehörde melden und ihr augenblicklich einen Verweis erteilen lassen!"

Zu (b): „So? Und was soll ich jetzt tun? Stell dir einfach vor, das ist die Strafe für etwas, womit du letzte Woche ungestraft davongekommen bist."

Zu (c): „Vergiß es, Schatz. Deine Lehrerin wird wahrscheinlich einfach alt und müde." (Die Lehrerin ist zweiundzwanzig; erraten Sie, wer alt und müde wird?)

SITUATION: Ein Sohn verkündet, daß er soeben dem Baseballteam beigetreten ist:

Mutters Reaktion zu (a): „Wunderbar! Ich werde die Abendessenszeit verschieben, damit wir alle hingehen und deine Spiele sehen können!"

Zu (b): „Also, warum hast du denn das getan? Ich nehme an, da werde ich wieder einer neuen Fahrgemeinschaft beitreten müssen!"

Zu (c): „Das glaubst du nur. Vergiß es."

SITUATION: Ein Kind ist gerade vom Fahrrad gefallen und mit dem Kopf auf dem Randstein aufgeschlagen.

Mutters Reaktion zu (a): „Oh, Liebling! Bist du verletzt? Nicht bewegen. Ich rufe einen Krankenwagen!"

Zu (b): „Nimm ein Aspirin und leg dich nieder."

Zu (c): „Hast du das Fahrrad beschädigt?"

SITUATION: Ein Kind verkündet, daß es neue Turnschuhe für die Schule braucht.

Mutters Reaktion zu (a): „Natürlich, Liebes. Kauf auf jeden Fall die besten. Und nimm zwei Paar, damit du welche in Reserve hast."

Zu (b): „Schon wieder? Ich habe dir erst vor drei Jahren ein Paar gekauft! Hier sind fünf Dollar; geh zum Diskontladen und kauf sie eine Nummer größer, damit du sie nächstes Jahr noch tragen kannst."

Zu (c): „Für eine halbe Stunde Turnen soll ich dir Schuhe kaufen? Leih sie dir von deinem Bruder."

SITUATION: Es hat die ganze Nacht geschneit, und die Zufahrt ist einen Meter hoch verweht.

Mutter sagt zu (a): „Schatz, ich wecke dich ungern, aber wenn du aufstehst und schaufelst, zahle ich dir zehn Dollar."

Zu (b): „Beweg deinen faulen Körper da heraus und schaufle die Zufahrt frei! Ich zahle dir fünfzig Cent die Stunde, aber trödle nicht!"

Zu (c): „Was für eine Bezahlung? Du ißt doch hier, oder?"

SITUATION: Ein Kind ist gerade sechzehn geworden und möchte das Transportproblem erörtern.

Mutters Reaktion zu (a): „Da du von der Schule zu deiner Teilzeitarbeit fahren mußt, nehme ich an, daß wir dir einen Wagen kaufen sollten. Was für einen hättest du gern?"

Zu (b): „Was ist mit deinem Zehngangrad? Keine Parkprobleme, kein Benzin, keine Versicherung..."

Zu (c): „Es gibt nichts Gesünderes als einen tüchtigen, flotten Fußmarsch!"

SITUATION: Ein Kind bereitet sich darauf vor, ins College einzutreten.

Mutter sagt zu (a): „Endlich gehst du aufs College! Wo möchtest du hin? Havard? Stanford? Das Massachusets Institute of Technology?"

Zu (b): „Die staatliche Universität wird dir sehr gefallen."

Zu (c): „Hör mal, Liebling, hast du jemals daran gedacht, in die Armee einzutreten?"

Mutters Reaktion zu (a), (b), (c) — zwanzig Jahre später: „Ich verstehe nicht, warum ihr so verschieden seid, da wir euch doch alle ganz gleich erzogen haben."

33

Ich bin unschuldig!

„Was ist ein Friedensstifter?" fragte Annie eines Tages, als sie am Küchentisch den Katechismus studierte.

„Was meinst du mit ‚Friedensstifter'?" fragte ich, da ich nicht wußte, daß sie sich gerade mit den Seligpreisungen der Bergpredigt befaßte.

„Christus sagte: ‚Selig sind die Friedensstifter, da sie Kinder Gottes genannt werden.' Ich bin eines von Gottes Kindern; heißt das, daß ich ein Friedensstifter bin?"

„Nein, das heißt es nicht, Blödkopf", warf ihr Bruder Dan dazwischen. „Christus meinte professionelle Friedensstifter, Burschen, die überall in der Welt herumflitzen und Kriege verhindern und all sowas. Er hat keine dämlichen alten Mädchen gemeint!"

Wer sagt das? Wenn ich über diese spezielle Seligpreisung nachdenke, komme ich zu dem Schluß, daß vielleicht gerade wir alten Mädchen diejenigen sind, die Christus gemeint hat, als Er sagte: „Selig sind die Friedensstifter", denn wenn es jemals Stifter des Friedens gegeben hat, dann sind wir es.

Eine Mutter wird zur Friedensstifterin, noch bevor sie Mutter wird, ja, noch bevor sie Braut wird. Sie erkennt die Notwendigkeit ihrer Mittlertalente, gleich wenn sie beginnt, ihre Hochzeit zu planen. Ihr Verlobter will in der College-Kapelle heiraten, die zweihundertfünfzig Kilometer von der Pfarrkirche entfernt liegt, die ihre Eltern für die Trauungszeremonie ausgesucht haben. Natürlich macht die Braut die Pläne, aber erst, nachdem sie Frieden gemacht hat.

Ihre Vorbereitung aufs Friedenstiften setzt sich fort, wenn sie erfährt, daß sie Mutter werden soll, und sie wird Mittlerin zwischen ihrem Mann und ihrem Gynäkologen.

„Du kannst deinem Arzt da bestellen..." sagt dann ihr Mann, wenn sie das Haus zum Arztbesuch verläßt, während der Doktor murmeln wird: „Sie können Ihrem Mann da bestellen..."

Friedfertig unterläßt sie es, beide Gespräche zu erwähnen.

Zur professionellen Friedensstifterin wird Mutter nicht bei der Geburt ihres ersten Kindes, sondern bei der Geburt ihres zweiten, wenn kurz darauf das Erstgeborene nach der Ursache für die Geburt des zweiten zu fragen beginnt.

„Warum hast du ein Baby bekommen? Wer braucht es überhaupt? War ich nicht genug?" Das Kriegsgetöse wird stärker, wenn die Kinder älter werden und Streitereien über Themen entbrennen wie: „Wem gehört der Teddybär?" und „Warum ist seine Eistüte größer als meine?"

Die häuslichen Kriege sind harmlos im Vergleich zu den auswärtigen Schlachten. Wenn die Kleinen schließlich alt genug sind, um draußen zu spielen, ist das erste, was sie tun, daß sie sich in einen Nachbarschaftsdisput einlassen, oder vielleicht sogar einen herbeiführen. Einerlei, wer der Angreifer war und wer der Angegriffene, Mutter Friedensstifterin nimmt alle Schuld auf sich und murmelt: „Mein Kind war's. Ich werde ihn sofort bestrafen", auch wenn er es nicht war und sie ihn nicht bestrafen wird.

Mutter wird zur hauptamtlichen Friedensstifterin,

wenn das Kind mit der Schule anfängt und Mami Plädoyers halten muß gegenüber „unfairen" Lehrern, „voreingenommenen" Direktoren, Sportlehrern, die ihr Kind „zu sehr anstrengen", und Footballtrainern, die den Jungen überhaupt nicht spielen lassen wollen. Ihre Friedensstifterrolle wird kompliziert und erschwert, wenn sie zwei oder mehr Kinder hat, die altersmäßig nahe beisammen sind, besonders, wenn alle Blue Jeans der gleichen Größe und die Marke „Lee's" tragen.

Mutter muß häufig Niederlagen einstecken in ihrer Rolle als Friedensstifterin; speziell dann, wenn sie zwischen den Kindern und deren Vater vermitteln muß. Diese Kämpfe toben am heftigsten um ganz einfache Fragen wie: Wer hat den Kamm aus Papis Badezimmer genommen? Die Zange aus Papis Werkraum? Die Ruhe aus Papis Sonntagsnachmittag? Doch als Friedensstifterin versteht Mutter, warum diese einfachen Scharmützel Opfer fordern, so daß keiner der Kämpfer noch Kraft übrig hat, um die aussichtslosen Schlachten zu schlagen, wie zum Beispiel: Wie hat er den Wagen zuschanden gefahren? Warum ist er aus dem College ausgetreten? Wer hat gesagt, daß er in eine eigene Wohnung ziehen kann?

Mutter als Friedensstifterin ist wieder am Ausgangspunkt angelangt, wenn ihre Tochter verkündet, daß sie heiraten will, in der College-Kapelle, meilenweit von zu Hause entfernt, und Vater ihr sagt, daß er ihr seinen Segen gibt, wenn die Hochzeit in der Pfarrkiche ihres Heimatortes stattfindet. Dann, und erst dann kann die friedenstiftende Mutter ihren Titel als Mutter Mittlerin an die nächste Generation weitergeben.

Die Seligpreisungen sind nicht die einzigen biblischen Hinweise auf die Verpflichtungen und Belohnungen der Mutterschaft; die „geistigen und körperlichen Werke der Barmherzigkeit", die für alle niedergeschrieben sind, werden höchst bereitwillig von Müttern verrichtet — jeden Tag, alle Tage, das ganze Leben lang. Denken Sie doch nur daran:

Den Sünder ermahnen: „Verhau deine Schwester nicht." ... „Du darfst dem Lehrer nicht widersprechen." ... „Sorglose Autofahrer sind bald auch autolos."

Dem Zweifelnden raten: „Na sicher gibt es Engel, und du hast einen ganz für dich allein." ... „Nein, Ungeheuer gibt es nicht." ... „Natürlich kannst du Algebra lernen; versuch's nur weiter!" ... „Gott wird dich wissen lassen, was du Seinem Willen nach werden sollst, wenn du erwachsen bist; bete nur immer wieder darum!"

Den Unwissenden belehren: Alles — angefangen von der Unterweisung des Babys im Laufen und Sprechen, bis zur Unterweisung der Teenager im Denken und Tun.

Den Betrübten trösten: „Weine nicht, Liebling; wir werden deinen Teddybären schon finden." ... „Es tut mir auch leid, daß wir umziehen müssen, Schatz, aber es wird dir in deiner neuen Schule bald gefallen, und du wirst neue Freunde finden." ... „Es wird noch andere Parties geben, Schatz." ... „Sicher werden wir ihn vermissen, aber denk doch nur daran, wie schön Opa es jetzt im Himmel hat!"

Unrecht geduldig ertragen: „Ich weiß, du wolltest mir nicht weh tun; ich bin froh, daß es dir leid tut; und jetzt vergessen wir's" ... „Wir werden alle zuweilen ungerechtfertigt kritisiert; bringe es Unserem Herrn als Opfer dar."

Alle Kränkungen verzeihen: „Siebzehnjährige sterben selten an gebrochenem Herzen, und der schnellste Weg, zu vergessen, ist zu verzeihen."

Für die Lebenden und die Toten beten: „Sprich ein extra ‚Gegrüßet seist du Maria' für Mrs. Callahans Baby;

es ist sehr krank." ... „Okay, Kinder, laßt uns alle beten, daß euer Bruder sein Abschlußexamen besteht." ... „Diese Woche werden wir den Pater bitten, daß er eine Messe für Opa liest."

Die Dürstenden laben: All die mitternächtlichen Bitten um Wasser, um Milch. ... Die Unmengen von Limonade an heißen Sommertagen ... von Kakao an kalten Wintertagen.

Die Nackten bekleiden: Alles, vom Windelwechseln bis zur Wahl der Aussteuer.

Den Gefangenen loskaufen: Bibliotheksnachgebühren ... Verkehrsstrafen ... Votivkerzen!

Die Heimatlosen aufnehmen: Sich um die Nachbarskinder kümmern, während ihre Mutter krank ist ... die jungen erwachsenen Kinder willkommenheißen, die ihr Zuhause verlassen haben und zurückkehren wollen.

Nach den Kranken sehen: Ein Baby herumtragen, das eine Kolik hat ... Neben einem vom Fieber geschüttelten Kleinkind sitzen ... Die Hand eines schmerzgeplagten Kindes halten ... Den Kopf eines außer Fassung geratenen Teenagers halten.

Die Toten begraben: Die Kinder lehren, daß der Tod der Eingang zum Himmel ist ... Sie zu Opas Begräbnis mitnehmen ... Den Nachdruck auf den Beginn des Ewigen Lebens legen, und nicht auf das Ende des Lebens auf Erden.

Den Hungrigen zu essen geben: (Das Werk der Barmherzigkeit, das jeder Mutter eine Freikarte für den Himmel garantiert): Das Baby stillen; der Kampf mit der Flasche; passierter Spinat und das ganze Gespucke; das Trauma, wenn die Kleinen anfangen, mit den Fingern zu essen und sich selbst zu bedienen; Tausende von Mahlzeiten; Lunchpakete; Picknicks; Parties; und ad infinitum: Erdnußbutter- und Geleesandwiches.

Mütter sind wunderbare Geschöpfe, und es ist an der Zeit, daß sich die Welt dieser Tatsache bewußt wird. Und wenn schon nicht die Welt, dann wenigstens die Kinder. Unsere Kinder wissen unsere Talente und Vorzüge nicht zu schätzen, oder auch nur anzuerkennen, da sie so unter unseren Fehlern und Schwächen leiden — oder jedenfalls unter den Fehlern und Schwächen, die sie uns nachsagen.

Erst neulich erklärte mein Sohn John: „Mami, sieh dir doch nur alles an, wofür deine Generation verantwortlich ist: die Depression, ein Weltkrieg, Korea, Vietnam und Watergate. Eine schöne Bescherung habt ihr uns da hinterlassen!"

„Also, nun mal langsam!" antwortete ich. „Du hast die Kuba-Krise und die Kennedy-Morde vergessen, und ich bin noch nicht fertig! Es stört mich übrigens auch nicht, die Schuld für die Atombombe auf mich zu nehmen, für den Pueblo-Zwischenfall und die Tatsache, daß John Dean ein Angeber ist, aber du kannst den Zusammenbruch von 1929 kaum einem Mädchen in die Schuhe schieben, das 1929 noch nicht einmal ein verführerisches Glitzern im Auge ihres Vaters war. Und wenn ich schon die Verantwortung für das ganze zwanzigste Jahrhundert übernehmen muß, dann erwarte ich gebührende Anerkennung für die Erfindung des Automobils, des Flugzeugs, des Radios und des Fernsehens, der Satelliten und des Salk-Serums. Hast du dazu noch etwas zu sagen, Großmaul?"

„Ja" — er grinste —, „was gibt's zum Abendessen?"

„Trocken Stroh", antwortete ich.

Allen großmäuligen Kindern auf der ganzen Welt möchte ich die folgenden Punkte klarmachen: Obwohl allgemein das Gegenteil behauptet wird, sind Mütter nicht verantwortlich für:

... Krieg, Steuern oder die steigenden Coca-Cola-Preise.

... Einmaleins, Aufnahmsprüfungen, Akne oder Alice Cooper.

... Die Benzinknappheit.

... Kotflügel, die bei der leisesten Berührung mit einem Telefonmast einknicken. (Besondes wenn Mutter zum Zeitpunkt der Berührung gerade am Küchenherd steht.)

... Die Außenpolitik des Präsidenten; die Verwandten des Präsidenten; die Kabinettsmitglieder.

... Sonntagspredigten, die fünfundzwanzig Minuten dauern; Wohltätigkeitsbasare der Kirche, die zeitlich mit den Spielen im Stadion zusammenfallen; das spärliche Vorhandensein hübscher Mädchen bei der 12 Uhr-15-Messe.

... Pressekonferenzen des Präsidenten im Fernsehen, die Footballspiele, „Happy Days" oder „Bee Gee Special" aus dem Programm verdrängen. (Und keinesfalls sind wir für die Bee Gees selbst verantwortlich.)

... Telefone, die nicht klingeln, wenn die Tochter einen Anruf erwartet, es aber sehr wohl tun, wenn Papi ein Schläfchen macht.

... Die geringe Anzahl von College-Stipendien; die Anwesenheitspflicht bei College-Versammlungen; Lehrbücher, die fünfundzwanzig Dollar kosten.

... Kleine Brüder, die gerne lästig sind; große Brüder, die gerne spotten; Schwestern, die beides nicht ertragen können.

Es ist schon so — Mütter sind verantwortlich für die kleinen Brüder und die großen Brüder und ihre Schwestern aller Größen, und wenn schon nicht für ihre Fehler, dann ganz gewiß für ihre Existenz. Aber das ist kein Fehler. Das ist unsere Stärke.

EPILOG

Das Beste hast du ja noch vor dir!

„Würde mir irgend jemand erklären", jammerte unsere halbwüchsige Tochter neulich, als sie über ihren Schulbüchern saß, „warum man uns sagt, daß unsere High-School-Jahre die besten Jahre unseres Lebens sind?"

Warum sagt man das *wirklich?* Die Reifezeit ist so eindeutig die schlimmste Zeit im Leben jedes Menschen — mit Algebra und Akne und den Schrecken des Erwachsenwerdens. Ich erinnere mich, wie grauenhaft es war, und ich höre immer noch die Erwachsenen zu mir sagen: „Genieße es; das ist die schönste Zeit deines Lebens."

Der einzige, der das nie sagte, war mein Vater. Mein Dad war der glücklichste Mann, den ich je gekannt habe, und doch stöhnte er häufig in Gedanken an seine Halbwüchsigenjahre. Er hatte die Schule gehaßt (obwohl er das Lernen liebte), und er behauptete, er habe das wahre Glück erst gefunden, als er Mama heiratete.

Würde ich die Martern meiner eigenen Reifezeit — im Alter von sechzehn etwa — beklagen, wäre die Antwort meines Vaters:

„Kopf hoch, Liebling, das Beste hast du ja noch vor dir!"

Klugerweise hat mir Daddy nie gesagt, wann „noch vor dir" sein würde. Aber ich fand es bald heraus. Es kam, als ich siebzehn wurde. Mit Akne und Algebra war es aus und vorbei, und an ihre Stelle traten Bälle, Parties und Abschlußfeiern — und ein Superioritätskomplex, der für jede Oberschülerin obligatorisch ist. Der siebzehnte Sommer ist bestimmt die schönste Zeit im Leben jedes Mädchens. Das dachte ich wenigstens...

Bis ich achtzehn wurde und aufs College ging. Nach der strengen Disziplin der Klosterschule war das College-Leben phantastisch, sogar in einem Klosterinternat. In jenen herrlichen Zwischenkriegsjahren machten uns Unterricht und Berufswahl wenig Sorgen; wir interessierten uns mehr für die Streiche, die wir im Heim ausheckten, für Tanzveranstaltungen, Picknicks und Studentenparties. Für mich bedeutete das College vier Jahre Spaß, nächtliche Mädchengespräche in Erwartung von Jungengesprächen, am Wochenende Verlieben und Entlieben, und ein bißchen Lernen, wenn es absolut unumgänglich schien. Es waren glückliche Jahre; die schönste Zeit. Das dachte ich wenigstens...

Bis ich das Examen hatte. Endlich erwachsen! Ich war frei und unabhängig, ich hatte den idealen Job. Ich war Sekretärin des Dekans der juridischen Fakultät der Creighton-Universität, wo ich jeden Tag von mehreren hundert interessanten, intelligenten und höchst akzeptablen jungen Männern umgeben war. Mein Terminkalender war randvoll; was für eine wunderbare Zeit; die schönste...

Bis ich mich verliebte. Ach, das ist die höchste Vollendung! Die herrliche Zeit der jungen Liebe; die wunderschöne Hochzeit; die stürmischen Flitterwochen; die Glückseligkeit, die nur Neuvermählten beschieden ist. Ganz gewiß, das erste Ehejahr ist die schönste Zeit...

Bis die Babies kommen! Ich muß eine „Babynärrin" sein, denn nichts brachte mir größere Freude oder Erfüllung, als ein winziges Baby im Arm zu halten, es lächeln zu sehen, plaudern zu hören... außer Kleinkinder zu umarmen, die mir gläubig folgten, fröhlich schwatzend, liebevoll und geliebt. Manchmal, im Lauf dieser Jahre, schlich ich dann wohl ins Kinderzimmer und sah meine schlafenden Kleinen an und *wußte* einfach, „das ist die schönste Zeit." So dachte ich wenigstens...

Bis ein Kind nach dem anderen zur Erstkommunion ging. Donnerwetter, welch eine Veränderung! Plötzlich verwandelte sich ein kleiner Teufel in einen kleinen Engel. Plötzlich verwandelte sich ein Baby in ein Kind, das alt genug war, daß man mit ihm sprechen und es unterweisen konnte, das man führen konnte, und das doch noch jung genug war, daß man es im Arm halten konnte. War das vielleicht die schönste Zeit? Ich dachte es, bis...

Sie Teenager wurden; junge Erwachsene. Was für kluge Köpfe! Welche Energie und Begeisterung; was für ein Geist! Endlich sind sie alt genug, zu verstehen, Anerkennung zu zeigen, ein Gespräch zu führen, Ideen auszutauschen, sich um sich selbst zu kümmern, sich um *mich* zu kümmern! Und doch leben sie erstaunlicherweise noch alle zu Hause. Also, das muß die schönste Zeit sein! So dachte ich wenigstens...

Bis der Erstgeborene heiratete. Bei der Trauung in unserer Pfarrkirche — in Anwesenheit der Familie und aller unserer Freunde, als mein Mann meine Hand hielt, während unser Sohn und seine Braut einander das Treueversprechen gaben — sah ich meine Familie an:

Lee, der gutaussehende und stolze Bräutigam, der abwechselnd seine Braut Karen anlächelte und nervöse Blicke auf seine Brüder warf, die neben ihm vor dem Altar standen...

John, Michael, Jim und Dan, ganz genauso gutaussehend wie ihr Bruder in ihren geliehenen Smokings und nervöser noch als Braut und Bräutigam...

Mary, Peggy und Ann, unsere schönen Töchter, aufs

feinste für die Hochzeit herausgeputzt und ein wenig bekümmert, weil sie ihren Bruder verloren, der sie neckte und liebte und ihre Kindheit schrecklich und wunderbar zugleich gemacht hatte...

Unsere „Kleinen", Tim und Patrick, neun und acht Jahre alt und nicht mehr klein, die stolz die Opfergaben zum Altar trugen, als der Solist sang: „Ave Maria, gratia plena..."

Meine Mutter, meine Schwestern und ihre Familien, mein einziger Bruder (Taufpate des Bräutigams und als Lektor fungierend; wir ahnten nicht, daß er in drei kurzen Monaten in den Himmel eingehen würde)...

Alle, die ich liebte, waren da, mit Ausnahme meines Vaters.

„Oh Daddy", betete ich still, „das hast du gemeint! Das ist die Zeit. Das ist die schönste!"

Und ich schwöre, mein Vater flüsterte mir von seiner himmlischen Wohnstätte her zu:

„Das glaubst du nur, Liebling. Das Beste hast du ja noch vor dir!"

Unglaublich, nicht wahr? Das alles... und dann auch noch der Himmel!